Death, be not proud, though some have called thee
Mighty and dreadful, for thou art not so ;
For those, whom thou think'st thou dost overthrow,
Die not, poor Death, nor yet canst thou kill me.

ジョン・ダン研究

From rest and sleep, which but thy pictures be,
Much pleasure, then from thee much more must flow,
And soonest our best men with thee do go,
Rest of their bones, and soul's delivery.

Thou'rt slave to Fate, chance, kings, and desperate men,
And dost with poison, war, and sickness dwell,
And poppy, or charms can make us sleep as well,
And better than thy stroke ; why swell'st thou then ?
One short sleep past, we wake eternally,
And Death shall be no more ; Death, thou shalt die.

高橋正平

三惠社

まえがき

　本書はジョン・ダンに関する論文を集録したものである。私がダンの詩を初めて読んだのは故村岡勇教授による大学院での特殊講義であった。その後 20 代後半からダンについて論文を書き始めた。本書にはその頃から最近に至るまでのダン及びダン関係の論文が含まれている。本書の構成は次の通りである。

　第 1 章「ダンはカトリックか—1590 年代のダンの宗教的立場について—」はダンの 1590 年代における宗教的立場を論じている。ダンはトーマス・モアの血を引くカトリック教の家庭に生まれ育ったが、イギリス国教会の下でのカトリック教徒はいわば日陰的存在で公職には就けなかった。ダンには宮廷での登用を願う気持ちが強く、本来ならばカトリック教を捨てアングリカンになるのが彼の野心達成には好都合であった。しかし、ダンの初期の『風刺詩』を読むとそこに多くのカトリック教・カトリック教徒及びジェズイットへの言及が見られ、時には彼らに同調しているような印象をも与えている。なぜダンはあえてそのようなことをしたのかを論文は論じている。私の最初の論文である。

　第 2 章「『イグナティウスの秘密会議』におけるジョン・ダンのコペルニクス像」ではダンの『イグナティウスの秘密会議』という散文を扱っている。この散文は地獄のサタンの前で生前「革新」を実践した自称「革新家」が続々現れ、自らの「革新」を主張し、サタンの右座に座る栄誉を求めるが、サタンの脇にいるジェズイットのロヨラによって反駁されるという内容の散文である。この散文に地動説を唱えたコペルニクスが登場する。ダンのコペルニクスを見ると、ダンはコペルニクス像は否定でも肯定でもないような描き方をしている。なぜダンはそのような描き方をしたのかを本章は論じている。

　第 3 章「『神学論集』におけるアングリカンとしてのジョン・ダン」では『神学論集』におけるダンのアングリカンとしての一面を論じている。『神学論集』はダンがアングリカンになる前の作品で、この作品に見られるダンのロジック、人間及び現世観、反カトリック教を中心に『神学論集』を論じ、『神学論集』はダンがアングリカンであることのマニフェストであるこを指摘した。

　第 4 章「ジョン・ダンと「被造物の書」」ではダンが神を知る方法として聖書の中の神やキリストの中の神以外に自然(nature)のなかの神を挙げていることは説教集等で見られる。本章ではダンの反自然、反理性、神概念からダンの自然の中の神を論じている。

　第 5 章「ロヨラの「無知」とマキアヴェリ—ジョン・ダンの『イグナティウスの秘密会議』における二つのマキアヴェリ像—」は 1610 年に出版されたトマス・フィッツハーバートの『政策・宗教論第二部』(*The Second Part of a Treatise concerning Policy and Religion*)とダンの『イグナティウスの秘密会議』(*Ignatius His Conclave*)との関係を論じている。フィッツハーバートがジェズイットであり、マキアヴェリが『政策・宗教論第二部』で批判されていること及びダンの『イグナティウス』直前に出版されたという事実を考慮にいれるとこの書を簡単には無視できなくなる。なぜなら反ジェズイット論争の最中ジェーム

1

ズ一世の「忠誠の誓い」を擁護すべく書かれた『イグナティウス』の中でイエズス会の創始者・ロヨラが生前中の「革新」を楯に地獄で最も名誉のある座を主張するマキアヴェリと作品の半分近くにわたって対決する場面があるからである。『イグナティウス』の目的はカトリック教会・イエズス会の悪事・愚行の暴露にあるが、当然のことながらロヨラとマキアヴェリの対決にもダン自身のロヨラ及びジェズイットへの批判・風刺が見られるのである。この問題はフィッツハーバートの『第二部』を吟味することによって一層明らかになってくる。 本章では最初に『イグナティウス』における二つのマキアヴェリ像を見て、次ぎにフィッツハーバートのマキアヴェリ批判を吟味し、ダンのジェズイットに対する批判・風刺の一面を明らかにしている。

　第 6 章「ジェームズ一世の 'novelist' とジョン・ダンの 'innovator' —『イグナティウスの秘密会議』におけるダンのジェームズ一世擁護について—」では再度『イグナティウスの秘密会議』を取り上げ、ジェームズ一世との関係から『イグナティウスの秘密会議』を論じている。『イグナティウスの秘密会議』に登場する「革新家」をダンはジェームズ一世の「忠誠の誓い擁護」と「すべてのキリスト教君主、自由君主と国家への予告」で使用されている 'novelist' からヒントを得て、登場させた可能性があることを論じている。

　第 7 章「ジョン・ダンと Mariana. de Rege. 1. 1. c. 7—マリアナは「王殺し」論者か—」ではジェズイットを批判したダンの『偽殉教者』の文中の欄外に書かれている「Mariana. de Rege. 1. 1. c. 7」に注目し、ダンは実際に Mariana の著作を読んでいたのかを論じている。Mariana はスペインのジェズイットで、彼の『王と王の教育について』は王殺し論者として広く知られていたが、彼の書を読んでみると彼は積極的に王殺しを推奨しているわけではない。ジェームズ一世を意識した『偽殉教者』でダンは Mariana を王殺し論者として登場させたが、それはダンの意図的な誤読で、ジェームズ一世を喜ばせようとしたことからくる誤読であったことを指摘した。

　第 8 章「Ratio から Sapientia へ—ジョン・ダンの理性と信仰をめぐって—」はダンの理性と信仰への態度を彼の初期の作品から後期の説教集に至るまでをたどり、その態度を明確にしようと試みている。初期のダンは理性によってすべてを解決する姿勢を見せているが、宗教詩や説教集では徐々に理性一辺倒の姿勢は薄れ、逆に信仰への傾倒が見られるようになっていくことを論証した。

　第 9 章「who の先行詞は thou か me か—ジョン・ダンの "A Valediction: Forbidding Mourning" の 2 つの日本語訳について—」ではダンの "A Valediction: Forbidding Mourning" の日本語訳についての問題点について論じている。関係代名詞の先行詩をめぐってそれを thou か me かにすることによって旅に出るのが男性かそれとも女性かという問題が生じてくる。本章ではこの問題を詳細に論じ、旅に出るのは男性で、家で男性を待っているのは女性であることを論じた。

　第 10 章「ロマン派以前の形而上詩批判」ではダン等が画期的な新しい詩を書き始めた

16 世紀末にはその斬新な詩が賞賛されたが、ベン・ジョンソン、ドライデン、ポープ、サミュエル・ジョンソン等各時代を代表する詩人たちはダンの詩を批判した。なぜ彼らはダンを批判したのかについて主にウィットへの彼らの反応を中心にして論じている。ダンのウィット批判のなかで逆にウィットを賞賛しているケアルー、カウリーをも論じた。

　第 11 章「 サミュエル・ジョンソンと形而上詩—ウィットは批判の対象か」は第 10 章のサミュエル・ジョンソンに関する記述を更に発展させている論文である。ジョンソンが形而上詩を最終的にどのように評価していたかをジョンソンの『イギリス詩人伝』中の「カウリー伝」から論じているが、概してその評価は低い。ジョンソンの詩に対する基本的な考えは、詩は誰が読んでも理解できるという考えである。この考えからすれ　ば形而上詩は一般読者には理解しがたい詩である。特に「ウィット」の使用は読者を戸惑わせ、ときにジョンソンは形而上詩に理解を示しているような印象も与えるが、最終的には形而上詩を高く評価することはない。ただジョンソンはウィットを *discordia concors*（不調和の調和）と定義したようにウィットに対して完全に否定的態度を取っているわけではなく、ウィットの魅力にもある程度の関心を寄せている。それでもジョンソンは形而上詩に対して彼の文学観から最終的には退けようとしていることを論じた。

　本書の構成は以上の通りであるが、1590 年代のダンから始まり、その後は徐々に散文中心になっていく。本書を読むと人間ダンよりはダンの作品を社会的コンテクストに位置づけ、諸問題の究明にあたる研究方法をとっていることに気づく。この研究姿勢からジェズイットの王殺しの支えとなったスペイン・ジェズイットのフアン・デ・マリアナの王殺し理論、アメリカ・ヴァージニア植民を後押しするイギリス国教会派説教家の説教、ジェームズ一世暗殺を企てた火薬陰謀事件を糾弾するイギリス国教会派説教家による説教を研究し、最近ではピューリタン革命中のピューリタン説教家の断食説教を研究対象とし、内乱期の問題解明にあたっている。

　私のこれまでの研究を見てみると研究対象が詩から散文に移っている。ダンの個々の詩は国内外で多く論じられてきたが、ダンの詩の人気ぶりに反し散文はあまり研究対象となっていない。私がダンの詩から散文に移った理由はそれほど脚光を浴びることのないダンの散文を取り上げ、ダンの全体像を明瞭にしたいという願望と散文を読むことによってイギリスが抱えた様々な問題を究明できるからである。かかる理由から私はダンの詩から散文特に説教に研究を移し、その説教研究は革命期のピューリタンの説教研究へと至っている。説教はその時代を色濃く反映しており、時代を知るには最適な資料である。最近でこそ欧米で説教が研究対象となってきたが、日本では説教研究は数少ない。ダンについて言えばその説教集が 1953−62 年に出版されてから今では半世紀以上が経過している。欧米ではダンの研究はあるが日本では多くない。ダン以外の説教についても同様である。ピューリタン革命時のピューリタン説教家による断食説教はほぼすべてを集録した説教集が出版されているが、あまり研究さておらず日本では皆無である。最近の私の研究対象は説教であるが、その意味でも本書に詩を論じた論文を集録できたことはささやかな喜びである。

目 次

まえがき・・・・・・・・・・・・・・・・・・・・・・・・・・・・・・・・・・・・1

第1章 ダンはカトリックか
―1590年代のダンの宗教的立場について―

1-1 はじめに・・・・・・・・・・・・・・・・・・・・・・・・・9
1-2 『風刺詩』とカトリック教・・・・・・・・・・・・・・・・9
1-3 『風刺詩』の目的・・・・・・・・・・・・・・・・・・・・12
1-4 カトリック教からの離反・・・・・・・・・・・・・・・・14
1-5 ダンの孤立感とカトリック教・・・・・・・・・・・・・・19
1-6 むすび・・・・・・・・・・・・・・・・・・・・・・・・・21

第2章 『イグナティウスの秘密会議』におけるジョン・ダンのコペルニクス像

2-1 はじめに・・・・・・・・・・・・・・・・・・・・・・・・27
2-2 「革新家」コペルニクス・・・・・・・・・・・・・・・・27
2-3 ロヨラの反論・・・・・・・・・・・・・・・・・・・・・・31
2-4 ダンのコペルニクス像・・・・・・・・・・・・・・・・・34
2-5 ダンと秩序・・・・・・・・・・・・・・・・・・・・・・・37
2-6 むすび・・・・・・・・・・・・・・・・・・・・・・・・・39

第3章 『神学論集』におけるアングリカンとしてのジョン・ダン

3-1 はじめに・・・・・・・・・・・・・・・・・・・・・・・・44
3-2 『神学論集』と'humility'・・・・・・・・・・・・・・・44
3-3 ダンと聖書解釈・・・・・・・・・・・・・・・・・・・・・45
3-4 ダンの論争回避・・・・・・・・・・・・・・・・・・・・・46
3-5 ダンのロジック・・・・・・・・・・・・・・・・・・・・・50
3-6 ダンのカトリックとピューリタン批判・・・・・・・・・53
3-7 むすび・・・・・・・・・・・・・・・・・・・・・・・・・57

第4章 ジョン・ダンと「被造物の書」

4-1 はじめに・・・・・・・・・・・・・・・・・・・・・・・・62

4－2 三種類の神と三種類の書・・・・・・・・・・・・・・・・62
4－3 ダンと「被造物の書」・・・・・・・・・・・・・・・・・63
4－4 「被造物の書」と理性・・・・・・・・・・・・・・・・66
4－5 「被造物の書」と神・・・・・・・・・・・・・・・・・70
4－6 ダンの神・・・・・・・・・・・・・・・・・・・・・72
4－7 むすび・・・・・・・・・・・・・・・・・・・・・・75

第5章 ロヨラの「無知」とマキアヴェリ
―ジョン・ダンの『イグナティウスの秘密会議』における二つのマキアヴェリ像―

5－1 はじめに・・・・・・・・・・・・・・・・・・・・・80
5－2 二つのマキアヴェリ・・・・・・・・・・・・・・・・80
5－3 フィッツハーバートとロヨラ・・・・・・・・・・・・82
5－4 フィッツハーバートと『イグナティウスの秘密会議』・84
5－5 ロヨラの君主像・・・・・・・・・・・・・・・・・・87
5－6 民衆と法・・・・・・・・・・・・・・・・・・・・・88
5－7 むすび・・・・・・・・・・・・・・・・・・・・・・91

第6章 ジェームズ一世の 'novelist' とジョン・ダンの 'innovator'
―『イグナティウスの秘密会議』におけるダンのジェームズ一世擁護について―

6－1 はじめに・・・・・・・・・・・・・・・・・・・・・95
6－2 ジェームズ一世の「忠誠の誓い」・・・・・・・・・・96
6－3 反王権と王殺し・・・・・・・・・・・・・・・・・・100
6－4 ジェームズ一世への警告・・・・・・・・・・・・・・103
6－5 むすび・・・・・・・・・・・・・・・・・・・・・・104

第7章 ジョン・ダンと Mariana. de Rege.l.1.c.7
―マリアナは「王殺し」論者か―

7－1 はじめに・・・・・・・・・・・・・・・・・・・・・108
7－2 マリアナの *De rege et regis institutione* とダン・・・・・・・・・・・108
7－3 マリアナの「暴君」・・・・・・・・・・・・・・・・112
7－4 ジェームズ一世とダン・・・・・・・・・・・・・・・116
7－5 むすび・・・・・・・・・・・・・・・・・・・・・・119

第 8 章 *Ratio* から *Sapientia* へ
　　　―ジョン・ダンの理性と信仰をめぐって―

8－1　はじめに・・・・・・・・・・・・・・・・・・・・・・・・・・・123
8－2　『連祷』と理性・・・・・・・・・・・・・・・・・・・・・124
8－3　理性と信仰・・・・・・・・・・・・・・・・・・・・・・・129
8－4　『聖なるソネット』における理性と信仰・・・・・・・・・131
8－5　「皇子ヘンリーの急逝を悲しむ挽歌」における理性と信仰・・・・139
8－6　『神学論集』における理性と信仰・・・・・・・・・・・141
8－7　『説教集』における理性と信仰・・・・・・・・・・・・・151
8－8　むすび・・・・・・・・・・・・・・・・・・・・・・・・・162

第 9 章　'who' の先行詞は 'thou' か 'me' か
　　　―ジョン・ダンの "A Valediction: Forbidding Mourning" の 2 つの日本語訳について―

9－1　はじめに・・・・・・・・・・・・・・・・・・・・・・・・166
9－2　詩の問題提起・・・・・・・・・・・・・・・・・・・・・166
9－3　「別れ」について・・・・・・・・・・・・・・・・・・・168
9－4　'who' の先行氏詞は 'thou' か'me' か・・・・・・・・・171
9－5　「別れ」の語り手は誰か・・・・・・・・・・・・・・・175
9－6　むすび・・・・・・・・・・・・・・・・・・・・・・・・・179

第 10 章　ロマン派以前の形而上詩批判

10－1　はじめに・・・・・・・・・・・・・・・・・・・・・・・182
10－2　Ben Jonson の形而上詩批判・・・・・・・・・・・・・182
10－3　Thomas Carew の'wit' 称賛・・・・・・・・・・・・・185
10－4　Dryden の形而上詩批判・・・・・・・・・・・・・・・190
10－5　Alexander Pope の形而上詩批判・・・・・・・・・・・194
10－6　Johnson の形而上詩批判・・・・・・・・・・・・・・・196
10－7　むすび・・・・・・・・・・・・・・・・・・・・・・・・201

第 11 章　サミュエル・ジョンソンと形而上詩
　　　―ウィットは批判の対象か―

11－1　はじめに・・・・・・・・・・・・・・・・・・・・・・・203

11－2　ジョンソンの形而上詩批判・・・・・・・・・・・・・・・・・・・・・・・203
11－3　ジョンソンとウィット・・・・・・・・・・・・・・・・・・・・・・・・204
11－4　「不調和の調和」としてのウィットは否定されるのか・・・・・・・・・206
11－5　むすび・・・・・・・・・・・・・・・・・・・・・・・・・・・・・・211

あとがき・・・・・・・・・・・・・・・・・・・・・・・・・・・・・・・214

7

8

第1章　ダンはカトリックか
—1590年代のダンの宗教的立場について—

1－1　はじめに

　1590年代においてダンの直面した点の一つは彼の宗教的立場である。おそらくダン程自分がどの宗教を最終的に選ぶべきかに悩まされた詩人は彼の時代に存在しなかったのであろうと思われる程ダンは「あれかこれか」に悩まされている。ダンにとって真の宗教はどれかという問題はダンがイギリス国教会に帰依した後ですら解決のできなかった問題であったらしいが，その理由の一つは「抑圧され，苦しめられた家教を信じる人達と一諸に育てられ，会話を交したことである[(1)]」。カトリック教徒として生まれ，育ったダンが世俗的野心にかられたからであった。この時代のカトリック教徒の社会的地位については Clay Hunt がエリザベス女王時代のカトリック教徒はマッカッシー旋風の吹き巻くまった1950年代のアメリカの共産主義者と同じ立場にあったと言っているように[(2)]，女王の下におけるダンは Oxford 大学時代，Lincoln's Inn 時代，弟 Henry の獄死，Cadiz, Azores 諸島への遠征，Thomas Egerton の秘書時代，これらの諸事件を通じて日陰者的存在たるカトリック教徒からイギリス国教会徒への帰依の一過程であったと言えよう。事実いかにしてカトリック教を捨て，イギリス国教会へ帰依するかはダンの世俗的野心と相俟って，微妙に揺れ動くダンの姿を示すのである。特にカトリック教から離れつつあるダンが尚カトリック教やカトリック教徒に対し愛着のような感情を抱いていたり，カトリック教のイメージを使用したりしているのである。以下この問題点を取り上げ，ダンの宗教的立場を明確にし，合わせで1590年代におけるダンの詩作の意義について論じたい。

1－2　『風刺詩』とカトリック教

　最初に『風刺詩』から始める。ダンのカトリック教及びカトリック教徒への同情めいた気持や言及を見るのは『風刺詩』においてである。以下，それらを順次見ていこう。例えば『風刺詩』Ⅱでは詩人の状態とカトリック教徒の状態は共に貧しく，憎むにも価しないと述べ，次のように書いている

> Yet their [poets'] state
> Is poore, disarm'd like Papists, not worth hate: (11.9-10)[(3)]
> （彼ら[詩人達]の状態は貧しく，カトリック教徒のように無力で，憎むには価しない。）

また『風刺詩』Ⅳでは冗談半分にミサに行った男が捕えられ，百マルクの罰金を支払わさ

れたと言って次のように述べている。

> But as Glaze which did goe
> To'a Masse in jest, catch'd, was faine to disburse
> The hundred markes, which is the Statutes curse,
> Before he escapt, (11. 8－11)[4]
> （しかし，冗談半分にミサに行ったグレイズが逃げる前に捕えられ，法律ののろ
> いである百マルクを払わなければならなかったように）

同じ『風刺詩』Ⅳには次のような行が見られる。ここの箇所は詩人が宮廷に行ったところ
非常に奇妙な服装をした，得体の知れない男に会う場面であるが，そのような男を見れば
尋問判事も一体何者かと聞かずにはおれないと述べている。

> One, to'whom, the examining Justice sure would cry,
> 'Sir, by your priesthood tell me what you are.' (11. 28-29)[5]
> （尋問判事が「聖職法に誓ってあなたがどういう人物なのか教えて下さい」と確
> かに大声で呼びかけるであろう人。）

Milgate によれば[6]，'priesthood'とは 1581 年，1585 年及び 1591 年の一連の布告で，ジ
ェズイットとジェズイット宣教師を売国奴と見なし，もし彼らがエリザベス女王の領土に
侵入すれば死刑に処せられるという内容のもので，この 2 行でもダンはそれに言及してい
るのである。『風刺詩』Ⅳ には次の行がある。

> And[he]whispered 'by Jesu', so often, that a
> Pursevant would have ravish'd him away
> For saying of our Ladies psalter; (11.215-217)[7]
> （役人が聖母マリアの詩編を暗誦したかどで彼を捕え，さらって行ったであろう
> 程しばしば「キリストにかけて」と彼はささやいた。）

ここに見られる 'Pursevant' はカトリック教徒や素性を偽ったカトリック宣教師及びジェ
ズイットを捜し出す役人であって，初期の版では 'Pursevant' が 'Topcliffe' とな
っている。この Topcliffe は Richard Topcliffe (1532～1604)で，彼は Southwell や Nash
を拷問にかけ，その残酷さはカトリック教徒からだけでなく，プロテスタントからも憎悪
の対象であったと言われていた[8]。'our Ladies psalter' がカトリック教のロザリオの祈
りを意味することは明白であろう。同じ Purseavnt は『風刺詩』Ⅴ でも用いられている。

```
          Would it not anger
          A Stoicke, a coward, yea, a Martyr,
          To see a Pursevant come in, and call
          All his clothes, Copes; Books, Primers; and all
          His Plate, Challices; and mistake them away,
          And aske a fee for coming?   (11.64-68 (9) )
```
(禁欲主義者でも，臆病者でも，いや殉教者ですらも，うるさい捕吏がやって来
て，お前の衣服は僧衣である，書物は祈祷書である，そして，食器は全て聖杯
であると言って，それらを不法に運び去るだけでなく，更に，賄賂でも取って
行けば，立腹せずにはおれないだろう。)

ここに見られる 'Copes,' 'Primers,' 'Challices' はそれぞれカトリックのミサに用
いられる礼服，ミサ典書，聖器である。更に『風刺詩』IVでは最高の言語学者として誰が好
きかと問われるがその答えに 'Jesuits' が見られる。

```
              Beza then,
          Some Jesuits, and two reverend men
          Of our two Academies, I nam'd;   (11.55-57(10))
```
(そこで，ベーザや，他のイエズス会の学者や，我が国の二つの大学にいる敬う
べき碩学の名を挙げた。)

『風刺詩』IVは 'Holy Communion'（聖体拝領）のイメージで始まっており，詩人の罪深さ
を示すのに 'Purgatorie' を使用しさえしている。

```
          Well; I may now receive, and die; My Sinne
          Indeed is great, but I have been in
          A Purgatorie, such as fear'd hell is
          Are creation'to and scant map of this. (11.1-4(11))
```
(いっそのこと，終油の秘跡を受けて，死んだ方がよい。確かに，私の犯した罪
は大きい。だが，私の見てきた煉獄はあまりにもひどい処であるから，あの恐
ろしい地獄ですら慰めとなって，その縮図にもなれないのだ。)

『風刺詩』IVの結びには「マカベア第二書」(II Machabees) への言及が見られると Richard
E. Hughes は述べていることは無視できない (12) 。

```
          Although I yet
```

With *Macchabees* modestie, the knowne merit

Of any worke lessen: yet *some wise* man shall,

I hope, esteeme my writs Canonical. (11.241-244)[13]

（マカベア書を著した人が謙遜しているように，私も私の作品の価値を低く評価
する。しかし，だれか賢い人が正典として認めてくれるよう願っている。）

Hughes によれば「マカベア書」を正典として受け入れることはごく最近までローマ・カト
リック教の伝統であって，243 行の 'wise man' は「マカベア書」が正典に属することを
主張する教会議員への言及なのである[14]。以上の他に，『風刺詩』Ⅱ1.33-34 では '[those]
who with sinnes all kindes as familiar bee/as Confessors' と 'Confessors' に言及
している[15]。

　以上，かなり長々と引用してきたが，ダンは『風刺詩』においてしばしばカトリック教
やカトリック教徒に言及している。Grierson は『風刺詩』におけるダンは迫害されたカト
リック教少数派に自らを結びつけていると言い，また『風刺詩』を通じてダンの隠れたカ
トリック的偏見を絶えず心に留めておかねばならないとも言う[16]。 また Hunt はカトリッ
ク教徒の迫害についのダンの懸念とダン自身のカトリシズムを放棄することへ向かうダン
の知的な成長がすべての『風刺詩』を通して間接的に表われている，と述べている[17]。成
程，Grierson や Hunt が指摘するように，また私が挙げた例からもダンがカトリック教及び
カトリック教徒に対して愛着，同情めいた感情を抱いていることは明白である。Bewley の
言うごとく「ダンのような世俗的な野心をもった若者には彼の宗教的背景から自らを切り
離すことが絶対的に必要であった[18]」はずであるのに上記のようなダンのカトリック教及
びカトリック教徒に対する態度は何を示しているのだろうか。果たして『風刺詩』はカト
リック教的な立場から書れたのであろうか。ダンの置かれた種々の状況，更には彼の野
心などを考え合わせると，一体ダンの真相はどこにあるのかという極めて素朴な疑問を発
せざるをえなくなってくる。ダンの意図はどこにあるのだろうか。

1－3　『風刺詩』の目的

　ダンが最初に『風刺詩』を書いたのは 1593 年，21 才の時である。 Lincoln's Inn に入
って 3 年目である。Lincoln's Inn に入る前，ダンは Oxford 大学に在籍していたのである
が，学位を受けなかったのはおそらく Walton がその伝記に書いているように[19]，Supremacy
Act（イギリス王を国教主権者として，ローマ教皇の主権を否認する宣誓）の誓約を拒否し
たためであって，その頃はまだカトリック教を捨て切れずにいたらしい。その後，1591 年
に Lincoln's Inn に入学するが，この時期について Bald は当時の記録をもとにダンが
'obstinate Catholic' であったならば彼は Lincoln's Inn から追放されたであろうと述べ
ている[20]。というのは後年ダンが Lincoln's Inn の Reader in Divinity になった時，その

任務は Lincoln's Inn の学生の宗教の指導者であって，政府は Lincoln's Inn 内の宗教の統一を目指し，もしそれに反する者があればその人は弁護士になれなかったのである[20]。このような下でダンは Lincoln's Inn においてはカトリック教徒であることは公表できなかったはずであり，その上ダンには上述したような野心があり，カトリック教徒と公表することは公職への道を自らの手で閉ざすことを意味していたはずである。また『偽殉教者』(Pseudo-Martyr) の序文の言葉を借りるならば，ダンは「最初，ローマ教会のある印象を消し去らねばならなかった[21]」のである。このような事情の下でなぜダンはあえて自らをカトリック教徒と思わせしめるような態度で『風刺詩』を書いたのであろうか。ダンのような男が自分の態度をそのまま表現することはありえない。私には計算ずくめで書いたように思われる。

　John Wilcox は非常に興味ある仮説を提示している。彼は 1590 年代の突然の『風刺詩』の流行の原因を社会的に見るか，心理的に見るかを調べているが，風刺詩人の憤激が社会的な不満，幻滅から生まれたものではなくて，実は宮廷の関心を集め，宮廷での出世のための自己宣伝としての憤りであると述べている[22]。Wilcox によれば 1590 年代の『風刺詩』人はみな若く，宮廷での出世を夢見ていた青年たちであり，John Harington なる人物がやはり宮廷の関心を引くために『風刺詩』を書き，宮廷に仕えるようになった。それ以来，John Harington を模倣する人が輩出し，ダンもやはり彼らの一人であったと見ている。このような宮廷の関心を引くために書いたと思われる最も著しい例は Egerton の秘書として仕えるようになった後 1598 年の初めに書いた『風刺詩』V とり訳，28 行から 34 行に見られるであろうが，『風刺詩』を書いたダンの動機を社会的な原因によるものではなく，ダン自身の精神的な原因によるものと考えている。H. White も同様である。彼女は次のように言っている。

> Young men of strong passions provided with plenty of opportunity to indulge those passions are apt in all ages to find abundant reason to think well of themselves and ill of those who would interfere with their course[23].

この White の言葉が当面の我々の問題を最もよく説明しているように思える。ダンが 'man of passions' であったことは Walton の伝記にも見られるところである。ダンが 5 編の『風刺詩』で扱った主題，特に宮廷及び宮廷人，法律家，宗教はダンの心を強く引きつけていた問題であった。ダンはそれらの悪を指摘し，糾弾することによって自分こそが最も正しい人間であり，宮廷や法律や宗教に最も相応しい人間であるという印象を与えたかったのではないだろうか。とすれば同じ 1590 年代に書かれた『書簡詩』(Verse letters) における更には『風刺詩』全編を流れる宮廷及び宮廷人批判，堕落，腐敗しきった社会への批判も理解されよう。ここまで考えてくると『風刺詩』におけるダンの宗教的立場も明らかになってくるだろう。確かに『風刺詩』にはカトリック教及びカトリック教徒への言及がし

ばしば見られ，自らをカトリック教徒と結び付けているような箇所もあることは否定できない。しかし，1593年弟のヘンリーがカトリックの宣教師 William Harrigton を隠まった理由で捕えられ，ついには獄死している。それ故ダンの宗教的見解は巷では詮紫の的であったであろう。用心深いダンのことであるから必ずや彼の「計算」があったはずである。即ち，カトリック教への言及の他にプロテスタント的な一面，反カトリック的なダンの姿が見られるはずである。

1－4　カトリック教からの離反

例えばすでに引用した『風刺詩』IV 11. 55-57 である。

> 　　Beza then,
> Some Jesuits, and two reverend men
> Of our two Academies, I name'd;
> （それからベザ，幾人かのイエズス会員，及び両大学の二人の尊敬べき男の名を
> あげた。）

Beza は 'No one of the reformers was more disliked by Catholics than Beza.' と Grierson が言っているように[26]，'Jesuits' と対立させてダンのどっちつかすの態度を示している。特にこの『風刺詩』IV では若い男—政府のスパイであると思われるが—が何とかして詩人の正体を見破ろうとしているのだが，そのことを考えると増々詩人の中立的立場も埋解されるだろう。あるいは，次の行はどうであろうか。

> 　　We'allow
> Good works as good, but out of fashion now. (11.109-110)
> （我々は善行を善なるものとして認めるが今では流行遅れである）

'faith' によってのみ神に救われるというプロテスタントの教義をイギリス国教会は取り入れたが，また「信仰の所産である善行は神にとって喜ばしく，受け入れられるものである」と認めているのである。このようなイギリス国教会的な考えをもダンは取り入れているのである。更には『風刺詩』IV では次のように言っている。

> he [a young man] outlie either
> Jovius, or Surius, or both together. (11.47-48[29])
> （彼[若者]はジョヴィウスより，また，スリウスより，いや，二人よりうそをつ
> く。）

14

Jovius, Surius はカトリックの歴史家で，彼らは著述の不正確さ故にプロテスタント側から非難されたというが，そのような両者を皮肉っている。なお，ダンの最初の意図では Surius はプロテスタントの文筆家である‘John Sleidan’となっていたのであるが，Egerton との個人的関係から‘Surius’に変えたのである[30]。また『風刺詩』IVには次のような箇所かがある。

> unto her protests [he] protests [that] protestsp
> So much as at Rome would serve to have throwne
> Ten Cardinalls into the Inquisition ; (11.212-214[31])
> （彼女の抗議にもかかわらず，抗議を続行するのである。あまりにもその抗議が激しいので，ローマであったら，十人の枢機卿が集まり宗教裁判を開いたであろう。）

カトリックの異端審理の宗教裁判にかけられる程の抗議する女性をやや皮肉った調子で述べている。あるいはルターに言及している『風刺詩』IIの次の行も無視できない。

> as in those first dayes
> When Luther was profest, he did desire
> Short *Pater nosters* , saying as a Fryer
> Each day his beads, but having left these lawes.
> Adds to Christs prayer, the Power and glory clause. (11.92-96[32])
> （昔，若い頃，ルターは修道会に所属していた。そのため彼は短い主の祈りを望んだ。修道士として，玉をくりながら，日々唱える義務があったからだ。だが，会を離れると，キリストの祈りに，「力と栄え」の一節を付け加えた。）

あるいは『風刺詩』IIの33行では，‘out-sweare the Letanie’と述べ，カトリック教徒を皮肉っている。同じ『風刺詩』IIで，‘meanes’（中庸）を祝福していることもダンの宗教上の中立，寛容の精神と関係があるだろう。

> In great hals
> Carthusian fasts, and fulsome Bachanalls
> Equally’I hate; meanes blesse ; (11, 105-106[33])
> （カルトジオ修道会の断食も，バッカス祭の酒乱騒ぎも，大きな館では憎むべきだ。中庸が良い。）

また同じ『風刺詩』IIではカトリック，プロテスタント両派の神学論争者のあいまいな態

15

度を皮肉っている。

> But when he sells or changes land, he'impaires
> His writings, and (unwatch'd) leaves out, *ses heires*,
> As slily'as any Commenter goes by
> Hard words, or sense; or in Divinity
> As controverters, in vouch'd Texts, leave out
> Shrewd words, which might against them cleare the doubt.
>
> (11.98-102)

（ところが，この男［コスカス］が土地を売ったりは彼の契約を短縮し，そして（監視されないと），交換するときには，文字をごまかしたり，「子孫」の条項を（こっそりと）省いたりする。注釈者たちが，難解な言葉や，意味を，説明せずに通り過ぎるようなものだ。神学においても，権威あるテクストの中で，自分たちに不都合な結論を導きそうな問題の言葉を，素通りする論客が多くいる。）

このようにダンは意識的にカトリック教徒とプロテスタントへの言及を巧みに釣り合わせているのである[34]。それ故ダンがカトリック的立場から『風刺詩』を書いたという結論は性急と言わねばならない。むしろ『風刺詩』でダンは，「私のこれらの詩を見ればいかに私かカトリック教徒でないかおわかりになるでしょう」といかにもダンらしく，彼の友人たち及び Egerton に言っているようである。Cadiz, Azores 諸島への遠征でスペインを敵にし，エリザベス女王下の遠征隊に加わり，帰国後，国璽尚書 Egerton の秘書になった頃までにダンはカトリック教徒であることを止めていたにちがいない。このような背景を下に『風刺詩』Ⅲを見ればその詩においてダンがいかにカトリック教徒でないか，またいかに入念に中立の立場に自らを置いているかが明白になるであろう。例えば俗的な勇気としてダンはスペインに対して反乱を起こしているオランダ人（mutinous Dutch[35]）を助けるイギリス人の勇気や単なる金儲けのために 'fires of Spain[36]'（これは宗教裁判に言及している）に耐えられるのかと 'courage of straw[37]' としてのプロテスタントを皮肉っている。あるいは次の行ではどうであろうか。

> To 'adore', or scorne an image, or protest,
> May all be bad ; (11.76-77[38])

（聖像拝むのも，軽蔑するのも，抗議ばかりするのも，すべて悪いことであろう。）

'adore' するのはカトリックであり，'scorne an image' はプロテスタントであり，これら両者とも悪いと言っている。あるいは次の行にも中立的なダンの姿が見られる。

Will it then [at the last day] boot thee
To say a Philip, or a Gregory,
A Harry, or a Martin taught thee this?　(11.95-97[33])
(その時[最後の審判]になって，フィリップから，グレゴリーから，ハリーから，
マーチンから学びましたと言っても，何の役に立つか。)

PhilipはスペインのPhilip II世，Gregoryは教皇Gregory VII（または当時のGregory XIV），
Harryはイギリス王Henry VIII，MartinはMartin Luther である。この箇所は，最後の審
判の時，Philip 王やHenry VIII 等がこれこれを教えたから天国にやってくれなどと言っ
ても何にもならないと述べ，カトリック教徒にもプロテスタントにも疑問を投げかけてい
るところである。しかし，『風刺詩』IIIでダンの中立的な宗教的立場を最もよく示している
と思われるのは有名な次の行である。

　　　Seek true religion. O where? Mirreus
　Thinking her [true religion] unhous'd here [in England], and fled from us,
　Seeks her at Rome, there, because hee doth know
　That shee was there a thousand yeares agoe,
　He loves her ragges so, as wee here obey
　The statecloth where the Prince sate y sterday,
　Crants to such brave Loves wiil not be inthrall'd,
　But loves her onely, who' at Geneva' is called
　Religion, plaine, simple, sullen, yong,
　Contemptuous, yet unhansome; as among
　Lecherous humours, there is one that judges
　No wenches wholesome, but course country drudges.
　Graius stayes stillat home here, and because
　Some Preachers, vile ambitious bauds, and lawes
　Still new like fashions, bid him thinke that shee
　Which dwels with us, is onely perfect, hee
　Imbraceth her, whom his Godfathers will
　Tender to him, being tender, as Wards still
　Take such wives as their Guardians offer, or
　Pay valewes. Careless Phrygius doth abhore
　All, bccause all cannot be good, as one
　Knowing some women whores, dares marry none.
　Graccus loves all as one, and thinkes that so

As women do in divers countries goe

In divers habits, yet are still one kinde; (11. 43-67[40])

（ミリウスは彼女［真の宗教］がこの国を追われ，我々のもとから逃げ去ったと
思い，ローマで彼女を探し求める。一千年もの昔，彼女がローマにいたこと
を知っているために，彼は彼女のぼろ切れを非常に愛す。丁度ここ［イギリ
ス］では王が昨日座した王座の天蓋をも敬うように。クランツはこうしたす
ばらしい女たちのとりこにならず，ただ一人の女だけを愛す。ジュネーブに
おいて飾らず，素朴で，陰気で，若く，軽蔑的で，かつ不器量な宗教と呼ば
れる女を，丁度好色な男の気まぐれにあってはどんな娘も不品行で，みだら
にあくせく働く女だと考える気まぐれがあるように。グレイウスはいつも母
国にとどまってはいかがわしい野心に燃えた女郎屋の主人たる説教者たち
と流行のようにいつも新しい法律とが同じ屋根に住む女こそ唯一完全無欠
な女だと思い込ませるために，名付け親が世話する女を抱くのである。まだ
若いためにいつも後見人が世話する女を妻にめとることとなり，万一それに
違うものなら違約金を支払うはめになる被後見人のように。無頓着なフリジ
ウスはすべての女を嫌う。すべての女が善良であるはずはないからである。
女が売春婦であることを知っている者がどんな女ともあえて結婚はしない
ように。グラッカスはすべての女を一様に愛する。そして国が異なれば女も
違ったなりで歩くけれども女であることにはかわりはないと考えるのであ
る。）

ここには当時の宗教—カトリック教，プロテスタント，イギリス国教，無神論，いずれの
宗教も同じだと考える宗教—が Mirreus, Crants, Graius, Phrygius, Graccus によってそ
れぞれ表わされており，各々が自分の宗教を選ぶ安易なかつ選ぶには余りにも不十分な理
由が批判的に述べられている。5 つの宗派を描くダンの容赦のない態度に注目したい。
Milgate はもしダンがカトリック教徒であったならばダンは『風刺詩』Ⅲのような詩は書か
なかったであろうと言っているが[41]，明らかなまでにダンは意識的に自らをカトリック教
から切り離そうとしている。Elizabeth Vining はダンの詩を基にダンの伝記を半ばフィク
ション気味に書いているが，その中でダンが Egerton の秘書になる前に『風刺詩』Ⅲを
Egerton に見せ，『風刺詩』Ⅲが自分の宗教的な立場であるという場面がある。それを読み
ながら Egerton はイギリス国教会の説教師が 'vile ambitious bauds'（上記の引用文の
56 行目）と書かれた箇所にくると，'bauds'（女郎屋の主人）という表現に憤慨し，その詩
を投げ捨てる。しかし，思い直して，最後まで読み通し，ダンが心の底ではダンと同じ年
令の若者より宗教的であり，誠実な心の持主であると判断し，ダンを自分の秘書にする[42]。
Vining の考えは全く彼女自身の虚構であるが，私は Vining に近い考えである。ダンの打算
的な態度を『風刺詩』Ⅲに読み取るのは思い過ごしてあろうか。私はこれまで述べてきた

ことから Moore のように[43]『風刺詩』Ⅲを文字通りに解釈するのにはやや抵抗を感じざる
をえない。ダンのこのような相反するものを同時に抱合する精神構造，感受性はダン特有
なもので，それは Eliot の「感受性の統一」を思い起こさせるが，ダンには絶えず相反す
る要素が少しの矛盾も感じさせずに一体化していたのであって，1590 年代のダンの宗教的
な立場を考慮する際に我々はこのようなダン特有の精神構を忘れてはならないだろう。

１－５　ダンの孤立感とカトリック教

　ダンの 1590 年代における宗教的立場は彼が生まれ，育ったカトリック教からの離脱，及
びイギリス国教会への帰依の途上である。　最終的にはイギリス国教会へ帰依する訳である
が，『風刺詩』がカトリック的見地から書かれたとするのはその頃のダンの内的及び外的
状況を考え合わせると支持できない見解となってくる。確かにダンは公的にはカトリック
教徒というレッテルを剥取ることは可能であったが，果たしてダンという人間自体が完全
にカトリック教の背景を捨ててしまうことができたのかという疑問には当然のことながら
否定的にならざるをえない。H. White が「趣味と感情のかなり多くの基本的な点において
彼［ダン］は常にプロテスタントであるよりはカトリック教徒であった[44]」と言い，E.
Miner も「ダンはカトリック教に真の愛着を抱いていた[45]」と述べ，また Coffin は「多く
の改宗者と異なり...彼［ダン］は彼が背を向けた教会に対し軽蔑よりは寛大な何かを抱い
ていた[46]」と言っているように，確かにダンの中にはカトリック教的な何かが残っている。
私は「その何か」をダンの孤立性，反社会性の中に見い出したい。例えばやはり 1590 年代
にそのほとんどが書かれた『歌とソネット』に見られる恋人同士の世界は愛する女性と小
さな世界に閉じ込もり，女性との一体化だけを願う，他の世俗的名声や価値とは全く無関
心な，恋人同士だけの世界である。その小世界に大宇宙を服従せしめ，その小世界におい
てのみ「生」の意味を見い出している。そのようなダンの反社会的な姿勢は初期の詩の著
しい特徴であって，ダンの孤立感から生ずる現実世界に対する屈折した態度に初期の詩が
我々読者を引きつける一つの理由があるとも言えるだろう。Bald は次のように述べている。

> The sense of being apart from others in his family's fidelity to the old
> religion would have brought with it, on the one hand, a feeling of almost
> aristocratic exclusivcness as well as a specific pride in his descent
> from the line of Sir Thomas More [47].

このような社会的に遊離した状態からあの 'wit,' 'paradox,' 'analogy,' 'correspondence'
の詩の世界が生まれてくるのである。そのような遊離した精神構造が「形而上的精神」には
必然的なものであったことを Basil Willey は指摘し，次のように言っている。

19

l think something of the peculiar quality of the 'metaphysical' mind is due to this fact of its not being *finally committed* to any one world. Instead, it could hold them all in a loose synthesis together, yielding itself, as only a mind in free poise can, to the passion of detecting analysis and correspondences between them [48].

また Miner は世界からの疎外は形而上詩人に共通のものであると言っている[49]。更に Leishman はウィットやパラドックスの機能を対象からの逃避手段であると言ったが[50]，このようなダンの精神構造を引き起こした原因を私は単に『書簡詩』や『風刺詩』に見られたような現実社会での行動から生ずる座折，外界の腐敗への幻滅だけに見い出したくない。現実社会への幻滅，絶望もあったことは否定できない。しかし，それ以上にダンの孤立感，外的世界との反目，不和感はエリザベス女王時代に国賊と見なされたカトリック教徒という自らの過去を完全に消し去ることができなかったことに由来すると思われる。ダンの社会的孤立感をカトリック教徒であるためと見なした Hunt は更に推論を進め，ダンはエリザベス女王自身に対しても敵意を抱いていたであろうと述べているが[51]，この推論も考えられないことではない。更には Gardner の分類による『歌とソネット』の Part II[52] に見られるダンの愛，即ち真の愛を神秘とみなし，その奥義に違することができるのは愛し合う二人だけであるとした考え，俗世間の輩を 'laity' とみなしたあの選民意識，俗物蔑視，このようなダンの態度は何を我々に語っているのか。あるいは『風刺詩』IV でのスパイによって正体を見破るというイメージの使用はどうであろうか。

He [a young man] like a priviledg'd spie, whom none can
Discredit, Libells now'against each great man. (11. 119-120[53])
(彼[若者]は誰も疑うことのできない特権あるスパイのように今やお偉方一
人一人を中傷する。)

また宮廷内の腐敗振りに驚いた様子を「私は見破られたスパイのように震えた」(1 shooke like a spyed Spie[54].) と描くダン，あるいは幾度なく『エレジー』の世界に現われる愛する二人の仲が見つけられるという設定は単なる詩的効果をだけを意図したものであろうか。「嫉妬」(Jealousie) には次のような行が見られる。

There [in another house] we will scorne his household policies,
His seely plots, and pensionary spies,
As the inhabitants of Thames right side
Do Londons Mayor, or Germans, the'Popes pride. (11. 31-34[55])
(そこで[別の家で]我々は彼の家庭方針，おろかな策略，年金生活のスパイを

あざけり笑おう。丁度テームズ川右岸の住民たちがロンドン市長やドイツ人，法皇の自慢をあざけり笑うように。)

あるいは，'His parting from her' には「家で雇われたスパイに待ち伏せされて」(ambush'd round with household spies [56])のような表現があり，同じ詩に「我々はスパイにスパイをつけるように我々の仲を警戒しなかったか」(Have we not kept our guards, like spie on spie?[57]) と描いている。ダンの詩の登場人物が「恐れ」を抱いていることは注目に値しよう。あるいは 1600 年頃，友人の Henry Wotton に送った手紙の中で「私の『風刺詩』にはある恐れがあり，ある『エレジー』や『パラドックス』にはおそらく恥があるでしょう[58]。」と書いているが，『風刺詩』の中に見られる「ある恐れ」とは何を意味しているのであろうか。この「恐れ」とはカトリック教徒ではないかという恐れではないのか。ダンとしてはカトリック教徒でもなく，プロテスタントでもなく，宗教的には中立な立場で書いたと確信していたダンが自分の『風刺詩』を読み返し，そこに見られる極端なまでの社会との不和，社会からの逃避的な態度を，あるいは，カトリック教及びカトリック教徒への度々なる言及を懸念していたのではないだろうか。ダンの 1590 年代の詩の読者，即ち，Lincoln's Inn の学生や Cadiz, Azores 諸島遠征隊のような人たちであるが，グンの家庭環境を知っている者ならばダンのそのような逃避的な，社会との異和感をカトリック教徒であるためだと直感しただろう。『風刺詩』における人前に出ることを嫌い，他人から見られるのを意識し，他人と出会うのを恐れびくびくしている姿は何を示しているのか。自分の部屋から出て行くのを嫌い，また，出会う人に対しての用心深い態度，これらから我々は何を読みとればよいのだろうか。Nicolson 女史の言う 'agoraphobia' 的傾向であるが[59]，私はそのような精神構造がまだ十分にカトリック教徒的であったという点から理解したい。 ミクロコズム—マクロコズムといった時代的背景も考えられようが，しかし，ダンの場合はそれ以上に当時の宗教的背景による原因がはるかに大きかったのである。

1－6　むすび

　ダンが社会的に孤立し，宗教的にはどれが自分の取るべき人の宗教かという不安定な懐疑の中にあって，ダンの心の寄り所，ダンが確信をもって成しえたのは何であったろうか。我々はここでダンが『風刺詩』を書いていた頃に彼は，また，『エレジー』や『歌とソネット』の一部を書いていたという事実を忘れてはならない。『エレジー』や『歌とソネット』でダンが行っていることは想像的，劇的世界を作りあげることであって，『風刺詩』や『書簡詩』に見られたような外的世界に対する鋭い観察や悪の指摘を行うことはしていない。『エレジー』や『歌とソネット』に見られるのは放縦，奔放なシニカルな詩人の姿である。ウィット，ユーモア，パラドックスを十二分に駆使し，読者を唖然とさせるダンである。例えば，『エレジー』には（1）ささいな事柄についての機知に富んだ談話（2）途方もない

命題を一見，真面目そうに論証しているもの (3)劇的な場面が設定され，そこにかなり多くの純然たるウィットやパラドックスが付随的に表われてくるもの，これらが『エレジー』の世界を作りあげている(60)。恋人の腕輪を紛失への償いを書いた'The Bracelet'ではエンジェル金貨を天使のエンジェルにかけ，占星術やスコラ哲学などを類推として用い，恋人を慰める。あるいは，美人よりも醜い女がいいという'The Anagram'，一人の女性に縛られているよりは何人も女を換えた方がよいという'Change'や'Variety'，女の体を上から愛するより下から愛する方がすぐ目的に達するという'Loves Progress'，ベッドの前で愛する女性に早く着物をぬぎすてよという忠告をプラトニズムの魂と肉体の比較から論を進める'Going to Bed'，更には，親の目を盗んで恋人といるところを見つけられ，その原因となった香水をのろう'The Perfume'等々，ダンの『エレジー』の世界はほとんどウィットとパラドックスの世界であり，そこに用いられるロジックは三段論法的ロジックであり，類推や比較や分析による証明の詩の世界である。そして，何よりも重要なことはそこでは「あらゆる社会的，道徳的及び宗教的価値(61)」は一切拒否されていることなのである。また，『歌とソネット』の一部はやはり 1590 年代に書かれているが，Gardner の分類による 1600 年以前の詩のほとんどは『エレジー』同様自由恋愛を歌い，女の不実を讃美し，「肉」の世界，「多」の世界，恋愛を遊びとする Ovid 的なものが多い。ここにも『エレジー』におけると同様，社会的，道徳的，宗教的な諸々の価値は姿を見せない。『風刺詩』や『書簡詩』の詩人を取り巻く世界への観察は見られず，現実世界から遊離した詩人の姿が注目されるのである。いわゆるダンの 'private' な小さな世界が完成されていく途上である。ダンはすでに見たように，1590 年代には次第にカトリック教から離れていき，公的には中立の立場であって，まだ模索の状態であった。そのような社会的地位も定まらず，宗教的には懐疑的であったダンがシニシズムの世界へ走っていったのは当然の帰結であって，ダンは自らの不安定な，不確かな状態から自らの想像力や知性によって一つの虚構の世界を作りあげ，そこに完全体を求める以外自己の心を休めてくれるものはなかったのである。Leishman の指摘するように，ダンのあの執拗なまでの分析や比較による詩の世界はそれ自体ダンの完成体への理想の成就を意味していたのであり，「疎外された世界」において，頼るべきものはナルシズム以外になかったのである。『エレジー』や『歌とソネット』は言わばダンの現実世界逃避の所産であり，閉ざされた世界におけるナルシズムの表現であって，その世界には絶えず，演技者としてのダンがいるだけである。Crofts は「ダンは生涯を通じて自己に取りつかれた男であって，自分自身のドラマから逃げることはできなかった(62)」と言っているように，そのドラマにはただ一人の主人公しかいない。即ち，恋をするダンであり，恋されるダンであり，ダン自身なのである。彼は，外的世界での非行為者がウィットやパラドックスを用いた自ら築き上げた劇的な虚構の世界でのみ行為者になることができたのであり，いかなる変化も愛する者同士の一休化した魂の中には入り込んでこないというあの確信に満ちあふれたダンの姿が生まれてくるのである。

注

(1) Helen Gardner and T. S. Healy eds. *John Donne: Selected Prose* (Oxford: Oxford University Press, 1967). p. 26.

(2) Clay Hunt, *Donne's Poetry: Essays in Literary Analysis* (New Haven: Yale University Press, 1954), p. 170. なお, Hunt は言及していないが, 当時のカトリック教徒は二組に分かれていた。W. K. Jordan はその二組を "those Catholics who are loyal to the Crown in political concerns and whose religion bore no evidence of complicity in seditious plots" と "the extremist party led by the Jesuits" 即ち "the loyal and disloyal Catholics" としている。(W. K. Jordan, *The Development of Religious Toleration in England* [Gloucester, Mass.: Peter Smith, 1965]), Vol. I. p. 202 及び p. 203. ダンは Jordan の分類によれば前者に属するであろう。なおダンはジェズイットには批判的な立場を取っており, 決してカトリック教徒とジェズイットを同一視することはなかった。(R. C. Bald, *John Donne: A Life* [Oxford: Oxford University Press, 1970], p. 66 参照) エリザベス女王時代のカトリックの問題点については Martin J. Havran, *The Catholics in Caroline England* (Stanford: Stanford University Press, 1962), Chapter 1 を参照されたい。

(3) H. J. C. Grierson ed. *The Poems of John Donne*, 2 Vols. (Oxford: Oxford University Press, 1912), Vol. I. p. 150. なお, ダンの詩の引用はすべて上記の二巻本からで, 以下, Grierson, I. 150 のように記すことにする。

(4) Ibid., I. 159.

(5) Op. cit.

(6) W. Milgate ed. *John Donne: The Satires, Epigrams and Verse letters* (Oxford: At the Clarendon Press, 1967), p. 151

(7) Grierson, I. 166-167

(8) Milgate, p. 162.

(9) Grierson, I. 170.

(10) Ibid., 160.

(11) Ibid., 158.

(12) Richard E. Hughes, *The Progress of the Soul* (New York: William Morrow & Company, 1968), pp. 51-52.

(13) Grierson, I. 168.

(14) Ibid., 151. なお, 同じ 1590 年代に書かれた 'Elegie: Recusancy' でも女性との別れを新教徒国がローマから離反するイメージで表わしている。

(15) Grierson, II. p. 117, p. 121.

(16) Hunt, p. 170.

(17) M. Bewley, "Religious Cynicism in Donne's Poems". *KR*. XIV (1952), p. 635.

(18) Izaak Walton, *Lives of John Donne, Sir Henry Wotton, Richard Hooker, George Herbert, & Robert Sanderson* (London: Oxford University Press, 1927), p. 24 及び R. C. Bald, *John Donne: A Life* (Oxford: Oxford University Press, 1970), pp. 42-43.

(19) Bald, p. 70.

(20) Ibid., pp. 307-368.

(21) Gardner and Healy, p. 49.

(22) J. W. Wilcox, "lnformal Publication of Late Sixteenth-Century Verse Satire," *HLQ* (1950), p. 200. ローマの『風刺詩』は腐敗, 堕落したローマ帝政の下で生まれ, Jevenal や Persius は彼らの周囲の悪徳, 虚偽, 腐敗に見えかねてそれらを攻撃せずにはいられなかった。ローマの 『風刺詩』は社会的条件の下で生まれたが 1590 年代のイギリスにおける突然の『風刺詩』の流行が社会的条件の下で生じたのかどうかは疑わしい。Wilcox はそれを否定している。

(23) H. C. White, *The Metaphysical Poets: A Study in Religious Experience* (New York: Macmillan, 1962), pp. 101-102.

(24) Walton, p. 84.

(25) 例えば, Grierson, I. 187, 188.

(26) Grierson, II. 121.

(27) Ibid., 154.

(28) Milgate, p. 138.

(29) Grierson, I. 160.

(30) Milgate, p. 153.

(31) Grierson, I. 166.

(32) Grierson, I. 153.

(33) Grierson, I. 153-154. なお, 'The Autumnal' 45 行でも 'I hate extreames.' と言っている。

(34) Bald, p. 70.

(35) Grierson, I. 155.

(36) Loc. cit.

(37) Loc. cit.

(38) Grierson, 1. 157.

(39) Ibid., 1. 158.

(40) Ibid., I. 156.

(41) Migalte, p. 139.

(42) E. G. Vining, *Take Heed of Loving Me: a Novel about John Donne* (Philadelphia & New York: J.B. Lippincott & Co, 1964), pp. 76-79.

(43) T. V. Moore, "Donne's Use of Uncertainty as a Vital Force in *Satyre III*"（*MP*, 1969)"『風刺詩』Ⅲの理解に際してこの論文に負う処が多い。

(44) White, p. 95.

(45) E. Miner, *The Metaphysical Mode from Donne to Cowley* (Princeton: Princeton University Press, 1969), p. 34.

(46) C. M. Coffin, *John Donne and the New Philosophy* (New York: Columbia University Press, 1937), p. 227.

(47) Bald, p. 41.

(48) Basil Willey, *The Seventeenth-Century Background* (Hammondsworth, Middlesex: Penguin Books, 1962), p. 45.

(49) Miner, p. 27. この「疎外」及び 'private mode' を引き起こした原因を Miner は従来の 'bright Elizabethan and dark Jacobean England' という考えから 'late Elizabethan dcpression' と 'Jacobean recovery' という考えに一般論は移ったと言っているが, Miner 自身は 16,17 世紀の経済及び社会上の 'dislocation' に帰するのが最善の歴史的解決としている（p. 30 参照）。なお「疎外」という概念をルネッサンス芸術一般の「マニエリスム」という大きな流れの中に捕えた A・ハウザーは,「疎外のしるし, 疎外の結果, 個人が社会から疎外されていく過程, 及びその過程から生まれた不安, 苦痛及び混乱の表現」としてマニエリスムを定義しているが, この言葉以外にもマニエリスム的要素がいかにダンにもあてはまるかはハウザーの書の至る所に見られる。ハウザーも「疎外」の原因を 16,17 世紀の政治・文化・社会の各方面から論じている。 A. Hauser, *Mannerism* (London: Routledge & Kegan Paul, 1965) 参照。邦訳は若桑みどり訳『マニエリスム』（岩崎美術社, 1970) がある。

(50) J. B. Leishman, *The Monarch of Wit* (London: Hutchinson University Press, 1951), p. 44, 103.

(51) Hunt, pp. 166-170. ダンの孤立感がカトリック教徒のためであるという考えは Hughes, p. 50 及び Miner, p. 36 にも見られる。

(52) H. Gardner ed. *The Elegies and the Songs and Sonnets* (Oxford: At the Clarendon Press, 1965), p. liff.

(53) Grierson, I. 163.

(54) Ibid., I. 167.

(55) Ibid., I. 80.

(56) Ibid., I. 101.

(57) Ibid., I. 102.

(58) E. M. Simpson, *A Study of the Prose Works of John Donne* (Oxford: At the Clarendon Press, 1948), p. 316.

(59) M. H. Nicolson, *The Breaking of the Circle* (New York: Columbia University Press,

1960), pp. 168-169.

(60) Leishman, p. 54.

(61) Gardner, p. XXV.

(62) H. Gardner ed., *John Donne: a collection of critical essays* (New Jersey: Prentice-Hall, 1962), p. 82. Leishman も「ダンはいろいろな役を演じる役者であった」と言っている。(Leishinan, p. 48.)

＊本文の詩の日本語訳については，湯浅信之訳『ジョン・ダン全詩集』(名古屋大学出版局，1996) を参照した。

第 2 章　『イグナティウスの秘密会議』におけるジョン・ダンのコペルニクス像

2−1　はじめに

　1610 年の後半にラテン語で書かれ，翌年，1611 年に英訳され，出版された『イグナティウスの秘密会議』（*Ignatius His Conclave*）（以下『イグナティウス』と略記）はジェズイットを徹底的に風刺・攻撃した作品である[1]。ダンの生存中には彼の名前が記されず，死後，1634 年に初めて公表され，生存中に三版を重ねる程で，『イグナティウス』の直前に書かれたと思われる『偽殉教者』（*Pseudo-Martyr*）とは異なりかなり読まれたようである。『イグナティウス』は地獄のサタンの秘密部屋への入場を求めて，様々な「革新家」（innovator）が押し寄せるが，すべてジェズイットの創立者であるイグナティウス・ロヨラ（Ignatius loyola）によって反駁され，追い払われるという内容の物語である。その中に本論で扱うコペルニクス（Copernicus）が最初の「革新家」として登場する。ダンが「コペルニクス的転回」と言われるコペルニクスの地動説を初めとする彼の時代の「新しい学問」に対しどのような態度を取っているのかは非常に興味ある問題である。ダンの革新的と思われる初期の作品から我々は「新しい学問」に対して同様の態度を期待し，コペルニクスに対しても肯定的な態度を予想するであろう。しかし，『イグナティウス』に見られるコペルニクスに関してダンは絶対的に肯定的とか否定的とかは言っていないように思われる。つまり，ダンのコペルニクス像は極めてあいまいで，どちらとも受け取れる描き方を（意図的に）行っているようである。それ故，『イグナティウス』のコペルニクス解釈に関してはこれまで賛否両論が見られるのである。C. M. Coffin[2]，T. S. Healy[3]らは肯定的に，R. Chris Hassel, Jr.[4]，M. H. Nicolson[5]，F. Kermode[6]らは否定的にそれぞれ解釈している。なぜこのような全く相反する見解が生じるのか，なぜダンはコペルニクスに対して明確な態度を表わさなかったのか，これらの疑問を解明するのが本論の第一の目的である。論を進めるにあたって最初にテキストに沿って忠実にコペルニクスの描写を検証し，次にダンの『イグナティウス』作成前後（否，初期から）の看過できない重要な特徴である「秩序」志向と『イグナティウス』がジェズイット攻撃の宗教論争書であるという事実を考慮に入れ，ダンのコペルニクスへの態度を明らかにしたい。

2−2　「革新家」コペルニクス

　『イグナティウス』のコペルニクス像に移る前に作品の概要について触れておこう。『イグナティウス』は最初から "extasie" という現実には起こりそうもない状態にある語り手の魂が肉体から抜け出し，さながら宇宙遊泳の如く天空をさまよい，すべての惑星，恒星を一望の下に見る[7]。惑星，恒星に関しては「優先権」により最初の観察者であるガリレオ

（Galileo）とケプラー（Kepler）に任せ，魂は全然それらに触れることなく，一転，急降下，地獄に到達する。そして奥へ進むとある部屋を発見する。その部屋は地獄に落ちた者のうち一人だけが入場でき，サタンの右側に座れるという地獄に落とされた者には最も名誉ある部屋なのである。その名誉の座をめぐり，カトリック教徒が続々とやってくる。コペルニクスが来る前にマホメット（Mahomet）とボニファティウス三世（Boniface III）が争い，後者が勝利を収めることがわかる。語り手の魂はコペルニクス，パラケルスス（Paracelsus），マキアヴェリ（Machiavelli），アレティーノ（Aretino），コロンブス（Columbus），フィリップ・ネリ（Philip Neri）が真の「革新家」と言わんばかりにサタンの秘密部屋に押し寄せ，サタンにではなく，イグナティウス・ロヨラに反論され，追い払われるのを見る。本作品の非難的的であるジェズイットの主謀者たるロヨラは当然のことながら天国には行けず，地獄において地上におけると同様，軍隊的組織をつくり「革新」を成しとげようとたくらみ，地獄からジェズイット以外のすべての者を追い払おうとする。そしてついにサタン自身すら地獄から追い出される危険を感じ，サタンはロヨラ及びジェズイットを月に送ろうとする。そうすれば彼らは容易に'Lunartique Church'（Lunartique にはもちろん「月の」という意味の他に「狂人の」意味があり，ダンは両者の意味で使用している）とローマ教会を一致させ，その上彼らが月にいればすぐにも地獄が生じ，更には月から他の惑星へも移ることが可能で，至る所で彼らは地獄をつくることが可能だとサタンは考えているからである。この後ロヨラの聖列加入（canonization）決定が地獄にも届き，一段と真の「革新家」にふさわしくなったロヨラはサタンの右座を占めていたボニファティウス三世を見つけ，けり落とす。地獄の秘密部屋を守ってくれるロヨラに見放されては自分の王座も危ないと思い，サタンがロヨラのあとを追うのを見た後，魂は長く肉体を離れていると肉体が腐敗すると心配し，肉体に戻っていく。最後に地獄でロヨラが教皇ボニファティウス三世を追い払ったように，地上においてもジェズイットは教皇の座を狙うのではないかと懸念するところで作品は終っている。

　さて上記のサタンの秘密部屋に最初の「革新家」としてコペルニクスが登場する。コペルニクスは知らないのであるがその部屋の入場には三つの条件を満たさなければならないことになっている。最初は従来の真理とみなされてきたことの全面否定及びそれに代わる新説の樹立である[8]。二番目に，論争を引き起こすことである[9]。三番目に，一般人に多大な害を及ぼしていることである[10]。キリスト教徒にとって最大の理想は死屋神の裁きを受け，神の右側に座ることであるが，『イグナティウス』では天国が地獄に変えられ，天国と逆の条件が設けられ，それに合格した者だけがサタンの右に座ることができるのである。

　以上の三条件を知りもせずにコペルニクスがサタンの特別室にくる。コペルニクスと言えば地動説，地動説と言えばコペルニクスというように両者は切っても切れない関係にあるが，コペルニクスが何をもって自己の「革新」を主張するのか，それは紛れもなく地動説をもってなのである。『イグナティウス』に現われるコペルニクスは自分よりは他に「革新家」はいないと言わんばかりの横柄，尊大な人物である。語り手は次のように述べる。

As soon as the doore creekt, I spied a certaine Mathematitian, which till
then had bene busied to finde, to deride, to detrude Ptolemy ; and now
with an erect countenance, and setled pace, came to the gates, and with
hands and feet (scarce respecting Lucifer himselfe) beat the dores,
and cried; (p. 13)

（ドアがきしるや否や私はある数学者を見つけた。彼はその時までプトレマイ
オスを見つけ，あざけり，追い出すことで多忙であった。今や彼は顔を真直
ぐにし，変らぬ足取りで門まできて，手足で（ほとんど悪魔自身に目もくれ
ず）ドアをたたき，そして叫んだ。）

この後コペルニクスは自分の「革新家」としての主張を述べる。

Are these[doors]shut against me, to whom all the Heavens were ever open,
who was a Soule to the Earth, and gave it motion？ (p. 13)

（これら[ドア]は私には開かないのか，すべての天に自由に出入りでき，地球の
動因であり，地球を動かした私に。）

ここでコペルニクスは明白に自分が地動説の張本人であることを理由にサタンの特別室へ
の入場権利は当然自分のものであると述べる。この短かいコペルニクスの言葉には傲慢に
も思える彼の一端が窺われる。コペルニクスをこのように描く一方で，語り手は彼を擁護
するように無害な人物として描くのである。確かに，コペルニクスの態度は傲慢・不遜で
あり，サタンもその大胆さには一目をおく程なのであるが，しかし，語り手は生前中のコ
ペルニクスについては何も悪い評判は聞いたことがないので，最初なぜコペルニクスが地
獄に来ているのかわからず，二つの理由を思い出し，本来ならばコペルニクスは地獄に来
るべきはずではないのだと述べるのである。一つの理由はカトリック教徒（Papists(12)）が
異端（Heresie）という名称と異端への処罰をほとんどすべてのものに広げたから，異端の
烙印を押されずにすんだコペルニクスまでが異端者にみなされ，地獄に落とされたという
のである。もう一つの理由は語り手がまだグレゴリウス一世（Gregory 1）とビード（Bede）
が使用した特別な眼鏡をかけていたことである。その眼鏡というのは普通の人には見えな
いものまでが見えるという大変な代物で，たとえば魂が肉体から抜け出し，また肉体に戻
るのが見えたり，サタンですらも救われると説いたオリゲネス（Origen）が地獄で燃えて
いるのが見えるのである。ダンはグレゴリウス一世やビードが実際にはありえないことを
あたかも見たかのように述べたことを皮肉っている訳で，語り手がその眼鏡をかけたまま
だったというのは実際にはコペルニクスは地獄にはいないのだということを意味し，彼は
地獄に来る程の異端者ではないことを暗示する。そして語り手の予想通り，ロヨヲから反

29

論を加えられ，追い払われる。

　このようにダンはコペルニクスを一方では大担不敵な人物として描き，他方では「異端者」「革新者」というレッテルから彼を救おうとしているのである。さて，サタンはコペルニクスの大胆さに対してそれは特別室への入場条件ではなく，まず第一に，コペルニクスの周囲にいる人々を満足させなければ，決してサタンの秘密部屋には入れないという。当時の一般の人々を納得せしめるに至らなければ「革新家」としては見なされないというサタンのことばは一般人のコペルニクス及び地動説に対する態度を知る上で重要な意味をもっている。後で明らかになるように，コペルニクスは天文学に関しては全くの素人であるロヨラに反論されることも考慮に入れる必要があろう。コペルニクスは自分が生前中にどのような「革新」を成しとげたかをより具体的にサタンに述べる。

> I am he, which pitying thee[Lucifer]who wert thrust into the Center of the world, raysed both thee, and thy prison, the Earth, up into the Heavens ; so as by my means God doth not enjoy his revenge upon thee. The Sunne, which was an officious spy, and a betrayer of faults, and so thine enemy, I have appointed to go into the lowest part of the world. (p. 15).
> (私は世界の中心に押しやられた君[サタン]を気の毒に思い，君と君の牢獄たる地球を天高く上げた者なのだ。それで私の方法により神は君には復讐はしないのだ。おせっかいなスパイであり，種々の過失を表わし，君の敵である太陽を私は世界の一番低い所に行くように命じたのだ。)

そして，ささいな事柄において革新を成しとげた人には地獄の門が開くのに，「世界の全機構」(the whole frame of the world[13])をひっくり返し，ほとんど「新しい創造主」(a new Creator[14])となり，第二の神にも匹敵する自分には地獄の門が開かないのかとコペルニクスは自信満々に「革新家」として当然の権利であるサタンの特別室への入場を主張する。このようなコペルニクスに対して，サタンは彼を追い払う理由を見つからず思案にくれる。

> It seemed unjust to deny entry to him [Copernicus] which had deserved so well, and dangerous to graunt it, to one of so great ambition, and undertakings ; (p. 15)
> ([地獄の特別室への入場を]受けるに非常によく価した彼[コペルニクス]に入場を認めないことは不当であり，かくも大それた野心と企てを抱いている者に入場を認めることは危険のように思えた。)

ここで本作品の主人公たるロヨラがサタンに援助の手を差し出す。ロヨラは「狡猾な奴」(subtile fellow)で「生まれながらに悪魔がついていたので悪魔を誘惑でき，それのみな

30

らず悪魔を自分のものにさえでき」，悪魔以上の人物なのである。ロヨラはすべての「革新家」を追い払う程弁舌が巧妙であるが，「革新家」を追い払う際に負けじとばかりにジェズイット及びカトリック教徒の悪事・愚行を披露する程単純な男でもあり，我々はロヨラが雄弁になればなる程ロヨラ一派の愚行が暴露される場面に思わず苦笑するのである。

2－3　ロヨラの反論

　ロヨラのコペルニクスへの反論は次の五つから成っている。最初の反論はコペルニクスが Lucifer (Satan) を Venus と同一視したが，Lucifer と Venus とは全然関係がないということである(15)。同名人物だったらむしろ Lucifer という司教がはるかに Satan に匹敵しうる人物である。彼は歴史上初の反君主主義者であり，時の皇帝に「反キリスト」「ユダ」及び他の不名誉な名前を付けたからである。二番目の反論は『イグナティウス』におけるコペルニクス像を知る上で極めて重要と思われるもので次の通りである。

> But for you [Copernicus], what new thing have you invented, by which our Lucifer gets anything? What cares hee whether the earth travell, or stand still? Hath your raising up of the earth into heaven, brought men to that confidence, that they build new towers or threaten God again? Or doth they out of this motion of the earth conclude, that there is no hell, or deny the punishment of sin? Do not men believe? *Do they not live just, as they did before?* Besides, this detracts from the dignity of your learning, and derogates from your right and title of coming to this place, that those opinions of yours may very well be true. [Italics mine] (p. 17)
>
> （しかし，君[コペルニクス]に関しては，我が悪魔の利益になるどんな新しいことを君は考案したのか。地球が動こうが静止しようがどんな心配を悪魔はするだろうか。君が地球を天高く上げたために人々は再び[バベルの塔に匹敵する]新しい塔を建て，神をおどすという自信を得たであろうか。あるいは，人々は地球が動くという考えから地獄は存在しないと結論したり，罪への罰を否定するであろうか。人々は「地動説」を信じていないのではないか。人々は以前と同じように生活しているのではないか。その上，君のそのような見解は全く真実であるということは君の学識の威厳とこの場所に来る権利と資格を損じることになる。）[イタリックスは筆者]

この箇所はコペルニクス及び彼の地動説に対する当時の一般人の態度を知る上で極めて重要である。Tillyard によればエリザベス朝の教養ある人々は母国語でコペルニクスの天文

学を教える多くの教科書を持っていたが[16]，コペルニクスの説によって古い秩序を覆すことを嫌い，彼らはなお宇宙を地球中心に考えていたと述べているが[17]，ダンの上記の一節はTillyardの見解を例証するような一説である。コペルニクスの地動説によってサタンは何も得るところがないということはカトリック教徒やジェズイットがカトリック教会とロヨラの教えに従い，続々と地獄にやってくるのとは事情が異なり，一般人が聖書の教義に反する地動説を信じ，その結果，カトリック教会から異端の烙印を押され，地獄に落とされることはないということである。上記のイタリックスは特に注目を要する。ラテン語版では「人々は以前と同じように信じ，生活をしている[18]」となっており，コペルニクスの説が一般人に多大な害とか混乱を起こすことはありえないとロヨラは主張する。そして最後に，コペルニクスの地動説はもっともすぎる程真実であるとつけ加え，コペルニクスにとどめの一撃をさす。ロヨラの考えによればコペルニクスは少しも「革新家」には価しないのである。このロヨラの反論は当時の一般人の，多少の教養を身につけた人々の—ロヨヲを天文学に関しては全くの素人で，最初はプトレマイオスもコペルニクスも知らず，Almagest（プトレマイオスの天文学的知職の集大成），zenith（天頂），nadir（天底）すらわからず，他人からそれらが聖人の名前であり，LitanyやOra pro nobisの中にそう入されてもよいと説得される程の無学者であったが地獄に来て以来，少々学問を身につけたと語り手は述べているからである[19]—平均的な考え方ではなかったのではないだろうか。ロヨラを通じてダンは一般人のコペルニクスへの態度を表わしているように思われる。一般人にとってコペルニクスの説はあくまでも一つの仮説にすぎないものであった。丁度，現代でいうならば彼の説はフロイトの精神分析やアインシュタインの相対性理論に匹敵しうると言えよう。複雑な数学体系を理解しえない一般人にとって地動説は到底理解しえないものであったろう。たとえ理論的には正しいとしても一般人の眼に映る世界は依然として従来のままであった。この後マキアヴェリが登場し，コペルニクスとパラケルススを批判する場面があるが，そこでもマキアヴェリは大体ロヨラと似た方法でコペルニクスを批判している。マキアヴェリからすればコペルニクスよりはパラケルススの「無分別（rashnesse）と「同朋意職」（fellowship）に我慢できる。その理由はパラケルススが「人間を屠殺したり，ずたずたに切ること」（the butcheries, and mangling of men）に熟練しているからである。しかしながら，コペルニクスはパラケルススに匹敵するようなことを何一つやっていないとマキアヴェリは考えている。コペルニクスの説がそれまでの宇宙論，道徳観，及び神学といった諸々の価値観に重大な影響を及ぼす訳であるが，現実的には一般人の眼に見える害を何一つ加えていないのである。だからマキアヴェリは「このくだらない，空想的なコペルニクス」（this idle and Chymaericall Copernicus[20]）と呼んでいるのである。マキアヴェリから見れば，そしておそらく一般人の眼から見れば，コペルニクスの地動説よりはパラケルススの方がはるかに一般人に及ぼす害は大である。コペルニクスは反キリスト教的な真理の否定という点においては「革新家」と呼べるかもしれないが，「多大なる害」を一般人に加えたかに関しては「否」と答えざるをえない。上で挙げた三条件の

うちで最後の条件を満たしていないということになる。ロヨラ同様マギアヴェリもコペルニクスの有する深い意味—アリストテレス・プトレマイオスの秩序あるコスモスとしての宇宙の否定，ヒエラルキーの宇宙像の崩壊，月上の不変・不滅の天上界と月下の変化，滅亡の地上界の否定—を理解することはできないでいる。感覚を唯一の認識基盤とする一般人はコペルニクスからみれば「数学を少しも知りもせずにこれらのこと［地動説］を判断しようとする怠けもの[21]」にすぎないのであろう。コペルニクスの専門書を理解できない者にとってコペルニクスは「面白い変人」(amusing crank) であり[22]，彼の説はばかげた邪悪なものに見えたのである[23]。ロヨラ及びマキアヴェリの見解は当時の一般人のコペルニクスへの態度を知る上で重要なものである。このようにコペルニクスの地動説に何ら「革新」を見い出さないロヨラは同じ天文学に関してならロヨラと同じジェズイットのクラヴィウス (Clavius) がはるかに一般人に悪影響を与え，世間を困乱に陥しいれていると言う。クラヴィウスのグレゴリオ暦 (Gregorian calendar) は従来の暦より十日間短縮されており，一般人のみならず宗教界にも多大な混乱を引き起したからである[24]。

　ロヨラの三番目の反論は，地動説はコペルニクスが最初に考えたのではなく，彼以前にすでに様々な人が考えていたということである。

> But your inventions can scarce be called yours, since long before you
> Heraclides, Ecphantus, Aristarchus thrust them into the world: (p. 19)
> （しかし，君の発見はほとんど君のものとは呼ぶことはできない。なぜなら
> 君よりずっと以前にヘラクリデス，エクファントス，及びアリスタルコス
> がそれらを世間に無理に受け入れさせたからである。）

Heraclides, Ecphantus, Aristarchus は「反キリスト教的英雄」(Antichristian Heroes) にだけ取ってある地獄の秘密部屋に来ることを望んでいないから単に彼らの考えを復活させたにすぎないコペルニクスも彼ら同様，秘密部屋に来るのをあきらめた方がよい，とロヨラはコペルニクスに忠告する。ロヨラのこの反論方法はコペルニクス以後の「革新家」を追い払う時にも使用されるが，ダンの「知識」または「伝統」に対する態度を示すものとして興味深いものである。人間の考え出す思想は必ずや過去の思想の復活であり，人間の成すことに新しいことはないのだ，とダンは考えているようである。

　四番目の反論はコペルニクスを初めとする天文学者たちの間で見解が一致せず，今だ「党派」(sect) を構成するに至っていないことである。マホメットがボニファティウス三世とサタンの特別室への入場をめぐって破れたのもマホメット信奉者たちは無数の宗派に分裂し，「全員一致」(unanimity) と「調和」(concord) に欠けていたためであったが[25]，四番目の反論でも，ロヨラはコペルニクスの説が新天文学における唯一の説ではなく，たとえばティコ・ブラーエは天動説と地動説の調和を目指していたように，コペルニクスの地動説だけが絶対的な真理であることを否定している。この反論はまた，ローマ・カトリック

33

教会内での「宗派」分裂を皮肉っていることは言うまでもないだろう。

　最後の反論としてロヨラは，コペルニクスの地動説にローマ・カトリック教会はまだ公式に異端の烙印を押してはおらず，もし異端として地動説が排斥されていればカトリック教会の公式見解に異端を唱えるという意味でコペルニクスは「革新家」「異端者」として地獄の特別室への入場を許可されるのであろうし，また，一般人が当然のこととして受け入れている地動脱をあえて否定する教皇も特別室に許可されるであろうと述べ，コペルニクスの地動説がローマ・カトリック教会内では重要な問題としては見なされていないことをロヨラは指摘する。

　以上の五つの反輪によってロヨラはコペルニクスの「革新」「異端」を完全に否定し，地獄の秘密部屋のドアから彼を追い払ってしまう。ロヨラのコペルニクスへの反論を終始沈黙を守り，聞いていたサタンはロヨラに賛同の意を示し，コペルニクスは「一言もつぶやくことなく，太陽が静止していると彼が考えているのと同じように静かになった」（...Copernicus, without muttering a word, was as quiet, as he thinks the sunne...[26]）。コペルニクスと入れ代わり，パラケルススが登場するところでコペルニクスの場面は終る。

2−4　ダンのコペルニクス像

　以上テキストに沿って『イグナティウス』に現われるコペニクスを詳細に見てきたが一体ダンのコペルニクス観はどのようなものなのであろうか。ロヨラがコペルニクスを一蹴しているようにダンもコペルニクスを全然問題にしていないのであろうか。我々はここで次の二点を思い出す必要がある。一つは，改めて言うまでもなく『イグナティウス』がジェズイットのイギリス社会への攻撃を風刺しているという点であり，もう一つは『イグナティウス』前後におけるダンの「新しい哲学」に対する態度であり，最後に『イグナティウス』はジェームズ一世が当然読んでくれるのであろうと予想して書かれた宗教論争書であるということである。これら三点を総合的に吟味することにより初めてダンのコペルニクスへの態度が明らかになるものと思われる。第一の点に関してはロヨヲのコペルニクス観がそのままダンのコペルニクス観とはならないであろう。ロヨラを通じて当時の一般のコペルニクス観を紹介し，一般人の生活に及ぼす影響は全然ないと言わせておく一方で，ダンはコペルニクス説のもたらす大きな影響力を理解できない程ロヨラは愚かであると彼を風刺しているように思われるからである。『イグナティウス』がジェズイット風刺の書である故，ジェズイットの創立者であるロヨラが風刺されるのは当然であろう。『イグナティウス』全体は極めて軽妙なタッチで描かれており，コペルニクスを扱った場面にも深刻な様子は見られないと言われるかもしれないが，表面的にはコペルニクスを軽くあしらいながらもダンはコペルニクス説のより重大な意味に気付いていたようである。それは『イグナティウス』以後の作品を見れば明らかであろうし，『イグナティウス』においてコペルニ

クスはサタンの特別室への入場は拒否されるが依然として地獄に留まっているという描写からも理解できるところである。『イグナティウス』におけるダンのコペルニクス観を考慮する際に見逃してはならないのは『イグナティウス』作成前後に見られるダンの「新しい哲学」観である。一体，ダンは「新しい哲学」を容易に受け入れたのであろうか。ダンの新天文学への言及が多く見られるのは 1600 年以後であって，地球の運動への言及は 1610 年前後からであり[27]，初期の『風刺詩』『エレジー』『歌とソネット』といった作品には新天文学への言及はほとんど見られない。我々が新天文学への言及を見るのは 1610 年前後の Huntington 夫人や Bedford 夫人への『書簡詩』『葬送歌』『婚礼歌』『パラドックスと問題』，ヘンリー・グッディアー卿への書簡においてである。しかしながら，これらの作品を見ても明らかなように，新星の出現，消失，地球の運動といったアリストテレス・プトレマイオスの伝統的宇宙観を根底から覆すに至った程の大事件に対してダンはそれ程の興奮を示してはいない。ただ作品の効果をねらって新天文学を用いているにすぎず，背後に科学的懐疑主義が潜んでいると見ることはできない。極めて冷静なダンの態度に我点は気付くのである。新奇なものへは貧欲なまでの興味を示すダンとしては新天文学へ興味を示し，それを作品の中に取り入れたとしても驚くにはあたらない。我々が注意を要したいのはダンの新天文学への関心が冷静であるから，単なる知的な対象にすぎなかったというのではなく，新天文学が一つの真理として受け入れられ，旧天文学に取って代わるであろうことをダンは知っていたということである。たとえば 1607 年頃の散文に『自殺論』(Biathanatos) という自殺を弁護した作品があるが，その中で明確にアリストテレス・プトレマイオスの宇宙観がもはや真理としては受け入れられなくなったと言っているのである。

> ...are not St. Augustines Disciples guilty of the same pertinacy which is imputed to Arstotles followers, who defending the Heavens to be inalterable, because in so many ages nothing had been observed to have been altered, his Schollers stubbornly maintain his Proposition still, though *by many experiences of new Stars, the reason which moves Aristotle seems now to be utterly defeated*[28]? [Italics mine]
> (...聖アウグスティヌスの信奉者たちにはアリストテレスの信奉者たちに帰せられるのと同じ頑迷さの欠点があるのではないか。アリストテレスの信奉者たちはかくも長い間にいかなる変化も〔天に〕観察されなかったから，天は不変であると擁護し，アリストテレスの学者たちはなお頑固にアリストテレスの命題に固執するのである。もっとも*新星に関する多くの実験によって，アリストテレスを正しいとする理由は今では完全に打ち破られているように見えるが*。)[イタリックスは筆者]

上記の引用文の下線部は特に重要であるが，ダンは旧宇宙観が真理としては認められず，

完全に崩壊したことを十分に知っていた。コペルニクスの「天球の回転」の出版，ブルーノの殉教，相次ぐ novae（新星）の出現・消失，ティコ・ブラーエ，ケプラー，ガリレオらの天体の諸発見により，伝統的な旧宇宙観が根底から挑戦を受けていたことを知っていたのである。Tillyard で我々にはすでになじみ深い "chain of being" とか "correspondence"(29) といった秩序・調和・ヒエラルキーの世界が受け入れられなくなってきており，更に重要なことはもしアリストテレス・プトレマイオスの宇宙観が崩壊すればエリザベス朝ひいてはジエームズ王朝の世界観・人間観等もまたおのずから崩壊するという危険があったのである。しかしながら，我々がダンの初期から後期に至るまでの作品に眼を通すとき，我々は一つの重要な点に気付くのである。それはダンの精神構造は初期から後期に至るまで依然としてアリストテレス・プトレマイオスの宇宙観によっているということなのである。この点に関してたとえば M. H. Nicolson は次の様に言っている。

> For all his radicalism in poetry...Donne was a traditionalist in his feeling for a stable world in which the old values had seemed to exist(30).
> （詩における急進主義にもかかわらず...ダンは古い価値が存在するように見えた安定した世界への彼の感情においては伝統主義者であった。）

初期の詩，たとえば『歌とソネット』の 'Valediction : Forbidding Mourning,', 'The Ecstasy,', 'Valediction of the Booke,', 'Loves Alchemy,', 'Loves growth,', 'A Feaver,', 'The Sun Rising' 等を見ても，また，『エレジー』のアナロジーの世界を見ても明らかなようにダンの詩の世界は安定した，調和のとれた世界である。愛し合う男女は各々半円を合わせることにより完全体である「円」を形成するのである。私にとって秩序(31)・調和・統一という言葉はダンの作品及び彼の精神構造を最もよく表わすキーワードであると思われる。ダンの世界は初期から晩年に至るまで終始一貫プトレマイオスの世界であると言ったのは M. Y. Hughes であるが(32)，ダンが一時的ながらも「新哲学」に興味を示したことは単なる知的な関心事にすぎなかったのであろうか。『自殺論』の引用文からも理解されるが，旧世界が真理として受け入れなくなったことを知りつつも依然として旧世界に固執するダンの姿に我々は彼の複雑な精神構造を見い出すのである。Nicolson によればダンは詩を書いていた時でも「円」が崩壊しつつあったことを理解していた 17 世紀の詩人で最初の人であり，初期の作品では完全性を表わす象徴としての「円」が軽い気持で使用されているのに，後期に入るとすでに「円は崩壊した」のに初期と比べてはるかに「円」の有する象徴性を重視していると興味ある指摘をしている(33)。ダンは除々にまるで時代の流れに逆行するように新世界より旧世界に対して安住の地を見い出す。宗教的にはピューリタンやジェズイットの過激性を排し，政治的には共和制よりは君主制を選んだように，安定した，伝統的な，ヒエラルキーの世界を固持していくことを我点は忘れてはならない。このような安定・秩序の世界を求めるダンの姿は 1610 年前後，彼が宗教論争に足を踏み入れてから特

に著しく見られる傾向である。『イグナティウス』の前作品である『偽殉教者』ではジェームズ一世王朝を擁護し，政治・宗教の統一によりイギリス社会の安泰は維持できると主張し[34]，イギリス社会の現状維持の姿勢を強く表面に出している。この頃のダンは社会の安定・秩序を以前にもまして強く望んでいたようである。『イグナティウス』の中で「真理が失われればそれがいかにして失われようが問題ではない[35]」と述べられていたが，『自殺論』では「彼ら（瞑想にふけ，本好きな人々）が平和，即ち真理に向かえばどのような方向であろうと問題ではない[36]」と全く逆の見解を述べている。『イグナティウス』の序文の言葉を使えば，"the reconciling of all parts"（すべての部分の調和[37]）を特に望んでいた。"'T[the world]is all in pieces, all coherence gone[38]."（それ[世界]はすべてばらばらになり，すべての秩序は失われてしまった）と『イグナティウス』の後で切々と旧世界の崩壊をうたうダンは再び崩壊した世界を統一しようとする。それ故『偽殉教者』で現体制維持の姿勢を強調し，1年後の『イグナティウス』で社会を混乱に陥し入れる反体制派の「革新家」をより具体的に描いてみせたという風に解釈することもできるであろう。そして，この後の「一周忌の歌」（"The First Anniversary"）で新天文学の影響をうたい，「二周忌の歌」（"The Second Annivesary"）では崩壊した世界の再統一化を目指しているのである。「周年忌の歌」でのDrury嬢の果たす役割に関しては諸説があるが，一つだけ確かなことはダンがDruryに崩壊した世界を再統一させる役割を果させていることである[39]。

2−5　ダンと秩序

『イグナティウス』前後の作品に眼を向けるとダンは秩序・統一の世界へ向っていることが理解できよう。そしてダン自身の秩序・統一への強い欲求が，また，彼の時代の欲求とも一致していたことを指摘しておきたい。たとえば1600年から1660年頃までの英文学を扱ったD. Bushはこの時代の特徴として「秩序」を挙げており[40]，またH. Whiteは17世紀初頭における'chaos'への恐れが政治・宗教の分野で国家的統一を求めさせたと述べ[41]，ダン自身に関しても彼の教会・社会一般の秩序欲求は誠実で深刻であったと指摘しているが[42]，ダンの秩序志向・安定社会への欲求は彼自身一人の特徴ではなく，彼が生きた時代の重要な特徴でもあったのである。ダンは後半のある説教で次のように述べている。

> Peace in this world, is a pretious Earnest, and a faire and lovely Type of the everlasting peace of the world to come[43].
> （現世の平和は来世の永遠なる平和の極めて重要な前兆であり，美しく，
> 　すばらしいしるしである。）

来世の平和は現世の平和の反映であると考えるダンにとって現世における社会の混乱・無秩序・不調和は断じて避けなければならないことであった。『イグナティウス』でロヨラに

反論され．地獄の秘密部屋のドアから追い返される「革新家」「異端者」はコペルニクスを始めすべてが反社会的な人物である理由は以上で多少ながらも明らかになったと思う。しかしながら，コペルニクスの描き方に対しては風刺がうまくいっていないとか，個人的な恨みはないとか，あるいは逆に徹底して風刺されているとか賛否両論が見られることに関してはすでに言及したが，このような問題に対していかに答えるべきであろうか。それは『イグナティウス』が当時の宗教論争でジェームズ一世を擁護し，ジェームズ一世に加担した書であるという事実の中に見い出されるであろう。宗教論争に加わりジェームズ一世側に立ったダンが第一になすべきことは当面の論敵であるジェズイットの論客ベラルミーノ（Bellarmine）及びジェズイットに反論をし，イギリスの現体制を固持することであった。そしてダンは『イグナティウス』がジェームズ一世の眼にとまればジェームズ一世王朝の要職につけることが可能であると思ったに違いない。『イグナティウス』はダンの生存中は無署名で出版されたが原稿のまま知人・友人の間で読まれていたから作者が誰であるかは知られていたと思われる。『イグナティウス』はジェームズ一世を喜ばせるために書かれたと言う人もいるが否定できない見方である。そして注目すべきはジェームズ一世が天文学者たちに対して理解ある態度を示していることで，たとえばケプラーのイギリス内での最も親しい人物はジェームズ一世自身であり，王はティコ・プラーエの天文学所をデンマークで訪れたこともあった程である。更に，ケプラーは 1606 年，1619 年にそれぞれジェームズ一世に自著を送り，1620 年にはジェームズ一世がケプラーに対してイギリスの王室天文学者になるように要請しているのである[44]。おそらくダンはジェームズ一世とケプラーの親密な関係を十分に承知していたに違いない。とすればダンが何故『イグナティウス』の中にコペルニクス，ケプラー，プラーエ，ガリレオを登場させたか自ら理解されるだろう。一つはジェームズ一世の政治以外の関心事を扱うことにより王をよろこばせようという下心がダンにはあった。ダンはアン・モアとの駆落結婚以来職を失い，その後しきりに官職を望んでいたので，宗教論争という舞台はいわば，ダンの博学を思う存分発揮し，その上ジェームズ一世の眼にもとまるという願ってもない絶好のチャンスだった。本来の目的はジェズイットの風刺であるが，その前にジェームズ一世と懇意のケプラーを登場させたかった。しかし，ジェームズ一世とケプラーとの関係をよく知っていたダンはケプラーの代りにコペルニクスの登場を思いついたのではないだろうか。それ故ダンのコペルニクス像は傲慢に見えたり，威厳ぶったりするが，決して軽蔑・憎悪をもって描かれたりはせず，どちらにも受け取れるように登場させられているのである。コペルニクスを始めとする天文学者たちの描写には幾分滑稽な，誇張されたところも見られるがジェームズ一世の気嫌を損ねることはしていないとダンは確信したに違いない。天文学者たちを扱った場面をジェームズ一世が読んだとしたら（読んだことは十分に察しられる）彼はどのような印象を受けたかは想像の域を超えないが，おそらく苦笑しながら読んだのではないだろうか。語り手の魂は地獄にいるコペルニクスを見て，生前中の彼の生活については何も悪いことは聞いたことがないのになぜ地獄に落とされたのかといぶかり，カトリック教徒がトレント

会議で異端の烙印を押される必要もない者にも烙印を押し、地獄に落としたことを思い出し、納得するように[45]、語り手からすればコペルニクスは地獄に落とされる理由など全然なかったのである。確かにダンのコペルニクス像はあいまいで、どちらにも解釈できる描き方をされている。ロヨラがコペルニクスの説を全然問題にせずサタンの秘密部屋から追い払う場面もコペルニクスの説が一般人を大混乱に陥し入れる程重要ではないのだと解釈することができよう。もちろん、すでに触れたようにダン自身はロヨラ以上にコペルニクス説の及ぼす深い影響力を理解していたが、それを意識的に表に出さないように努めているのである。『イグナティウス』においてコペルニクスの説を最もよく理解したのはコペルニクスの主張を聞いて大いに動揺したサタンであったが、ダン自身の見解もサタンのそれと大して変ることはなかったであろう。

2－6 むすび

『イグナティウス』におけるダンのコペルニクスら天文学者たちに対する態度は額面通りには解釈されない複雑な背景を有している。ダンの『イグナティウス』作成前後から特に著しく見られる秩序・調和の世界への強い欲求からすればコペルニクスは当然非難されるべき「革新家」であった。しかしながら、ジェームズ一世が理解を示していた天文学者たちを思い通りに描けばジェームズ一世自身の機嫌を害する危険は十分にあった。心の中ではコペルニクスに対して好意的ではないが、表向きはコペルニクスを激しく非難してはいけないというジレンマがダンにはあったように思われる。一見ジェームズ一世に迎合している様子がうかがわれるが、しかし、ダンのコペルニクスたちに対する態度は肯定的ではない。ダンのそのような態度はまた、彼の数学観からも理解されるであろう。ダンはコペルニクスを形容する際に、"a certain Mathematitian [46]" とか "this little mathematitian [47]" とか言って、わざわざ「数学者」と明記しており、また、後半でロヨラと同じジェズイットの数学者たちに対して "tasteless and childish [48]"（味気がなく、子供っぽい）と言っているがダンの数学者への態度を知る上で興味深い表現であると思う。おそらくダン自身はコペルニクスや他の天文学者たちの書き表わした複雑な数学の計算をたとえ読んだとしても十分には理解できなかったであろう。ダンは数学で自然のあらゆる問題を解決しようとする態度には好意的ではなかった。当時隆盛を極めつつあり、以後「真理」の不動の規準となるべく数学に対し否定的態度をダンは取っていた。数学者たちが「味気がなく、子供っぽい」といった背景には、数学的計算、合理的思考法によっては森羅万象、神の被造物たるこの宇宙の諸々の神秘は解明されえず、科学的知職による宇宙の把握は不十分で、科学者の把握以上にはるかに深遠であるというダンの真意が読み取れるのである。天文学者たちによってのみ宇宙の諸神秘が解明されるのではない。数学、実験、観察に基づく実証的手段によることなく、理性と感覚を越えた真理も存在しうることをダンは示唆しているのである[49]。ダンは当時の「科学」に対しては積極的賛同の意を

39

示してはいないが，そのような態度はまた，コペルニクスを初めとする天文学者たちへの態度とも重ってくるのである。

　このように『イグナティウス」におけるダンのコペルニクス観は『イグナティウス』の歴史的な背景，執筆の動機，及びダン自身の世界観，科学観を総合的に考慮することにより明確にされるのである。『イグナティウス』がそもそもはジェズイットの反君主論への反駁書であり，ジェームズ一世王朝擁護書である故，コペルニクスらをさりげなく描きたかったであろう。しかしながら，それでもなお当時の一般人の平均的なコペルニクス観の背後にはダンの変ることのない態度が見られるのである。「あらゆる発見や確信の中でも，コペルニクスのこの説（地動説）ほど，人間の精神に対する大きな作用をひきおこしたものはないであろう」と述べたのはゲーテであったが[50]，ダンはコペルニクスを軽くあしらいながらも，心の奥底ではコペルニクスの説の有する重大な意義を宇宙の無限[51]と世界の複数性[52]（地球以外にも生物の住む惑星が存在するという考え）と共に十分に感知していたにちがいない。

注

(1) 本論において使用するテキストは T. S. Healy ed. *John Donne, Ignatius His Conclave* (Oxford: At the Clarendon Press, 1969) で以下単に『イグナティウス』と記すことにし，本文からの引用文にはページ数のみ明記することにする。

(2) C. M. Coffin, *John Donne and the New Philosophy* (New York: The Humanities Press, 1958), Chap. X, 特に pp. 209-213. この書はダンと新天文学との関係を真向うから論じたこの分野では先駆的な書である。詩の解釈について正しくないと思われるところもあるが依然として，その価値は失わず，筆者も教えられるところが多かった。

(3) T. S. Healy, p. xxix. そこで Healy はダンがコペルニクスを『イグナティウス』に登場させたのは「一般人の関心を集めていた問題」(topicality) のためであって，コペルニクスは「最も風刺が成功してない」(the least successfully satirized) と述べ，「笑い者」(a figure of fun) としては扱いたくなかったと言っている。なお『イグナティウス』の歴史的背景については pp. xvii-xxix で詳細に論じられている。

(4) R. Chris Hassel, Jr., "Donne's *Ignatius His Conclave* and the New Philosophy," *MP*, LXVIII (1971), p. 330 及び p. 332 参照。この論文は『イグナティウス』がジェームズ一世の反ジェズイット論争に加担した書であることを考慮に入れていない。上記の Coffin への反論である。

(5) M. H. Nicolson, *The Breaking of the Circle* (1960 ; rev. ed. New York: Columbia University Press, 1962), p. 116 及び *Science and Imagination* (Ithaca:Cornell University Press, 1956), p. 51.

(6) Frank Kermode, *John Donne* (London, New York : Longmans, Green, 1957), 新井明訳

『ダン』（東京：研究社，1971），p.16及びp.18.

(7)『イグナティウス』がケプラーの『夢』(*Somnium*) という月旅行物語の影響を受けていることはM. H. Nicolson によって論じられている。(Nicolson, *Science and Imagination*, Chap. III 参照。

(8)...to which [a secret place in Hell], onely they had title, which had so attempted any innovation in this life, that gave an affront to all antiquitie, and induced doubts, and anxieties, and scruples, and after, a liberty of beleeving what they would ; at length established opinions, directly contrary to all established before. (p, 9)

（すべての古代人を侮辱し，疑惑，不安，疑念を，その後は好きなことを信じる自由を，引き起こし，ついに，以前に立証されたあらゆるものと全く相反する見解を立証する程現世においていかなる革新をも試みた者だけが〔地獄の秘密部屋に〕来る権利を有していた。）

(9)Now to this place [in Hell], not onely such endeavor to come, as have innovated in matters, directly concerning the soule, but they also which have done so either in the Arts, or in conversation, or in any thing which exerciseth the faculties of the soule, and may so provoke to quarrelsome and brawling controversies : For so the truth be lost, it is no matter how. (p. 13)

（さて〔地獄の〕この場所には直接魂に関する問題において革新を成しとげた者だけでなく，学問，風俗，あるいは魂の機能を行使し，騒々しい口論，論争を引き起こすいかなることにおいて革新を成しとげた者も来ようとするのである。というのは真理が失われればいかにして真理が失われるかは問題ではないからである。）

(10) ...the entrance into this [Hell] may be decreed to none, but to Innovators, and to onely such of them as have dealt in Christian businesse ; and of them also, to those only which have had the fortune to doe much harm... (p. 29)

（〔地獄の〕この場所への入場は革新家以外のいかなる者にも命じられず，キリスト教の問題を扱った者たち，そして彼らのうちでも首尾よく多大な害を及ぼした者たちだけに命じられるのである。）

(11) Healy によればコペルニクスは『天球の回転』の序文でプトレマイオスの推論に欠点を見い出してはいるが，学者にありがちなうぬぼれはコペルニクスにはなく，「プトレマイオスを見つけ，あざけり，追い出すことで多忙であった」はコペルニクスにとっては不当である。(Healy, p.108 参照。)

(12) この語は *OED* で 'usually hostile or opprobrious' とあるように，'Catholic' よりは軽蔑を表わす語であった。(*OED*, Papist 1 参照。)

(13) P.15.

(14) Loc. cit.

(15) P.17. Lucifer には Satan と Venus の二つの意味がある。

(16) E. M. Tillyard, *The Elizabethan World Picture* (London : Chatto & Windus, 1967), p. 34. また, F. R. Johnson, *Astronomical Thought in Renaissance England* (1937 ; rep. New York : Octagon Books, 1968), Chap. VIII を参照されたい。

(17) Tillyard, p. 56.

(18) P. 16.

(19) P. 15.

(20) P. 27.

(21) コペルニクス, 矢島祐利訳『天体の回転について』(岩波書店, 1953), p. 18.

(22) James Winny, *A Preface to Donne* (London : Longman, 1970) , p. 81. ダンの時代及び彼の作品理解の格好の入門書であり, 筆者も教えられるところが多かった。

(23) トーマス・クーン, 常石敬一訳『コペルニクス革命』(紀伊国屋書店, 1976), p. 266.

(24) Pp. 17-19.

(25) P. 11.

(26) P. 19.

(27) Coffin, p. 122 及び p. 173, n. 38 参照。

(28) John Donne, *Biathanatos* (New York : Arno Press, 1977), p. 146.

(29) Tillyard, Chaps. 4, 7 参照。

(30) Nicolson, p. 100.

(31) 「秩序」(order) はまた, Tillyard の上掲書の基調となっている語である。

(32) M. Y. Hughes, "Kidnapping Donne," University of California Publications in English, IV (1934) , p. 74.

(33) Nicolson, pp. 76-77.

(34) John Donne, *Pseudo-Martyr* (New York : Scholars', Facsmiles & Reprints, 1974), 特に Preface で論じられている。

(35) P. 13.

(36) P. 20.

(37) P. 5.

(38) *The First Anniversary,* 1. 213.

(39) たとえば *The Second Anniversary*, 11. 507-8 を参照。ダンの二つの 'Anniversary poems' が「再統一」(reintegration) への傾向を示していることは Mahood によっても指摘されている。(M. M. Mahood, *Poetry and Humanism* (New York : The Norton Library, 1970), p. 116 参照。)

(40) D. Bush, *English Literature in the Earlier Seventeenth Century 1600〜1660* (1945, 2nd rev. ed. Oxford : At the Clarendon Press, 1973), p. 421.

(41) Helen C. White, *English Devotional Literature* (New York: Haskell House, 1966). p. 21.

(42) Helen C. White, *The Metaphysical Poets* (New York : Collier Books, 1966) p. 67.

(43) E. M. Simpson and G. R. Potter eds. *The Sermons of John Donne* (Berkeley : University of California Press, 1953-62), Vol. IV. p. 182.

(44) ここはNicolson, *Science and Imagination*, p. 69 に負っている。

(45) P. 13.

(46) Loc. cit.

(47) P. 19.

(48) P. 87.

(49) Hassel, p. 334.

(50) K. レーヴィット, 柴田治三郎訳『世界と世界史』(岩波書店, 1959), p. 55 より引用。

(51) Healy は, ダンが「真の天文学の悪漢」(a real astronomical villain) を捜したならば宇宙の無限を唱えたジョルダーノ・ブルーノ (Giordano Bruno) にその悪漢を見つけたのであろうがダンはブルーノを捜し求めることはしなかったと述べている。ダンの「空間」が初期から終始意図的とも思われる程「閉じた」空間であることを考えるとダンは「無限宇宙」観を知っていたように思われる。(Healy, p. xxx, n. 4 参照。).

(52) 『イグナティウス』では p. 87 にこの見解が見られる。なお W. Empson はダンが「世界の複数性」を信じていたと主張しているが, 彼の論旨には受け入れ難い点もある。(W. Empson, "Donne the Space Man,"*KR*, XIX (1957), pp. 337-99 参照。また, Empson に対する反論については T. Kawasaki, "John Donne's Microcosm. Some Queries to Prof. Empson," *Studies in English Literature* (Tokyo), XXVI (1960), pp. 229-50 を参照されたい。

第3章　『神学論集』におけるアングリカンとしてのジョン・ダン

3-1　はじめに

　ダンの死後 1651 年に出版された作品に *Essays in Divinity*（『神学論集』）という散文集がある。作成時期は明確でないが 1615 年までには書き上げられた作品である[1]。これだけなら特に我々の注意を引くことはない。しかし，1615 年 1 月 23 日，ダンはようやく重い腰をあげ，James 1 の要請を受け聖職についたという事実を考慮に入れると『神学論集』を単なる『神学論集』として無視できなくなってくる。従来，『神学論集』 に対する評価は極めて低く，「スコラ学者の修練でそれ以上のものではない」とか「創世記」と「出エジプト記」の最初の章について講義をしている神学教授の原稿である[2]」とか，あるいは「珍しい議論に満ちる[3]」とか「聖職授任式の準備をしている精神構造について確実なことはほとんど告げられていない[4]」とか評されている。オックスフォード版の『神学論集』の編集者である E. M. Simpson ですら「『神学論集』は聖職就任前の苦しい時期のダンの立場を理解するのには極めて重大である[5]」と本書の重要性を指摘しているが，その序論は主としてダンの他の作品との間連性を扱い，彼女の *A Study of the Prose Works of John Donne* 中の『神学論集』も内容紹介に終っている[6]。しかし，私には『神学論集』が聖職につく前に書き上げられたという執筆背景を考慮に入れると本書にはアングリカンとしてのダンの姿勢が窺えると思われる。そこで本論では『神学論集』におけるダンのアングリカンとしての一面をロジック，人間及び現世観，反カトリック教を中心にして考察することを目的とするものである。

3-2　『神学論集』と 'humility'

　ダンは本論に入る前に『神学論集』をどのような態度で執筆するのかを明確にしているが神の諸神秘を解明しようとするダンの確固とした意気込みに圧倒されもする。そこで，ダンは再三再四 'humility' を強調する。'humility' を伴えば神の諸神秘を解明しようとも決して不敬に値しない。ここにすでにアングリカンとしてのダンの姿勢が見られる。ダンは一方で神の諸神秘解明の際の人間の理性を重視し，他方で 'humility'――これは信仰に通じるのであろう―を強調して止まない。このようなダンの態度は人間の諸能力を無力化せしめ，怒れる神の前で震え，ひたすら神の恩寵を願う罪深い，堕落したピューリタン的人間観とは異なるものである。ダンの意味する 'humility' は我々の理性の活動を消したり，神の諸神秘解明を無視する「這いつくばう，氷ついた，愚かなものではない」。かといって，「神の諸神秘は手に入れられる」と断言してはばからないダンはなりふり構わず理性の刃を振り回すのではない。人間の堕落を強調し，人間の全的無能力を主張するピューリタンと異なり，ダンは神の似姿としてのカトリック的人間観をも他方で容認しているこ

とは後述するが，'humility' を伴った神の諸神秘探究の態度には独断的で性急とも言える カトリックやピューリタンを十分に意識したダンの姿が窺われ，この 'humility' 重視が 『神学論集』全体を貫いており，本書のロジックは 'humility' に立脚していると言って も過言ではないだろう。ダンのアングリカンとしての一面であるロジックは 'humility' 強調の態度と密接に関係しているが，これは必然的に 'humility' と相対立する 'pride' 批判へと通じる。ダンは 'humility' を伴う探究は *sapientia* へ通じるが，'humility' を 伴わない探究は 'vanity' ——これは *scientia* と同じ意味を有している——へと通じると考 えているようである[7]。ダンにとって 'pride' は 'curiosity' を満足させるだけであり， 知性を誇示するに留まり，決して *sapientia* をもたらすことはない。ダンは 'pride'， 'curiosity' には否定的態度を示すが，それも 'humility' 重視の当然の帰結なのである。 そして何よりもダンが恐れたのは 'humility' を欠くことから生ずる宗派分裂であった。 'humility' に対立する 'pride' をダンは 'the Author of Heresie and Schism[8]' と呼 んでいるように，'pride' はダンが最も警戒すべきものであった。では，'humility' 重視 の結果がどのような形で『神学論集』に現われているか次に本文に即してみてみよう。

3－3　ダンと聖書解釈

　『神学論集』は「創世記」と「出エジプト記」の第一章，第一節をダンが吟味するとい う形で論が進められている，言わば聖書解釈の論集であると言える。この聖書解釈に関し て，ダンは字義通りの解釈を主張するが，この方法は「単純な，真実にして確実な一つの字 義」を主張したルター的な，プロテスタント的な解釈法である[9]。概して，ダンは好奇心を 抱いて聖書を詮索したり，議論を行ったり，一見矛盾した人間理性では説明不可能なこと を無理矢理説明しつくすことを嫌っている。Pico della Mirandora の聖書解釈が批判され ているのは以上の理由による。本書においてダンはカバラ的神秘主義に少なからず関心を 寄せているのは否定できないが[10]，ダンによれば Pico は "a man of an incontinent wit, and subject to the concupiscence of inaccessible knowledges and transcendencies[11]" である。ダンは，Pico の学識は「極端」であると評していることからも明らかなように， Pico を好意的に評価していない。Pico の極端な聖書解釈の一例として *Heptaplus* の一節が 挙げられている。Pico は「創世記」第1章，第1節の "ln the beginning" に相当する ヘブライ語の *Brest* という一語を転置したり，綴り換えを行ったりして次のようなキリス ト教の大要を引き出したのである。

> The Father, in and through the Son, which is the beginning, and rest,
> created in a perfect league, the head, fire, and foundation of the great
> man. (p.14)

以上の Pico の方法に対してダンは否定的である。神は我々に "whole and intire book" を授けて下さったのになぜそれをぼろぼろに引裂くのか，モーゼをぶどう絞り器にかけるような方法で無理矢理聖書からある考えを抽出したり，哲学や特殊なキリスト教を絞り出すことはあらゆる法が禁止する不正であり，「同意も承諾もなしに」人間を拷問にかけるのにも等しい。このように機知を誇示するために全文から一，二語取り出し，それを自己の議論に従わせる聖書解釈は奇抜で *tour de force* とも言えるが，それは単なる 'vanity' にすぎず，'humble' ではないとダンは考えている。ダンの聖書解釈に対する態度は Book II の冒頭でも明白である。そこでダンは「出エジプト記」第 1 章，第 1 節に関して Pico のような聖書解釈は機知の誇示，誇張であると次のように述べている。

> I do not (I hope) in undertaking the Meditation upon this verse [Exodus, c. i. v. i] incur the fault of them, who for ostentation and magnifying their wits, excerpt and tear shapeless and unsignificant rags of a word or two, from whole sentences, and make them obey their purpose in discoursing; (p. 39)

このような反ピコ的態度がダンをして字義通りの解釈を重視せしめるに至らせたのは当然のことで，この後ダンははっきりと "literal sense" を優先しているのである。

『神学論集』にはこの他にもダンが "literal sense" を擁護している箇所はある[12]。神の言葉を種々に解釈し，神の言葉でないようにしてしまう解釈は教議論争，宗派分裂へと発展していく可能性が十分にあり，現にアングリカンはカトリックとピューリタンという両派を絶えず意識しながらその中道を維持していた。ダンの字義通りの聖書解釈の目的の一つは宗派分裂防止である。'humility' を第一に，できるだけ論争を回避することを目指している。以上のダンの態度は本書の随所に見られるところであり，次にそれを具体的に見てみたい。

3－4　ダンの論争回避

最初にダンは，聖書が「命の書」「被造物の書」「コーラン」「タルムード」のいかなる書よりも優れているかをプロテスタントらしく再確認するが，そこには決して議論する様子は見られない。またモーゼよりも古い著者が存在するかを論じている箇所でもダンは意識的に議論を中止している。この問題を扱うダンのロジックは次のようなものである。最初に「これら五書の著者はモーゼである」と述べた後，モーゼが五書の著者であるか否かの両輪を展開し，ゾロアスターやヘルメス・トリスメギスタスの中にすでにキリスト教に酷似する見解が見られるという。このように考えてくるとモーゼが最も古い著者であることが不可能になってくる。するとダンはそれまでの議論を中止し，多種多様の議論はあるが

神が「創世記」の著者であり，モーゼが聖なる著者の中で最も初期の人であることに同意するのがよいと結論を下すのである。このロジックは明らかに「五書の著者はモーゼである」への逆戻りである。ダンは意識的に議論を回避し，議論の中止により常識的かつ穏健な見解の表明に終っているのである。更に，ダンはこの後次のように述べているのである。

> ...when I remember that it was God which hid Moses's body, And the Divell which laboured to reveal it, l use it thus, that there are some things which the Author of light hides from us, and the prince of darkness strives to show to us; but with no other, then his firebrands of Contention, and curiosity. (p. 13)

ここで注意したいのは「モーゼの死体を隠したのは神である」とか「光の創造者が我々から隠す何かがある」というような表現である。字義通りの聖書解釈を擁護するダンにとって，聖書の内容をあれこれ議論したりする人は「悪魔」「暗黒の君主」にも匹敵するのである。Pico の解釈は「論争」「好奇心[13]」以外の何ものでもない。聖書に関して理解できない点があっても不思議ではない。それは神の意志なのだから論争を積み重ねたり，好奇心を抱いて詮索すべきではなく，'humble' な信仰で接するべきである。このように本書には絶えず懐疑と傲慢な理性に脅されながらもそれらを謙虚と信仰によって打消そうとするダンの意識的な姿が見られるのである。謙虚なダンの態度を他にもみて見られる。たとえば聖書の人物名が音，綴りが全然似ていないのに Esau, Seir, Edom のように同一人物であることがしばしばある。これに関するダンの見解は次の如くである。

> It may be some laziness to answer every thing thus. It is so, because God would have it so; yet he which goes further, and asks, Why Gods will was so, inquires for something above God. (p.48)

同様に Simon が Peter に変わったことからいかに教会分裂を引き起こす論争が生じたこととか解釈の相違を憂慮する箇所もある[14]。「世界の始まり」の吟味は以上のダンの態度を最も明確に示している。そこでダンは世界に初めがあったことは信仰の対象であって，いかなる議論，証明の対象ではないと断言している。聖書に関する事柄は純粋に信仰に委ねようとする態度である。ダンは理性と信仰の領域をそれぞれ分離し，聖書に無関係な事柄には理性の使用を認め，聖書に関する事柄は信仰に委ねている。これはピューリタンとは見解を異にする点で，ピューリタンは概して，聖書の場合は言うに及ばず，聖書に無関係な事柄にも徹底して「信仰のみ」の立場をとった。ダンはピューリタン程極端に走ることはなく，'humble' な態度で聖書は信仰へ，という見解を抱くのである。そして「創世記」を歴史的にみなし，字義通りに解釈することを守らない限り世界創造のいかなる歴史も与え

47

られないと述べている。

> That then this Beginning *was*, is matter of faith, and so, infallible. (p. 18)

ダンは世界に始まりがあったか否かの問題を扱う際に議論することを意識的に回避しようとしている。この問題については，また次のようにも言っている。

> …we must return again to our strong hold, *faith* and end with this, *That this beginning was, and before it Nothing.* (p. 19)

あるいは，

> …his [God's] great work of Creation, which admits no arrest for our Reason, nor gradation for our discourse, but must be at once swallowed and devour' d by faith, without mastication or digestion. (p. 54)

『神学論集』におけるダンのロジックはある問題について考察を行う際に決定的な解決が得られないことが判明するとその考察を突然中止し，それまでの探究的態度を消し去り，'humble'な態度を表面に表わすというものである。このようなロジックに我々は少々煮え切らない印象を受け，ダンは意識的に「優等生」的な自己を表明しているのではないかという疑惑が生じてくる。ダンは打算的な意図をもって『神学論集』を書いた印象を我々に与えないでもない。しかしながら，ダンはキリスト教内部の宗派分裂を真に憂慮し，「真理を疑惑や論争へ激しく引き寄せれば我々自身の魂を殺すことになる[15]」こと，自ら'humility'を失い，'curiosity'と'pride'を真向うから振りかざせば増々論争の泥沼に落ち込んでいくことを十二分に知っていた。キリスト教徒が皆'humble'であれば宗派分裂は回避できるかもしれないという楽観的な希望をダンは抱いていたようである。このような事情を考慮に入れるとダンが意識的に議論を中止し，常識的，穏健な立場を取るに至ったことは容易に理解できることである[16]。もう二，三これらのロジックを引用してみよう。

> To enquire further the way and manner by which God makes a few do acceptable works; or, how out of a corrupt lumpe he selects and purifie a few, is but a stumbling block and a tentation. (p. 87)

ここでは，ダンは Calvin 的な'predestination'を持ち出したりしているが，神の'justification'の方法は知る由もないことを述べている。また「出エジプト記」での

神のイスラエル人へ‘mercy’について論じた後，突然議論を中止して次のように述べている。

> If then they [the Israelites] could chide him [God] into mercy, and make him mercifull not only to their sin, but for their sin, where or when may we doubt of his mercy? Of which, wee will here end the consideration; not without humble acknowledgement, That it is not his least mercy, that we have been thus long possessed with the meditation thereof: (p. 79)

あるいは人間は神に名前を付与することは可能かを論じた後「これらの名前の神秘を扱うことは狭いページと私の知識の貧弱さの手に負えることではない」と議論を避けているし，*Elohim* からの三位一体の証明に関してもプロテスタント，カトリック双方の見解を示した後 *Elohim* を複数形として使用するのはイディオムにすぎないと述べ，「聖書についてのこじつけや貧弱な歪曲」をしりぞけている。更に「世界は無から創造されたか」ではダンは‘*creare*’の意味を吟味し，「創世記」の第1章，第1節の冒頭の “In the beginning God created Heaven and Earth.” ではヘブライ語にもギリシア語にも「無からの創造」という意味は *creare* にはないと述べている。そして‘*creare*’は「すでに存在しているものから導き出すことによってつくること」であり。「何も存在しないところからつくる」のは‘*facere*’であると異議を唱え，結局世界が無から創造されたとする説はすべて疑わしいと結論している。ここでは議論の中止よりは誤謬を訂正するダンの姿が見られるが，「無からの創造」という同じ問題に関してこの後次のように述べている。

> ...because all which can be said hereof [of creation from nothing] is cloudy, and therefore apt to be misimagined, and ill interpreted, for, *obscrum loquitur quisque suo pericula* [Darkness speaks each person its danger], I will turn to certain and evident things. (pp. 29-30)

ここでは明らかに疑問の余地のある問題への深入りは避けている。

　以上長々とみてきたが，ダンはある問題を扱う際に理性の力ではどうにもならなくなってくるとそれまでの議論を中止してくるという態度を取る。ダンは決して極端に走らず，常に冷静を保持し，聖書を‘humble’に受け入れ，理性を超える諸神秘や救済に無関係な事柄の論争に掛け合っている寓意的教父達，スコラ派学者，思弁的哲学者，トレント会議のカトリック教徒，及び非国教徒に批判を向けている。しかし，ダンは決して彼らを容赦なく批判するのではなく，あくまでも諸宗派統一を願う一アングリカンとして寛容な態度を示すことも決して忘れないのである。『神学論集』の冒頭で述べられていたように，本書には‘humility’が一貫して流れている[17]。その一例として本書におけるロジックの問題

49

を取り上げてみた。次に，本書に見られる現世観及び人間観をみてみよう。これらにはより明白に中道を歩むアングリカンとしてのダンの姿が見られよう。

3－5　ダンのロジック

アングリカンの最大の特徴がカトリックとピューリタンとの間の中道（via media）であると考えると，ダンの人間観及び現世観にもその中道的思想が反映されていると見るのは当然であろう。確かにそのような中道がダンには見られるのである。最初にダンの *Imago Dei*（神の似姿）としての人間観を見てみよう。

> Our selves have his [God's] Image, as Medals, permanently, and preciously delivered. (p. 20)

これは最も基本的なキリスト教的人間観で，神の似姿としての人間観を更に押し進めれば人間には誰にも神が宿っているという楽観的な人間観になる。堕落以後の神の似姿をいかに認めるか否かに従ってカトリックとピューリタンの見解は異なってくる[18]。ダンは上記の引用文の後，カトリック的かつルネサンス的な楽観的人間観に触れ，人間の威厳を Pico の *On the Dignity of Man* を引用しつつ列挙する。Pico によれば人間は，"the Epilogue, and *Compendium* of this world, and the *Hymen* and Matrimoniall knot of Eternall and Mortall things[19]" であり，マクロコズムに対するミクロコズムとしての人間，不死と死との中間的存在としての人間である。更に，人間は神の手によって創られ，他の被造物と異なり頭は天上に向け，人間のみが心臓を下方に向け 'tremble' する。神の被造物の中での人間の特異性を指摘するダンにはルネサンス以来の 'humanism' の伝統的見解が反映されている。そして人間は "Princes of the Earth" であるとさえ述べられている。このように人間賛美の言葉を連ねるダンは，しかしながら，決して全面的に人間賛美を行うのではない。人間は自ら神の高みにまで到達できるといった Pico のように人間の諸能力を人間の原罪を軽視してまでも高く評価するのではない。それだと中道を歩むダンの姿は見られなくなってしまう。人間賛美は人間軽視によってバランスを保たれねばならない。上記の *Imago Dei* としての人間観のすぐ前では "Certainly, every Creatures shewes God, as a glass, but glimeringly and transitorily, by *the frailty both of the receiver and beholder.*"（イタリックスは筆者）と述べ[20]，人間の弱さによって被造物の中に神の姿を完全に見届けることはできないと指摘することを忘れてはいないのである。また，Pico の人間賛美を連ねた後でも "know ye [man] by how few descents ye are derived from Nothing?[21]" と人間がいかに無に近い存在か，いかに 'lust' と 'excrement' に人間が由来するか，また，人生の 'transcience' についても言及し，人間賛美と全く相反する人間軽視の見解を述べている。では原罪についてはどのような態度をダンはとっているのであろうか。キリ

スト教徒である限り誰も原罪を無視することは不可能である。要は原罪にどれ程ウェート
を置くかである。『神学論集』には当然のことながら原罪についての言及は見られる。たと
えば次の引用文では原罪のため神は我々人間に 'death' と 'labor' を課したと言ってい
る。

> ...for our first sin, himself [God] hath inflicted death, and labor upon
> us. (p.65)

また "...out of a corrupt lumpe he [God] selects and purifies a few...[22]" では "corrupt
lumpe" というような腐敗・堕落したカルヴィン的な人間が描かれ, "the Law of Nature was
clouded and darkened in man by sin...[23]" でも自然法への罪の影響に触れ, "...man is
efficient cause of his own destruction.[24]" とさえ断言しているのである。ダンは, 一
方で人間を賛美し, 他方では原罪及びその人間への影響を決して軽視することなく両者の
バランスの上にダンの人間観が立脚していることに我々は気付くのである。カトリックが
Imago Dei としての人間観を強調し, 人間の罪よりは理性を強調し, ひいては聖書の軽視に
至ったのに反し, ピューリタンは逆に原罪による人間の諸能力の全面的腐敗・堕落を主張
し, 神の前でひたすら神の恩寵を待つという悲惨な人間観を唱えたことは我々のよく知る
ところである。ダンはどうかと言えばこれまでみてきたように両者の中道を歩んでいると
思われる。人間の威厳と罪深さの両面を指摘するダンにアングリカンとしての一面を読み
とりたいのである。ダンの『歌とソネット』における恋愛観が魂と肉体の双方の依存の上
に成り立っていることを思い出すならばこの人間観はダンにとっては当然しすぎるのかも
しれない。『神学論集』で上記の人間観を更に明確に述べている一節がある。それは "an
union of Hypostases, Grace and Nature[25]" という表現である。我々人間にはキリスト教
的「恩寵」とヘレニズム的「自然」の一致が見られるとダンは説くのであるが,「恩寵」の
みならず「自然」を説くダンの態度は極めてアングリカン的と言わねばならない。そして,
上記の引用文の後「神も人間も人間の意志を決定しない...神と人間が共同して人間の意志
を決定する[26]」と述べているが, この一節にも人間の自由意志を認めるペラギウス主義
(Pelagianism) までではないにしろ, 人間の自由意志を認めるアングリカン的な態度が見ら
れるのである。神に隷属する受動的な人間ではなく, 人間の意志, 能動性を強く主張する
ダンの意図がいかなるものであったかは『神学論集』がダンの聖職直前に書かれたという
背景を考慮に入れれば自ずと明白になるであろう。ダンの人間観が中道的であると言って
も, 全く左右均等的であるのではなく, どちらかと言えば Calvin 的である。それは丁度理
性と信仰の問題に関して, また, 肉体と魂の問題に関して, ダンは信仰と魂をより重視し
ているのと同様である。

　以上の中道的精神はダンの現世観にもついても当てはまる。『神学論集』には "this world
[is] a warfare[27]" といったピューリタン的な闘争としての現世観に言及している箇所も
あるが, 果たしてダンは現世を来世へのステップとして 'progress' の形でとらえている

のであろうか。この考え方はCalvin的色彩の強いものであるがアングリカニズムがCalvin
の影響を受けていることを思えば「現世は闘争である」という見方も特に驚くには価しな
いのかもしれない。しかし，それではアングリカン的とは言えない。アングリカニズムの
中道精神を考えれば当然，現世―来世という二つの世界を肯首するダンの姿を読みとらな
くてはならないし，また，その姿が見られるはずである。次の「天」と「地」についての
一節を見て頂きたい。

> ...this *Heaven* and *Earth*, being themselves and all between them, is this
> World; the common house and City of Gods and men, in *Ciciro*'s words; and
> corporeal and visible image and sons of the invisible God, in the
> description of the Academicks; which...hath been the subject of Gods labor,
> and providence, and delight, perchance almost six thousand years : (pp.
> 33-4)

ここでは「天」のみならず「地」も神の住む場所であり，見えない神が見られる場所でも
あり，神の労力，摂理，喜びの主題であり，現世には神の愛情が溢れているとさえ述べ，「闘
争としての現世観」は消え失せ，逆に現世の栄光に触れている。中道を歩むアングリカン
にふさわしく，ダンは一方で現世を賛美し，他方では蔑視する。上記の引用文の後で地球
は「人間の牢獄と宮殿」（man's prison and palace[28]）であると言っている。極めてパラド
クジカルな表現であるが，ある意味では，また極めてアングリカン的な表現だとも言えよ
う。それでは「牢獄」であり「宮殿」でもある現世に対して我々はいかなる愛情を注ぐべ
きなのか。この問題に対するダンの態度はまたアングリカン的である。ダンは「創造主た
る神へ第一の敬意を払って」現世を愛すべきことを説く。現世に耽溺してはいけない。あ
くまでも神に眼を向けなければならない。ある国の大使が君主に接する時，彼は君主の側
に行くまでいかなる人にも心を傾けたり，眼を向けたりはしない。君主の側に来て初めて，
他の臣下の美と威厳の中に君主の輝きを認め，あがめる。丁度これと同じ様に最初に神を
賛美し，その後他の被造物に注意を払うべきである。現世を来世への巡礼の一途上とみな
し，現世を仮の宿とするピューリタン的見解とは異なり，ダンは現世を神の創造物，神の
愛情の具現化とみなしていたが，以上の現世観も当然予期しうるものである。ダンはまた
「天」と「地」は神の足台（foot-stool）であるが，「地」は賢人にとっては'foot-ball'
に過ぎないと述べ[29]，現世蔑視に言及することも忘れてはいない。現世をある程度否定す
ることはキリスト教徒としては当然のことであるが，しかし，ダンは決して極端に否定す
ることはしない。「天」に重点を置くが決して「地」を放棄することはしない。現世ひいて
は現世における人々の市井生活への暖かい配慮はGeorge Herbert の詩の大きな特徴の一つ
であるが，同じアングリカンとしてダンもそれを自己の信念として抱いているようである。
徒らに現世を否定し，蔑視することはダンの人間観からも明白なように，彼の本来目指す

ところではない。現世を所有する人は現世に熱中せずに現世を使用する人であり，真の所有者たる神から委託を受けて現世を所有する小作人だと自らをみなす人である，とダンはPart I の終りで述べているが，現世に対するダンの見解を明確にしている言葉として興味深いものである。Part I の祈りには以上のダンの現世観がより明白に表われている。神は「地」をないがしろにしないように「天」を創り，「天」と「地」を互に相応ずるようにした。ダンは「天」と「地」の調和を自らの魂にも生じさせようとするが，それも魂が「来世への誤った信心深い考慮」によって，現世での我々の任務を無視することがないためである。また，天上の神のもとに行く際もあくまでも「現世の通り」を通過し，角や中間で寝たりしてはいけない，と述べているがダンの現世観として注目に価する表現である。ダンは生身の人間が，肉体と魂を兼ね備えた人間が，生を営む現世を完全に否定することも，また，ひたすら来世に眼を向けるということもない。現世に対する極めて現実的な，穏健，かつ妥当な見解を保持していると言ってよい。「中道」とはややもすれば妥協とか日和見的とかに解釈されがちで，現にピューリタンはそのようなアングリカンの不徹底さを厳しく批判した。右にも左にも極端に歩むことを自ら制し，両者の中道を歩もうとしたアングリカンにとってそのような批判は当を得ていないかもしれない。いずれにせよ本書に見られるダンの人間観，現世観が「中道」を尊ぶアングリカンにふさわしいものであることは疑い得ない。最後に本書作成時にダンはすでにアングリカンの立場にあり，アングリカンとしての反カトリック，反ピューリタンの態度を見てみたい。

3−6　ダンのカトリックとピューリタン批判

『神学論集』は考えによってはダンのカトリック教離脱の最終宣言であると解釈することができる。ダンは本書においてはできるだけ‘polemical’になることを意識的に避けているが，カトリック教を特に批判していることを考えるとカトリック離脱の内なるマニフェストであるようだ。もちろんダンの信念からすればカトリック以上にピューリタンが恐るべき相手であり[30]，嫌悪の対象であったに違いない。保守的，現状維持派の一アングリカンから当然予期されうるピューリタン批判が本書ではそれ程激しく行われていないということは本書作成時はまだピューリタンはダンを悩ませなかったためであろうか。それではダンのカトリック批判がどのように行われているか次にみてみよう。

ダンは Moses が最初の著者であるか否かをめぐる問題で，多くの反対があり前進できない場合に取るべき最善の方法として暴風雨の際の船の操縦のイメージを用いて次のように述べている。

> ...as in violent tempests, when a ship dares bear no main sayl, and to
> lie stil at hull, obeying the uncertain wind and sayl, puts them much out
> of their way, and altogether out of their account, it is best to put forth

53

such a small ragg of sail, as may keep the barke upright, and make her
continue near one place, though she proceed not... (p. 13)

後半の"one place"という語は特に重要である。ダンはここで種々様々見解はあろうが
神が最初の著者であることに同意する方がよいと結論しているのである。この態度はすで
に見たように宗教論争の際にとるべきダンの解決策として興味深いものであるが，実はダ
ンのカトリック批判もこの"one place"をめぐるものであった。ダンのカトリック批判
の最大の点はカトリック側がこの"one place"を見失ってしまったからであった。教義論
争，宗派分裂のさ中にあって"one place"とは何を指すのか。"one place"を守るという
ことは救済に必要な事柄を固守することに他ならない(31)。ダンはある箇所で「（救済に）無
関係な事柄に必然を課し，全世界をひとつの厳格な礼拝形式と教会政治の枠にはめ込もう
とする多くの人々の，あの烈しい揺がぬ熱狂(32)」と述べているが，カトリック側は救済に
必要な事項を軽視し，逆に救済に無関係を事項（indifferent things）を急増させ，それ
を信者に強いるに至った。ダンからすればローマ側の信仰箇条の急増は救済とは全く関係
のないもので，それはひいては聖書軽視を引き起こし，教会や教会法の重視という本末転
倒へ至るのである。救済に関する事項は聖書に見られるという見解をダンはとるが，まさ
にこの点がダンをしてローマから離脱せしめるに至った大きな原因のひとつであった。で
はその救済に必要な事柄，"one place"とは何か。それは「Jesus Christ という礎石と
基石を常に守る」ことである。ダンは明確に「救済は常に救世主の約束への信仰から生じ
た(33)」と述べているが，実はこれが宗教論争という暴風雨の際に守るべき"one place"な
のである。ところがローマ側はこの"one place"に「広大かつまことしやかな超建築」
を建設したが，それは救済とは全く無関係の "indifferent things" なのである。"one
place" 無視に対するダンの批判は他にも見られる。たとえばダンは次のように述べる。
「我々は神の慈悲によってローマ教会から逃げた。というのはキリストにおける罪のあが
ないという基礎の上に，ローマ側は非常に多くの階層を作ってしまったのでその基礎は破
壊されはしなかったが隠され，明確でなくなった(34)。」救済に不必要な事項をローマ側が
次々と樹立していった様をダンは指摘する。教義を急増させ，聖書に述べられている以上
のことを述べ，更には聖書に匹敵する，否，それ以上の権限を教会法に付与するに至った
ローマ側の最大の欠点の一つは一言で言えば 'superfluity' であり，ダンはその
'superfluity' から余分な事項を切り取る必要性を痛感し，それを行うのがアンダリカン
であるという信念を抱いていた(35)。そしてダンはこの "one place" 無視の 'superfluity'
への傾向は偶像崇拝に陥るとローマを批判する。

...their [Catholics'] Additition were of so dangerous a construction, and
appearance, and misapplyableness that to tender consciences they seemed
Idolatrous, and certainly scandalous and very slippery, and declinable into

Idolatry. (pp. 49-50)

更に救済に無関係な事項における統一と一致は考えられる程必ずしも必要ではないと断言する。ダンによればカトリックとアングリカンの最大の違いはカトリックと異なりアングリカンは救済に必要な基本的事項と非基本的事項とを区別できるという点であり，そこにアングリカンの勝利があるとの確信を得ていた[36]。カトリックの 'super-edification' とそれを最小限に切り落としたアングリカンとの対照をダンは次のように述べている。ダンは古代ローマ人の "the superfluous adorning [of] the Temples and Images of their [Romans'] Gods[87]" に言及し，ローマ側の過度の偶像崇拝及び聖人崇拝を指摘した後で，「我が改革されたキリスト教（英国国教）においては偶像，聖遺物，高価な威厳が除去された今，改革されたキリスト教はかつて設立された最も倹約的（thrifty）で最も安い（cheap）。我々の神へのささげ物は我々の心の中に生じ，祈りと賛美（神への）という我々自身が作り出すものであるから」とローマの 'superfluity' と対照的なアングリカンの簡素さを称える[38]。ローマの致命的欠陥は前述したようにその 'superfluity' であり，たとえばそれは聖書を軽視する程の教会法の発布であり，種々様々の礼拝，儀式の急増であった。これに反しピューリタンはカトリックと正反対の 'deficiency' をその大きな特徴とする。たとえば聖書解釈では個々人の 'divine inspiration' を重視し，'private prayer' を強調し，教会を軽視するに至った。彼らの極端な 'individualism' は *status quo* を脅かし，ダンにとっては，否，アングリカンにとって以後，カトリック以上の恐るべき論敵となる。ダンは『神学論集』作成時にすでにアングリカンであったことを明確にし，次のように述べている。

> ...in my poor opinion, the form of Gods worship, established in the Church of *England* be more convenient, and advantageous then any other kingdome, both to provoke and kindle devotion, and also to fix it, that it stray not into infinite expansions and Subdivisions ; (into the former of which, Churches utterly despoyl'd of Ceremonies, seem to me to have fallen ; and the *Roman* Church, by presenting innumerable objects, into the later. (p. 51)

ここでダンはピューリタンとカトリックの欠点を簡潔に述べている。「無限の拡張」には諸儀式を全く奪い取った教会が陥ったように思えると述べているが，これはプロテスタント内部での 'individuality' 主張の結果引き起こされた宗派分裂を意味し，「再分割」とはカトリック内部の教団急増を意味している。ピューリタンにもカトリックにも 'humility' が欠けていたことをダンは示唆する。ダンのカトリックへのもうひとつの批判はその「奇跡」偏好である。ダンはカトリックとは見解を異にし，奇跡は信仰と関係がないとみてい

る。カトリックでも，特に，ジェズイットの奇跡偏好をダンは指摘するが，彼らは奇跡を日常茶飯事にしていると痛烈に批判し，"...the Roman Church should make an Occupation of it [a miracle]"[39] と述べている。ダンはこのようにカトリック及びピューリタンを批判するが，それも両派が"one place"から余りにもかけ離れてしまった結果によるものであった。カトリックの'superfluity'もピューリタンの'deficiency'も共に極端であるが故にダンは批判する。ダンの理想である'humility'とは逆の'pride'と'self-asserstion'をカトリック，ピューリタンはそれぞれ振りかざすのであった。そのような左右両極端にあってアングリカンはもちろん教会改革の必要性を十分に知っていた。プロテスタントはローマの原始教会からの極端の離脱に異を唱え，原始教会への復帰を目指したようにアングリカンの改革も一種の原始教会への復帰であった。しかし，アングリカンは破壊することなしに改革する術を知っており，'concision'（切断）に移らずに，'circumcision'（割礼）を施す術を知っていた[40]。アングリカン最大の関心事は'one place'を確認し，擁護することであった。その方法は極端に走らず，'humility'を忘れることなく，あくまでも寛容的なものである。『神学論集』にはこれまでみてきたように，ダンのカトリック，ピューリタン批判が散在しているが決してその批判は極端に走ることはない。確かにキリスト教会は新約の時代以来本来の目的を失い，種々の教団が生じ，教義も増々複雑化していった。しかし，ダンはそのような宗派分裂の再統一の可能性を唱えている。いわゆる普遍教会がダンの意図するところであった。分裂した諸教会と言えども"foundation and possibility in Christ"を守る限り，同一教会の下にあるという考えである。キリスト教が東西に分裂しようとも，根底においては一致し，Christ Jesus という全く同じ土壌から'vegetation'を吸収している。

> ...though we branch out East and West, that Church concurs with us in the root, and sucks her vegetation from one and the same ground, Christ Jesus ; (p. 50)

更にユダヤ教会もキリスト教会も同じで，カトリックもプロテスタントも一つの教会にすぎず，エルサレムへキリストという一人の導き手によって進んでいくのだと宗教論争時代には想像もできない程寛容的態度を示している[41]。

> ...Synagogue and Church is the same thing, and of the Church, *Roman* and *Reformed*, and all other distinctions of place, Discipline, or Person, but one Church, journeying to one Hierusalem, and directed by one guide, Christ Jesus ; (p. 51)

一方ではローマを批判し，他方ではいかなる教会と言えども Jesus Christ を信じる限りに

おいては究極的には同じで，諸教会の統一ですら可能であるという信念を表明している。

　これまで見てきたように，アングリカンとしてのダンは好奇心からの議論を意識的に回避する態度を示していた。それも視点を変えれば普遍教会という理想をダンが抱いていたからに他ならない。その理想は残念ながら現実には程遠く，以後増々ピューリタンが台頭し，革命にまで至ったことは歴史の証明するところである。ダンの普遍教会観は理想としてはキリスト教徒ならば誰もが程度こそ違え，抱いていたことであろう。そしてそれはイギリス内の宗派分裂，ひいてはイギリス及びイギリス民の分裂を憂慮した一人の愛国的アングリカンの真の理想であったのかもしれない。

3－7　むすび

　『神学論集』に見られるダンのアングリカンとしての一面をロジック，人間観，現世観及びカトリック批判を中心にみてきた。これらのいずれの問題においても巧妙とも言える程の中道を歩むダンの姿が表われているのに我々は気付く。本書を書き上げた後，ダンはアングリカンの聖職につくのであるが，ダンのアングリカン転向はややもすれば意図的な，計算ずくめの印象を与えかねない。一体ダンの中道志向は意図的だったのだろうか。そのような解釈が可能なことは確かである。しかし，ここで我々はダンの精神構造が聖と俗の二つの世界を同時に包合するものであったことを思い出さなければならない。私にはダンの精神構造そのものがアングリカンの中道的思考法に極めて適していたと思われる。宗教的に遊離した状態にあってダンはむしろインテリの宗教であるピューリタニズムに足を踏み入れる可能性は十分にあった。しかし，ピューリタンの極端な"rigorous"な性格をダンの性格は全く受けつけなかったのではないか。何よりもピューリタンは王制廃止という王制擁護派のダンからすれば実に恐るべき思想を実行に移そうとしていた。保守的，体制派のダンの精神構造はそのまま体制の思想であるアングリカニズムを容易に受け入れたと想像することは可能であろう。

　世俗的野心からか，敬虔な信仰心からか，その動機はいずれにせよ，ダンは聖職につくことになる。そのためにはどうしても国教会に入会しなければならない。それ故，ダンが行ったことは自分がアングリカンであり，自分の生まれ育ったカトリック教から完全に離脱していることを自分に，そして世間に公表することであった。ダンは聖職につく前に彼の気持を最終的に整理しておきたかったのであろう。あるいは自己の才知を公表する必要にもかられたのであろう。しかし，その公表は生前中には公表できず，死後公表されたにすぎない。ダンの気持の整理はスムーズにはいかなかった印象を与えるが，それもカトリック教へのダン自身の屈折，錯綜した態度のためであろう。『神学論集』におけるダンの姿はこれまでみてきたように幾分意識的であった。しかし，ダンは少なくとも本書を書き上げたことにより，自他ともに認めるアングリカンになったと確信したにちがいない。

注

(1)『神学論集』の作成時期が 1615 年という確証はない。1615 年という説は 1651 年にダンの息子が本書を出版した時の To the Reader の中のことばから一般に信じられており，特に E. Gosse がその説を支持して以来定説の如く受け入れられてきた。しかし，本書で使用されている聖書がジェームズ一世の *Authorized Version* （1611 年）ではなく，*Geneva Bible* （1560 年）であることを考えると作成時期は 1611 年以前ではないかとも解釈されるだろう。1615 年説はややドラマティックすぎる気配はあるが，私は本書をダンのアングリカン加入への最終宣言とみなし，1615 年までには書き上げられたと考えたい。（この問題については E. M. Simpson ed. *Essays in Divinity* (Oxford: At the Clarendon Press, 1952) の Introduction を参照されたい。）

(2) E. Gosse, *The Life and Letters of John Donne, Dean of St. Paul's*, 2 Vols. (rep. Gloucester, MA: Peter Smith, 1959), Vol. II. p. 63.

(3) Frank. Kermode, *John Donne* (London, New York:Longman, Gree, 1957), 新井明訳（東京：研究社，1971). p.49.

(4) R. C. Bald, *John Donne: A Life* (Oxford: Oxford University Press, 1970), p.298.

(5) Simpson, p. ix.

(6) E. M. Simpson, *A Study of the Prose Works of John Donne* (Oxford: At the Clarendon Press, 2nd ed. 1948), Chap. IX.

(7) Martz によれば真の知識が 'humility' によってのみ得られるという考えは St. Bernard に由来している。(L. L. Martz, *John Donne in Meditation: The Anniversaries* (New York: Haskell House, 1947, [rep.] 1970), p. 14. 逆に St. Bernard は *curiositas* を "the father of pride" として非難した。(L. L. Martz, *The Poetry of Meditation: A Study in English Religious Literature of the Seventeenth Century* (New Haven: Yale University Press, 1962), p. 233) なお *sapientia* と *scientia* については F. Manley ed. *John Donne: The Anniversaries* (Baltimore: The Johns Hopkins Press, 1963), p.18 ff に詳しい。

(8) P. 57. 本論における『神学論集』からの引用はすべて上記の Simpson 版からで，以下単に p. 57 のように記すことにする。

(9) B. Willey, *The Seventeenth Century Background* (London: Chatto and Windus, 1953), 深瀬基寛訳『十七世紀の思想的風土』（創文社，1958) p. 78。なお聖書解釈に関しては中世以来 4 種の方法，'literal,' 'allegorical,' 'tropological,' 'analogical' があり，このうちの 'literal' な方法をダンは最優先している。(W. R. Mueller, *John Donne: Preacher* (Princeton: Princeton University Press, 1962), p. 89 ff を参照されたい。) Mueller によればダンは 4 種の方法を知っていたが，それを厳密に守ることはしなかった。確かにダンは字義通りの解釈を主張するが『神学論集』で "Moral Divinity becomes us all" (p.88) と述べているように道徳的解釈を「出エジプト記」に適応し，それをダン自身に

あてはめている (p. 96)。ところが p. 40 では "it is called literall, to distinguish it from the Morall, AlIegoricall, and the other senses." と述べたりしていて，本書におけるダンの態度は実際どのようなものなのかと問いたくなる。また，寓意的解釈についてもある説教で "As God hath spangled the firmament with stars, so hath he his scriptures with names and Metaphors, and denotation of power." (G. R. Potter and E. M. Simpson eds. *Sermons* [Berkeley: University of California Press, 1953-62], Vol.VII, pp, 510-5) と述べており，更には "A figure, an Allegory provides nothing; yet...It makes that which is true in it selfe, more evident and more acceptable". (Vol. III. p. 144) と述べ，むしろ allegoryal を奨励している気配も見られる。また「聖書は鏡ではめ板を張られた部屋のようなものである」(Vol. III, pp. 353-4) という表現をみるとダンは決して聖書の意味の多義性を軽視していないように思われる。『神学論集』は 'private' な作品で，ダンは推敲を重ねず，自らの論旨の矛盾に気付かなかったようである。なお，ダンの聖書解釈に関しては以下を参照されたい。

H. Gardner, *Business of Criticism* (Oxford: Oxford University Press, 1959), pp. 127-157, W. Schleiner, *The Imagery of John Donne's Sermons* (Providence: Brown University Press, 1970), Chapter 4. バジル・ウィリー『17世紀の思想的風土』(深瀬基寛訳，創文社，1968)，第4章．B. K. Lewalski, *Donne's Anniversaries and the Poetry of Praise* (Princeton: Princeton University Press, 1973), Chapter V, D. B. Quinn, "John Donne's Principles of Biblical Exegesis," *JEGP* (1962), pp. 313-329.

(10) たとえば p. 46. またカバラ的学識は "the most *occupatissima vanitas* (busiest vanity)" であるが，多くの "delicacyes of honest and serviceable curiosity, and harmless recreation, and entertainment" を有しているとも述べているように (p.10)，ダンは Pico, Francis George, Reuchlin らの学識に興味を抱いていたようである。この点に関しては J. S. Chamberlin, *Increase and Multiply: Arts of Discourse Procedure in the Preaching of John Donne* (Chapel Hill: The University of North Carolina Press, 1976, pp. 105-7 を参照。

(11) P. 13.

(12) たとえば，p. 39 では「神の言葉は字義通り以上の他の意味になるとそれは神の言葉ではない」と，p. 41 では「(聖書の) 言葉は差し出されているままに完全に受け取られるべきだ」と，それぞれ字義通りの解釈を擁護している。

(13) 『神学論集』では 'curiosity' や 'curious' の語が多く使用されているが，それはみな 'humility' を伴わない人々に適応されている。そしてダンはそのような学問を 'bladder' と形容してさえいる。

(14) P. 46.

(15) P. 39.

(16) Joan Webber は『神学論集』においては「キリスト教々義は吟味され，明確にされて

59

いるが決して異議を唱えられてはいない」と言っている。（Joan Webber, *Contrary Music: The Prose Style of John Donne* (Madison: University of Wisconsin Press, 1963), p. 13.

(17) ダンと同時代のアングリカンである Sir Thomas Browne も「医者の宗教」1部6節で「常道を守ること，盲信ではなく，謙虚な信仰によって「教会」の大法輪に従う」ことを好んだ。（バジル・ウィレー，p.71 参照）

(18) この点に関しては J. F. New, *Anglican and Puritan: The Basis of Their Opposition 1558-1640* (California: Stanford University Press, 1964), Chapter I に詳しい。なお *Imago Dei* の歴史については Lewalski, p. 115 以下で概観されている。特にダンの *Imago Dei* については p. 20 以下で述べられている。それによるとダンの見解は Calvin より Augustine と St. Bernard によっている。

(19) P. 30.

(20) P. 20.

(21) Pp. 29-30.

(22) P. 87.

(23) P. 93.

(24) P. 80.

(25) Loc. cit.

(26) Ibid.

(27) P. 63.

(28) P. 34.

(29) P. 35.

(30) アングリカニズムの大御所たる存在である Richard Hooker もローマよりジュネーブが恐るべき敵であることを承知していた。（バジル・ウィレー，p. 147）

(31) P. 52 ではアングリカンはキリストにおいて救済されるという基礎と可能性を破壊せしめなかったとローマ批判を暗示している。

(32) P. 49.

(33) P. 92.

(34) P. 49.

(35) Mueller, p. 150.

(36) *Sermon* Vol. I. p. 246 や Vol. IV. p. 106 でも同様のことを述べ，ローマを 'painted Church'，ジュネーブを 'naked Church' と呼んでいる。また，Vol. II. p. 203 以下ではイギリス教会が 'essentials' と 'non-essentials' を区別するが故にイギリス教会を賞讃している。この点に関しては P. E. More and F. L. Cross eds., *Anglicanism: The thougt and practice of the church of England, illustrated from the religious literature of the seventeenth century* (London: SPCK, 1935) 中の More の "The Spirit of Anglicanism" でも言及されている (p. xxxiv)。 同書中の More の "Anglicanism in the Seventeenth

Century"も 17 世紀のアングリカニズムを知る上で有益なものである。

(37) P. 51.

(38) P. 66.

(39) P. 85.

(40) Mueller, p. 150.

(41) Simpson は，ダンは厳しい国教信奉を要求する時代に寛容を説き，彼の論争上の説教には (アングリカン) 信仰の熱心な擁護者に要求される激しさが欠けていたと言っている。また，ピューリタンは一時ダンにローマ的傾向があると疑い，逆にカンタベリー大主教，Laud 一派はピューリタンと手を結んでいると言ってダンを批難したとも言っているが，おそらく上記の引用文からそのようなことを言っているのだろう。(Simpson, p. 74)

第4章　ジョン・ダンと『被造物の書』

4−1　はじめに

　ダンが神を知る方法として(1) 自然の中の神（God in Nature）(2) 聖書と聖礼の中の神（God in the Scriptures and the sacraments）(3) キリストの中の神（God in Christ）の三種類類類を挙げていることは彼の説教集や他の散文にもしばしば見られるところである[1]。私が以下において論ずるのは以上の三種類の神のうちダンはどれを最も重視しているかを「自然の中の神」を手掛りにして明らかにすることである。もちろんダンにあっては上記の三種類の神は相互に密接に関連しており，「自然の中の神」を扱うことはまた，「聖書」の神を扱うことになろう。この小論の意図はダンの反自然，反理性，及び彼の神概念から「自然の中の神」に対する彼の態度を明確にすることである。

4−2　三種類の神と三種類の書

　上記の三種類の神と深く関わってくるのはダンがしばしば用いる三種類の書物である。たとえば『危篤時における祈祷』（*Devotions upon Emergent Occasions*）で三種類の書物として (1) 生命の書（the book of life）(2) 自然の書（the book of nature）(3) 聖書（the Scriptures）を挙げている[2]。この三種類の書のうち上記の「自然の中の神」が「自然の書」に対応することは明白であろう。「自然の中の神」という概念における「自然」という言葉は「自然本性」と同じような意味で，この「自然本性」に神を捜し求める方法が「恩寵」を受けない「自然人」の内的な神の認識法であるとすれば，「自然の書」は外的な，自然界における認識法であり，ダンの場合には以下において明らかになると思うが，「自然の中の神」と「自然の書」と深く絡み合っているのである。ダンはこの「自然の書」即ち「被造物の書」（the book of the creatures）の概念にしばしば言及するが，一体，ダンは「被造物の書」を全面的に受け入れているのであろうか。「被造物の書」への言及の真の意図はどこにあるのだろうか。この問題に入る前に「被造物の書」について概略することも無益ではないだろう[3]。

　「被造物の書」としての自然は西洋における伝統的自然観の一つであり，特に 16, 17 世紀の合理的・科学主義を促進するに大きく貢献した自然観であったことは周知の通りである。この概念の原型を求めるとすればプラトンにまでさかのぼらねばならない。それは『饗宴』の中のディオティマの「...地上のもろもろの美しいものを出発点として，つねにかの美を目標としつつ，上昇してゆく...[4]」の言葉の中に，また，キリスト教的には聖パウロの「神の見えないものはつくられるものによって見られる[5]」の一節に見い出される。プラトン，聖パウロに加え，「詩編」の「もろもろの天は神の栄光をあらわし，大空はみ手のわざを示す[6]」の影響も相まって，この概念は初代教父たちへ伝わり，アウグスティススに至

62

り，中世キリスト教会の新プラトン主義の影響を受けた象徴主義的な「雅歌」の解釈やHugo of St. Victor や St. Bonaventura らによる説教を通して広く中世社会に普及し，ルネサンスへと至るのである。自然をひいては世界を神の書とみなし，その書の一頁，一頁をめくるが如くに神の作品たる被造物界を詳細に観察し，St. Bonaventure の言葉を借りれば「一」の足跡としての「多」を見い出し，背後に潜む全能の神の英知と力とを証明しようとするのである。この伝統的概念がいかに 16, 7 世紀の詩人，散文家，科学者によって使用されているかはたとえば，Francis Bacon が神の二つの書として神の意志を表わす「聖書」と神の力を示す「自然の書」について『学問の進歩』で言及し[8]，Thomas Browne が彼の神学の知識の出所の二つの書物ついて「あの書かれた神の書物以外に神の下僕たる自然という書物，万人の眼に展開されているあの普遍的にして，公開されたる文書」と述べ[9]，Miltonが「天は神の書として汝の前にあり，そこに神のすばらしき作品を読み...」と書き[10]，Galileo が我々の眼前に永遠に横たわる宇宙という偉大なる書物について話し[11]，Marvellが「自然の神秘の書物」とうたい[12]，その他 Henry Vaughan, George Herbert, Richard Crashaw の形而上詩人たちに，更に Francis Quarles, Rowland Watkyns, Mildmay Fane, William Drummond of Hawthornden, William Habington 等，群小詩人にも見られる。また、18, 19 世紀のロマン派詩人の汎神論的自然観に至るまでその影響は広く窺われるのである。自然界と天上界が一本の糸の如くに結ばれているとすれば，森羅万象の観照によって神の跡を逆に辿り，神に到達できると考えるのは当然のことで，Itrat-Husain が自然象徴主義と異教主義との関係について述べているように[13]，自然詩には本来宗教的要素が混入しているのである。ダンも以上の詩人たちの同時代人としてしばしば「被造物の書」に言及しているが，次にそれを詳細に吟味し，ダンの真の目的を探ってみよう。

4−3　ダンと「被造物の書」

　ダンの「被造物の書」への言及は詩では「牧歌」（Eclogue)の中にわずか見られるにすぎず，ここでは彼の説教集を中心に見ていきたい。次の説教の一節では「被造物の書」を「聖書」よりも古い書とみなし，「聖書」は「被造物の書」のパラフレーズ，注釈，説明にすぎないと述べている。

> There is an elder booke in the world then Scriptures; It is not well said, in the world, for it is the world it selfe, the whole booke of Creatures; And indeed the Scriptures are but a paraphrase, but a comment, but an illustration of the booke of Creatures. (III. 264)

そしてこの後被造物の中に神を考えない人や美しい庭に来ながら見事な庭師はいるが見事な神はいないと言うような人は許されないと自然の背後の神の存在を主張する。

He is therefore inexcusable that considers not God in the Creatures, that coming into a faire Garden, sayes only, Here is a good Gardner, and not, Here is a good God. (III. 264)

「被造物の書」の概念を最も簡潔に述べているのは次の一節であろう。そこでは神は思慮分別のない人間に「被造物の書」を示し，その書を示された人間はそれをめくり，読み，その結果すべての被造物は神がいかに偉業を成しとげているかを考えせしめるに至ると述べている。

Here God shewes this inconsiderate man, his book of creatures, which he may run and reade...and yet see that every creature calls him to a consideration of God. Every ant that he sees, asks him, where had I this prudence, and industry. Every flower that he sees asks him, where had I this beauty, this fragrancy, this medicinall vertue in me? Every creature calls him to consider, what great things God hath done in little subjects. (IX. 236-7)

次の説教では聖パウロの言葉をくり返しているかのように「見える被造物の中に見えない神を見ることができる」と被造物界すべてに行き渡る神の顕現に触れている。

even by this naturall light, he [man] is able to see the invisible God in the visible creature, and is inexcusable if he do not so. (V. 85)

また神の本質を見ることはできないが，神の鏡であり，神の姿を写し出す神の被造物の中に神を見なければならないと説いている。

As we cannot see the *Essence* of God, but must see Him in his *glasses*, in his *Images*, in his *Creatures*... (VI. 161)

次の一節ではすでに言及した三種類の神の把握法を述べ，被造物の中に神の姿を見ることは可能であると明確に言っている。

I can see God in his Creatures, in his Church, in his word and Sacraments, and Ordinances. (V. 287)

更にはこの世界に自然を劇場にたとえ，我々は劇場で劇を見るかのように自然をながめ，そこで演ずる神を見るとさえ述べている。

> For our sight of God here, Our Theatre, the place where we sit and see him, is the whole world, the whole house and frame of nature, and our *medium*, our glass, is the Book of Creatures...(VIII. 220)

更に世界＝劇場というメタファーを続けてこの世界は神をあらわす劇場であり，至るところですべての人は神を見ることができ，見なければならないと述べる。

> ...The world is the Theatre that represents God, and every where every man may, nay must see him. (VIII. 224)

次の一節ではどうであろうか。そこでは神がすべての国々に「被造物の書」という形で上は天という第一頁から下は足下の鉱山という最終頁に至るまで神を知る外的な可視的手段を与えたと極めて寛容な態度を示している。

> Outward and visible means of knowing God, God hath given to all Nations in the booke of Creatures, from the first leaf of that booke, the firmament above, to the last leaf, the Mines under our feet; (I. 253)

そしてどのような存在を持とうが，あらゆる存在物は神を見る鏡であり，そのような鏡でない程あわれな被造物はないと述べ，この世のすべての存在物は言わば神の姿を反映する鏡のようだと言う。

> There is not so poore a creature but may be thy glasse to see God in... all things that are, are equally removed from being nothing; and what soever hath any being, is by that very being, a glasse in which we see God, who is the roote, and fountaine of all being. (VIII. 224)

以上見てきたようにダンは「被造物の書」に直接言及したり，世界－劇場，あるいは書物としての世界というメタファーを用いたりしてこの自然界，神の被造物たる世界に神の姿を見ることは可能だと何度も述べている。 Maren-Sofie Rostwig は神が自らを顕現する神の書としての自然観は 17 世紀を推し進める上で最も強力であったと述べているが[14]，神の絵文字や神秘の書としての自然の解釈が女史の言う「隠遁文学」を思想的に支える最も重要な役割を果たしていることは明白であろう。新プラトン主義や Hermeticism の影響を

受けた「被造物の書」の概念では自然はや悪魔的なものとして否定されることはなくなり，逆に被造物の一つ，一つをつぶさに観察ことによって現世においてすら神に触れることが可能になるのである。人間から自然へと人々の眼が向けられたときルネサンスは終ったとH. Baker は言っているが[15]，確かに 17 世紀の自然科学はこの「被造物の書」の解読にあ，つたことを我々は忘れるべきでない。P. Grant は 17 世紀の新旧の葛藤として「罪の文化」と「啓蒙」を挙げ[16]，17 世紀の前世紀を越える一面としてその「啓蒙」の中に「自然の探究」を入れているが，それが今我々が論じている「自然の書」の研究へ通じることは言うまでもない。「自然の書」の解読は人間が自然の支配・操作へと向かう第一歩でもあった。「自然の書」という自然啓示的神学が 17 世紀に特に流行した理由としては 17 世紀の一特徴たる反知性主義が挙げられよう。ピューリタンの厳格なまでの「聖書啓示神学」と比較すると極めて楽観的かつ安易であり，そのため 17 世紀に普及したのであった。しかし，ダンは「被造物の書」の解読に全く心酔していたのだろうか。「被造物の書」解読は象徴として，また，科学的手段によってなされると思うが，果たしてダンはその解読を実践しているのだろうか。Collins によれば「被造物の書」は神秘主義の一面を成すのであるが[17]，ダンは神秘家の如く「被造物の書」の瞑想にふけっていたのであろうか。我々がこれまで見てきたダンの「被造物の書」への言及からも明らかなように，ダンは「被造物の書」に強い関心を抱いていることは確かである。しかし，その描写は客観的であり，ダンの熱意はそれ程感じられもせず，また，恍惚としたダンの姿を読み取ることもできない。ダンは単に「被造物の書」という概念の存在事実にのみ言及しているような印象を与え，その書の中で神の跡を読み取り，創造主たる神へ近づくことを行ってはいない。とすればダンは「被造物の書」に度々言及するが，実際はそれを軽視しているのである。それはなぜなのか。以下その理由を考えてみたい。

4－4 「被造物の書」と理性

ダンの「被造物の書」軽視の第一の理由はダンの反自然人，反理性の中に見られよう。というのは「被造物の書」と自然人，自然理性を密接に関連づけているからである。たとえば，神は被造物の中に見られるが，その被造物において神は理性によって得られる光であるとか[18]，我々は自然という劇場と被造物の鏡の中に理性という光によって神を十分見るとも述べている[19]。すでに引用した次の一節ではどうであろうか。そこでも被造物に髪を見るとき我々が使用する光は自然理性であると明白に述べているのである。

> ...our Theatre, where we sit to see God, is the whole frame of nature; our medium, our glasse in which we see him is the Creatures; and our light by which we see him, is Natural Reason. (VIII. 223)

同様に自然の光たる理性が被造物の書を読む際に必要とする光であると言っている。

> The whole frame of nature is the Theatre, the whole volume of Creatures is the glass, and the light of nature, reason, is our light...(VIII. 224)

また，道徳人は模範となるべき生き方をユダヤ人は律法の中に神を見い出し，キリスト教徒は福音，特に聖霊によって神を見い出すのに反し，自然人は「被造物の書」の中に神を見い出し[20]，自然人の神の把握は聖書のと比べて「弱々しい認識」であるとも言っている[21]。更に，自然重視の傾向は教父たちに多く見られるが，彼らに対してもダンは否定的でさえある[22]。自然理性や道徳的行為によって善とされる異教徒に対し，異教徒にも聖書を読み，聞き，信じることは可能であるが，それを実行しようとしないと異教徒を責める[23]。あるいは，自然人は自己の理性，哲学に自信を抱いているとも述べ，暗に概念的な神を退けている[24]。次の一節では自然を通しての神の認識は信仰を通して得られる認識の幼年であるとさえ述べ，自然理性より信仰がいかにすぐれているかを指摘している。

> So that sight of God which we have...In the *Glasse*, that is, in nature, is...but the infancy, but the cradle of that knowledge which we have in faith...(VIII.230)

ダンによれば現世において神を見ることは鏡の中に，即ち，反射によって神を見ているにすぎない。それ故，現世における神の認識は間接的であり，「暗く」「暗い表示」による認識であり，「一部分にすぎない認識」なのである[25]。また，『危篤時における祈祷』においてもダンは第二の書として「自然の書」に言及しているが，そこでも神は半ば暗く，かつ影の中に神自身の姿を現わしたと言う[26]。更に，ある説教の中でも「暗くかつ弱い方法」として自然の方法，「被造物の書」を挙げている[27]。このようにダンは自然人の神の把握法に対しては否定的な態度を示しており，それが「被造物の書」軽視の理由の一つともなっている。次の一節ではダンは大胆にも，聖パウロがプラトンよりも勝れていると言明しているが，それもプラトンが「理性」の具現そのものであるという理由からなのであろう。

> But the Apostle will exceed the Philosopher, St. Paul will exceed Plato, as he does when he says...I shall be still but the servant of my God, and yet I shall be the same spirit with that God. (IX. 129)

ダンは自然理性によって宗教上の神秘は理解できないという見解を抱いているが，そのような反自然理性と反自然人の態度はダンにあっては表裏一体をなしているのである。理性によって宗教上の諸問題を論ずることや，聖書に理性を適応することをダンは極度に警戒し

ている。ダンの理性と信仰の問題ば Itrat-Husain を初めとしてダン研究家によって論じられており[28]，ここで再びその問題を取り上げることは避けたい。ただ，ダンは理性よりも信仰を重視していることを強調しておたい。とりわけ，宗教上の諸問題におけるダンの信仰優位の立場は徹底しており，たとえば，次の一節では，キリストと信仰という光が理性によって把握される際の危険性を注意深く指摘している。

> When we bring this light [of Christ and faith] to the common light of reason, to our inferences, and consequences, it may be in danger to vanish itself, and perhaps extinguish our reason too: we may search so far, and reason so long of faith and grace, as that we may lose not only them, but even our reason too, and sooner become mad than good. (III. 357)

また，聖書は理性や哲学や徳性に適応できず，聖書がそれらといかに適合するかとか，あるいは，理性と一致する限りにおいて聖書を信ずるならば聖書は我々の手には届かず，我々には使用しえないと述べている。

> The Scriptures will be out of thy reach, and out of thy use, if thou cast and scatter them upon reason, upon philosophy, upon, morality, to try how the Scriptures will fit them, and believe them but so far as they agree with thy reason; (II. 308)

理性によって神を捜し求める人と信仰によって神を捜し求める人の違いをダンは『神学論集』(*Essays in Divinity*)で明確に述べている。そこでは理性による人は羅針盤発明以前の水夫に例えられている。

> Men which seek God by reason, and natural...are like Mariners which voyaged before the invention of the Compass, which were but Costers, and unwillingly left the sight of the land[29].

そして，羅針盤発明以前の水夫は島がありながらみすみすその島を見逃すのに反し，羅針盤を明いる人は，たとえば，ユリシーズが十年間の放浪の後無事故郷に戻ったように我々の心も信仰に触れるや否や理性がなしえなかった神の本質を見つけることができると自然理性による神の把握よりも信仰による方をはるかに重視しているのである。

> But as by the use of the Compass, men safely dispatch *Ulysses* dangerous ten years travel in so many dayes, and have found out a new world then

the old; so doth Faith, as soon as our hearts are touched with it, direct and inform us in that great search of the discovery of Gods Essence, and the new *Hierusalem*, which Reason doth not attempt [30].

　以上からもダンにとって神は理性の対象ではなく，信仰の対象であることが明らかとなろう。実際，ある説教でダンは「キリストが卒直に述べたことは私の信仰の行使により理解し，人々が好奇心をもって論ずることは私の理性の行使によって把握する」とも言っている [31]。人間の知識をいかに積み重ねても，またいかに議論・論争を重ねても，キリスト教の神秘―三位一体や復活や奇蹟など―は解明されない。だから，ダンは再三再四，人間理性の宗教問題における限界，不十分性を指摘するのである。このようにダンは徹底した信仰擁護の立場にあるが決して理性を真っ向から否定するのではない。ダンある説教で「再生したキリスト教徒は今や新しい被造物であるので，また，新しい理性の能力を有する」と述べている [32]。単なる自然人―彼には神の恩寵が欠けている―は理性を行使し，思惟するだけであるが，再生した，即ち，神から恩寵を吹き込まれたキリスト教徒は同じ理性によって宗教上の神秘をも理解できるのである。再生した人間には新しい理性が付与されているという考えは更に，ダンがしばしば言及する「修正された理性」（rectified reason）という考えに通ずるのであろう。この考えはダン特有なものであると Itrat-Husain は述べているが [33]，ダンにとって理性は信仰によって高められるのであり，信仰を支えているのは理性なのである。いずれにせよ恩寵や信仰がキリスト教徒と自然人を区別するとダンは考えている。

　我々はダンの「被造物の書」軽視の理由の一つが彼の反自然人及び反理性の態度の中に見い出されることを示してきた。ダンは決して「自然の中の神」を否定するのでなく，その不十分性を指摘しているのである。なぜダンが「自然の中の神」を真っ向から否定しないのかはアングリカンとしての反ピューリタン的態度の一面なのではないだろうか。というのはピューリタンはすべてに述べたように厳格な「聖書」のみの見解である。それに反し，アングリカンは聖書以外にも神に近づくことが可能であることを主張した。たとえば，「自然法」「理性」「教会法」などが挙げられ，フッカーの理性重視はそのような理由によると思われる。確かにダンは「被造物の書」という伝統的自然観を取り入れ，あらゆる被造物にはそれを造った神がいると述べている。ベーコンの「二重真理説」によって自然を神の被造物として探究することはもはや堕落した自然観とは相入れない見解となってくる。神は書かれた言葉―聖書―と愛の結果たる手仕事としての世界に自らを示すからである。一方が宗教の，他方が自然科学の領域になろうとも，いずれも神の手から離れることはありえず，被造物たる自然に埋没し，神自らの作品の研究に従事することは，それ故，偉大な職人としての神の全能に驚嘆し，賛美を捧げることであり，神の存在をすら証明することとなるのである。時代の流れとしては「聖書」よりも「被造物の書」を通しての神へと人々の眼が向けられる傾向が強くあったが，それは，また，神―自然―人間の関係が自然―

人間の関係へと移行しつつあった「世俗化」の時代でもあった。しかし，ダンは逆に自然理性による神の把握よりも信仰による内的な，アウグスティス的な「神の照明」を手掛りとして神の存在を認識するに至るのである。

4－5　「被造物の書」と神

　我々はようやくダンの「被造物の書」軽視の最も重要な理由を探るところまできた。これまで「被造物の書」軽視の理由をダンの反自然人，反理性を中心に見てきたが，しかし，ダンがいかなる神を考えていたのかを探ればより一層ダンの「被造物の書」軽視の理由が理解されるであろう。

　ダンは「被造物の書」の不十分性を指摘するが，それではその不十分な「被造物の書」に取って代わるのは何であろうか。それは神のもう一つの書である「聖書」である。ダンがいかに「聖書」を重視するかは次の一節を見れば明白である。そこでは自然の神は反映による以外は見られないのに反し，聖書では直接に神を知りうると明確に述べている。

> But because God is seene...in the Creature, and in nature, but by reflection, in the word, and in the Scriptures, directly, we rest in the knowledge which we have of the plurality of the persons, in the Scriptures. (III. 264)

更に，聖書を「被造物の書」や自然あるいは「コーラン」やユダヤの律法とその解説である「タルムード」とを比較し，聖書がそれらのいずれよりもはるかに強い力を有すると敬虔なキリスト教徒らしく聖書第一主義の態度を示している。

> when he compares Scripture with the booke of Creatures and Nature, he finds that evidence more forcible then the other; and when he finds this Scripture compared with other pretended Scriptures, Alcoran or Talmud, he finds it to be of infinite power above them; (I. 298)

また，『神学論集』でもダンは Raymond of Sebund の「被造物の書」に言及しているが，そこでも「自然」から得られる知識が「神の言葉」より引き出される知識と比べて劣っていることを注意深く説明しているのである[34]。それではダンが「被造物の書」以上に「聖書」を高く評価する理由はいかなる点にあるのだろうか。その第一の理由はダンの神概念の中に見い出されるだろう。ダンが「被造物の書」を「聖書」よりも低く見ているということは少なくともダンは「創造主」としての神にそれ程関心を抱いていないということを示していると思われる。ダンは英知とか全能といった抽象的な神よりはあくまでも自己の魂の

救済・復活との関係において神を考えている。哲学者が自然理性や思弁によって論証しうるような形而上学的な神ではない。それ故，ダンが創造主としての神よりも救世主としての神の子たるキリストに最大の関心と愛情をよせていることは当然のこととして予期されうるのである。ダンの神は一言で言うなら「救済の神」である。だから，ダンは「被造物の書」を神に近づく一つの方法として認めてはいるが，それがダンの真に目指すところではないのである。ダンの考えによれば「被造物の書」を通しての神は「救済」へとは通じない「被造物の書」への言及から，当然我々は各被造物の観照により「存在の鎖」を上昇して行くダンの姿を期待するが，そのような姿が見られないのも実は以上のようなダンの神に対する態度があるからなのである。ダンは「被造物の書」を通しての神は哲学者や道徳人や自然人が得る神の認識であり，それは救済へは至らないと明白に述べている。

> The visible God was presented in visible things, and thout mightst, and wouldst not see him: but this is only such a knowledge of God as Philosophers, moral and natural men may have, and yet be very farre from making this knowledge any means of salvation. (II. 258)

そしてこの後美しい家の側を通過し，単にその家を知っているにすぎない人とその家をしばしば訪れる人やその家の中に住んでいて，家のことを熟知している人とを対比させ，自然人は前者のようにたまたま神を知っているだけで，救済へ通じる知識は神の館，忠実な信者たちの家庭，諸聖人との交わりによってであり，現世において天上での談話を得ることによってであると，不断の，絶えなる努力を教会に向けることを説くのである。

> Naturall men by passing often through the contemplation of nature have such a knowledge of God: but the knowledge which is to salvation, is by being in God's house, in the Household of the Faithfull, in the Communion of Saints, and by having such a conversation in heaven in this life. (11. 253)

このようにダンは救済という点から神を考えている。森羅万象の創造主たる神よりは魂の救済へと導く救世主たるキリストをより重視する。ダンはある説教で「旧約は恐れの聖書で，新約は愛の聖書である」と書いているが[35]，このことはダンの神が旧約の神よりは新約の神であることを示している。この意味で Gransden がダンの思想感情は本質的に新約的であると言っているのは正しい[36]。また，以上の事実は，たとえば，ダンの『聖ソネット』(Holy Sonnets) のほとんどが終末論的なテーマな扱い，他の宗教詩においても救世主たるキリストに深い愛情が注がれていることからも証明されよう。ダンは機械化され，被造物の背後に追いやられた一回きりの理神論的な神を受け入れることはできなかった。超自然

71

的な神よりは自己との関わり合いにおいて得られる人間的な，直接的な神であり，一度きりの創造主としてよりは幾度となく，罪をあがなってくれるキリストであった。そのようなダンの態度は，また，超越的な，天上のよそよそしい神よりは地上に働きかける神となり，スコラ哲学者や論争において得られる知識としての神ではなく，説教師の説く神，自己に適応されうる神となってくる。

> God calls not upon us to be consider'd as God in himself, but as God towards us; not as he is in heaven, but as he works upon earth: And here, not in the School, but in the Pulpit: not in Disputation, but in Application. (1. 234)

この見解は次の一節で更に簡潔に述べられている。

> not a consideration, a contemplation of God sitting in between, but of God working upon the earth. (11. 258)

更に，何ものにも働きかけない神よりは我々自身に働きかける個人的な神へと発展していく。

> ...we are to consider God, not as he is in himselfe, but as he works upon us. (VI. 216)

また，ある説教では次のようにも言っている。

> God is the God of the whole world, in the generall notion, as he is so, God; but he is my God, most especially, and most applyably, as he receives me in the severall notions of Father, Sonne, and holy Ghost. (IX.61)

ダンの神が抽象的な概念的な神でないことは以上からも十分推察されうる。ダンの神は歴史の中にその姿を現わしたキリストであり，人類の罪を背負い，十字架上で死に，そして復活したキリストである。ダンが人格的な神を求め，その神を自己との関わり合い，更には魂の救済という観点から把握される神を考えていることは『神学論集』で神の属性のうちで「慈悲」（mercy）最も重視している事実とも関連してくるように思われる[37]。

4-6 ダンの神

　以上我々はダンの神が森羅万象の神よりは救世主たるキリストであることを明らかにし，それがダンの「被造物の書」軽視の大きな理由であることを指摘した。ここでは「被造物の書」軽視のもう一つの理由として，ダンの神の認識態度を取り上げてみたい。この神の認識の問題は，結局は自然人や理性の問題とも関係しているのである。

　ダンは神を知ることと見ることとを比較し，前者がより高い性質を有し，しかも現世においては神を知ることも解しがたいなぞの中にあると幾分悲観的な見方を取っている。

> For the other degree, the other notification of God, which is, The knowing
> of God, though that also be first to be considered in this world, the meanes
> is of a higher nature, then served for the sight of God: and yet, while
> we are in this world, it is but... in an Obscure Riddle, a representation,
> darkly, and *in part*, as we translate it. (VIII. 225)

神を見るには神の造った被造物を見れば十分であるが神を知るにはそれだけでは十分とは言えない。神を見ることと神を知ることは所詮，次元の異なる問題だとダンは考えている。しかも，神を見るには神の姿を写す鏡というべき被造物に頼らねばならず，その鏡は視覚という感覚に訴える。エリザベス朝の認識理論として Kocher は「感覚」「理性」「啓示」の三つを挙げ，前者二つによって自然宇宙を認識すると述べているが[38]，「被造物の書」を通しての神の把握はまさに「感覚」と「理性」の対象なのである。その上，ダンはキリスト教徒と自然人の違いを述べたある説教で前者が「信仰」と「理性」から成るのに反し，後者は「理性」と「感覚」から成ると説明している[39]。このようなダンの見解からしてもダンが「被造物の書」をそれ程重視しない理由がわかるであろう。一体，ダンには感覚を通しての認識に対して強い不信感があったようである。この感覚不信の態度は，たとえば，『第二周年追悼詩』(*The Second Anniversary*)の「いつ君（魂）は感覚と想像力によって教えられるもったいぶりを払いのけるのだろうか」(11.291-2)によく表われている。また，ダンにとって「自然」とは「被造物の書」を意味していたと H. White は指摘しているが[40]，他の17世紀の詩人たちと比べてダンが外界の自然美にそれ程心を奪われることもなく，更に自然描写がダンの詩の中にはほとんど見られないのも以上のような感覚不信，「被造物の書」軽視が原因となっていると思われる。ダンは美よりも真理に興味を抱いていたと述べたのは Leishman であるが[41]，確かにダンには美的な感受性が欠けていたようだ。それ故，ダンは「被造物の書」をめくり，そこに神の跡を見とどけるという行為に対し，それ程の熱意を示さず，しかも，神の本質は人間の自然理性によっては把握されないと考えているのである。人間の知識と神の関係についてダンは人間の矮小さと神の巨大さを比較し，人間の理解力を越える神について次のように述べている。

God is too large, too immense, and then man is too narrow, too little to be considered; for who can fixe his eye upon an Atome? and he must see a lesse thing then an Atome, that sees man, for man is nothing. First, for the incomprehensiblenesse of God, the understanding of man, hath a limited, a determined latitude; it is an intelligence able to move that Spheare which it is fixed to, but could not move a greater: I can comprehend *naturam naturata*, created nature, but for that *naturam natrans*, God himselfe, the understanding of man cannot comprehend. (IX. 184)

M. Y. Hughes は，ダンの宗教詩は「自然の無」(Nature's nothing) と「神の絶対生」(God's absoluteness) を表わしていると述べているが[42]，これは単に宗教詩だけに限らず，ダンの思想全体の中核を成すものなのである。上記の引用文の後半は特に重要である。というのは，そこでダンは「造られた自然」と「造る自然」―神―とを分類し，前者に関しては人間理性によって理解できるが，後者に関しては不可能であると明解に述べているからである。ダンには「造られた自然」と「造る自然」をそれぞれ「理性」と「信仰」に分類する意図があったのだろう。「理性」と「信仰」のそれぞれの領域の分類をダンはヘンリー王子の死をいたむエレジーの中ですでに行っているが[43]，上記の一節でも「造られた自然」は人間の理解力によって把握できると述べていることに注目したい。しかしながら，ダンは Bacon を初めとする実証的かつ合理的科学者と異なり，「造られた自然」「被造物の書」に観察・実験を加えようとはしない。ダンには美的感受性の欠如に加え，人間の知識に対する強い不信感があり，また，人間の知識・理性には限界があることをよく知っていた。Itrat-Husain は理性の不十分性がダンをして神秘主義に至らしめ，ダンは知的な確信や哲学的推論によってではなく，神秘的信仰によって救済の適度の確信を得たと述べている[44]。ダンが神秘家か否かは大きな議論を引き起こしているが，少なくとも理性の不十分性を指摘する Husain の指摘は正しい。上記の「造られた自然」と関連があると思うが，ダンは『第二周年追悼詩』で次のように書いている。

And yet one watches, starves, freezes, and sweats,
To know but Catechismes and Alphabets
Of unconcerning things, matters of fact; (11, 288-5)

ここでダンは「くだらないこと，当たり前の事実に関する教本的，教科書的知識」を得ようとあくせくと徒労を重ねる人を嘲笑するかのように描いている。ダンからすればいかに「くだらないこと」「事実」を探究してもそれは魂の救済とは無関係な，取るに足らないことなのである。ダンが「事実の問題」を排し，「神についての真実」を望んでいることは明

白である。このような「事実の問題」軽視の態度は，また，「被造物の書」の軽視へと通じるのであろう。ところで，人間の無知と現世における神の認識の不可能性，来世での神の認識の完全性との対比を最も明白に描いたのは上記の『第二周年追悼詩』であったが，現世において神に触れうる「被造物の書」を軽視するダンにとって天上への志向，現世蔑視の姿勢は当然と言われねばならない。ダンはある説教で「神は我々によって見られえないと我々が告白するとき，我々によって最もよく見られる。現世においてはいかに敏感な，いかに神聖化された人の目も心も神の本質を見ることはできない」と述べている(45)。また，『神学論集』で「神は分割されない(46)」と書いていることをも考え合わせると「被造物の書」にその姿を現わす神は「分割された」神であり，そのような神はダンの神とは本質的に相容れないものであることが理解できるであろう。

4-7　むすび

　我々はダンの「被造物の書」から始め，彼の反自然，反理性，神概念及び認識態度によって彼の「被造物の書」軽視を見てきた。時代の風潮としては「被造物の書」の解読と創造主重視の傾向が強くあった中でダンは逆の道を辿っていることに我々は注意すべきである。Martzのように(47)ダンにあっては瞑想の対象はキリストの十字架であって，ダン以後の詩人に見られるような「被造物」へは向けられていないと言うべきであろうか。いずれにせよダンの飽くことなき知識欲，初期の詩に見い出される意識的な伝統・因襲無視，「新しい哲学」への関心はよく知られているところである。しかし，そのようなダンの革新的な因襲打破の姿勢は次第に消え失せ，逆に，『第一周忌追悼詩』『第二周忌追悼詩』『神学論集』『危篤時の祈祷』『説教集』などでは過去に対する尊敬の念が表面に現れ，中世的世界観にその支えを見い出している印象を与える。そして科学的精神が自然科学の領域のみならず「聖書」の世界にまで及び，「聖書」の権威が揺らぎつつあった中でダンは，あたかも科学主義，知性主義に反旗をひるがえすかのように「聖書」に対して絶対的な信頼・信仰を抱き続けるのである。「被造物の書」の神は「聖書」の神と比較するとダンの真意からは程遠く，彼の反自然，反理性の態度と相まってむしろ軽視されるべき対象とさえなってくる。ところで，16, 7世紀に「被造物の書」解読が広く普及した背景には宗教上の対立，論争が大きな原因であった。カトリックとプロテスタントの抗争，反目，複雑化したカトリックの教義及びプロテスタント内部での分裂といった外界での宗教論争に加え，内的にもたとえばキリスト教の「啓示」はなにが啓示されるのか，聖書の内容はどの程度まで真実なのか，信仰箇条を信じる者は果たしているのか，といった問題に直面せざるをえなくなってきた。そのような苦境から逃れる一方がプラトニズムの復活であり，他方がこれまで扱ってきた「自然」であった(48)。「＜自然＞の御業は，至るところで＜神＞の存在を充分に立証している」と述べたのはロックであり，「被造物の書」に親しむことは啓示などという複雑な問題に煩わされることなしに自然の中で，「眼に見える」外界で「見えない」神に触れ

75

ることが可能だという極めて楽観的な神の把握法であったのである。自然を観察すればそこに神の活動と英知がある。Rostvig 女史の言うところの「庭の聖人」(Hortulan Saint) に典型的な自然観をもたらし，王党派詩人やアングリカン詩人が挙って「隠遁」し，外界での“disorder”から自然の“order”へと眼を転じたのもこのためであった。彼らは「自然」も「聖書」以上に確かな神の啓示を保証してくれると考えていた。このような「神の絵文字」としての自然観から物理的・数学的自然観へと移り，理性が信仰に取って代わりつつあり，そして，理性重視が「進歩の概念」を生み出すつつあった時代にダンはあたかも時の流れに逆らうかのように「聖書」の中に，自己の魂の救世主たるキリストの中に，揺るぎなき愛と信仰を置き，敬虔な信仰の世界に入っていくことによって自らの内的な危機を回避したのであった。

　ダンは最終的には「被造物の書」から「キリスト」へ向かったが現世の被造物を認めるか否かは中世思想の内的葛藤であった[49]。その葛藤はキリスト教神学においては現世肯定か否定かの問題であった。現世は仮の姿で，来世こそが永遠の生に与る真の世界であるという考えはキリスト教においては極めて常識的な見解であった。また，プラトニズムにおいてもこの感覚と生成の世界はイデア界への踏み台のようなものである。しかし，他方現世は神の愛の「充満」と降下の場と見た新フラトン主義の流出説によって現世にも神の姿が見られるという楽観的な思想も存在していた。ルネサンスにおいてそれまでの現世蔑視のキリスト教思想に取って代わり現世肯定の思想が普及した背景にはこのような新プラトン主義の思想があった。一方では被造物のすべてから眼を天上に向けることを要求し，他方では神の創造的行為に加り，被造物の多様性に眼を向けることを呼びかける。言うなれば＜多＞から＜一＞への飛翔と＜一＞から＜多＞への降下という二律背反の見解なのである。「存在の鎖」の概念により被造物のすばらしさ，秩序ある多様性によろこびを見い出しても被造物の各々を上位に移る手段として用いる限り，それは少しも否定されるべきことではない。キリスト教徒にとって「存在の鎖」を一歩，一歩上昇していくことは現世蔑視の考えに通じるからである。しかし，それでも現世はあくまでも天上界の写しであり，影である。＜一者＞が自らの跡を現世にまで残そうが，＜一者＞からの分散・流出はそれ自体が質の低下であり，不純の世界に加わることであり，その意味でも現世は最終的には超克されねばならない。我々はこのような自然の美に愛着を抱きつつ，なおかつ，真の故郷たる天上へと回帰を目指す魂の姿を幾度か Marvell の詩の中に見る。中世思想が現世よりも来世を選んだようにダンも「被造物書」という＜多＞よりも＜一＞への道を歩んだことは正統的キリスト教徒の本来取るべき道であり，また，キリストという＜一＞についての黙想は＜多＞と＜一＞の問題を解決してくれたのであった[50]。

　ダンが「被造物の書」を軽視する理由はこれまで述べてきたが，それは軽視であって否定でない。ダンの理想からすればむしろ「被造物の書」の中に他の王党派詩人やアングリカンの詩人同様身を任せるのが本望であったろう。そして，外界の煩わしさから身を引き，統一・秩序を願うアングリカンとして「被造物の書」の中の平和を賛美したかったのであ

ろう。しかし，魂の救済の問題や彼の認識態度を考えると森羅万象の観照・瞑想によって神に到達するだけでは不十分であった。ダンは「被造物の書」を別の次元に置き，＜一＞なるキリストへ全精神を集中することによって，人間のもつ理性や知識を投げ打ち，キリストの受難，復活へと彼のすべてを投げ出すとによって，自らの魂の救済，死後の永生という問題を解決したのであった。

注

(1) たとえば *The Sermons of John Donne*, G. R. Potter and E. M. Simpson eds. (Berkeley: University of California Press, 1953-1962), Vol. Ⅵ. p. 129 や Vol. Ⅶ. p. 311. (*Sermons* からの引用はすべて上記からで以下単に Ⅵ. 129 のよりに記す。) また，Itrat-Husain, *The Dogmatic and Mystical Theology of John Donne* (New York: Haskell House Publishers, 1971)，p. 52 を参照されたい。

(2) Anthony Raspa ed. *Devotions upon Emergent Occasions* (Montreal: McGill-Queen's University Press, 1975)，p. 9.

(3) 概略について次の書及び論文を参考にした。
B. Collins, *Christian Mysticism in the Elizabethan Age* (New York: Octagon Books, 1971)，pp. 45-48, E. R. Curtius, *European Literature and the Latin Middle Ages*, tr. by W. R. Trask (New York: Harper & Row, 1963)，Chap. 16, R. Wallerstein, *Studies in Seventeenth Century Poetics* (Madison: The University of Wisconsin Press, 1965)，Chapter 8, D. M. Friedman, *Marvell's Pastoral Art* (London: Routledge & Kegan Paul, 1970), pp. 250-251, 川崎寿彦「Marvell の「囲われた庭」」(英文学研究, Vol. XXXVII, 1961)，pp. 211-222.

(4) プラトン『饗宴』(田中美知太郎訳, 中央公論社, 1966)，p. 168.

(5) Rom. 1. 20.

(6) Ps. 19. 1.

(7) Wallerstein, p. 205. L. L. Martz, *The Poetry of Meditation* (New Haven: Yale University Press, 1962), p. 150. 及び Collins, p. 48, p. 59 参照。

(8) フランシス・ベーコン『学問の進歩』成田成寿訳 (中央公論社, 1970)，p. 254, p. 293 など参照。

(9) Thomas Browne, *Religio Medici* Everyman's edition (London: Dent, 1947)，p. 17.

(10) *Paradise Lost*, VIII. ll. 66-68.

(11) Curtius, p. 324.

(12) 'Upon Appleton House,'Stanza LXXX.

(13) Itrat-Husain, *The Mystical Element in the Metaphysical Poets of the Seventeenth Century* (New York: Biblo and Tannen, 1966)，p. 252.

(14) Maren-Sofie Rostvig, *The Happy Man: Studies in the Metamorphosis of a Classical Idea, 1600-1700* (Oslo: Universitesforlaget, 1962), p. 154.

(15) Herschel Baker, *The Wars of Truth: Studies in the Decay of Christian Humanism in the Earlier Seventeenth Century* (Gloucester, Mass.: Peter Smith, 1969) , p. 30.

(16) Patrick Grant, *The Transformation of Sin: Studies in Donne, Herbert, Vaughan, and Traherne* (Montreal: McGill-Queen's University Press, 1974), p. x.

(17) Collins, p-45ff.

(18) VIII. 54.

(19) VIII. 224.

(20) VI. 129.

(21) VI. 138.

(22) VI. 118-119. VIII. 247-248 でも「教父たちが惨正された理性は異教徒の手で受け入れられ，哲学のみが（信仰なしの）ギリシア人を義とされ，良き道徳生活を送った異教徒にも救済を与えたと言ったとき，これは精神的浪費である...」とダンは述べている。

(23) VI. 120.

(24) V. 882.

(25) VIII. 220,

(26) Donne, *Devotions upon Emergent Occasions*, p. 60.

(27) VI. 142.

(28) たとえば Itrat-Husain, pp. 83-96, L. I. Bredvold, "The Religious Thought of Donne in Ralation to Medieval and Later Traditions," The University of Michigan Studies in Shakespeare, Milton and Donne, 1925, pp. 198-282, C. M. Coffin, *John Donne and the New Philosophy* (New York: Columbia University Press, 1937), p. 287ff. など参照。

(29) E. M. Simpson ed., *Essays in Divinity* (Oxford: At the Clarendon Press, 1952), p. 20.

(30) Loc. cit.

(31) III. 207-8.

(32) III. 359.

(33) Itrat-Husain, p. 93. Husain は，また，ダンは (1) 信仰のない道徳人たる自然人 (2) 信仰の人，即ち，キリストの啓示を受け入れた人であるキリスト教徒 (3) 啓示を体験した再生した人間の三種類類について考えているようだと Sermon IX. 51-52 を引用して説明しているが，このような分類からすれば「再生した人間」をダンは最も重視していることがわかる。(Itrat-Husain, *The Dogmatic and Mystical Theology of John Donne* (New York: Haskell House, 1971), p. 52. n. 34 参照。)

(34) Pp. 7-8, 及び *Sermon* VI. 11 をも参照。

(35) VI. 112. また *Holy Sonnets* (1633 年版) の第 12 番 (H. Gardner ed., *The Divine Poems*

(Oxford: At the Clarendon Press, 1952) でも、「汝の法の縮約と汝の最後の命令は愛だけである。おお、その最後の遺書をいつまで存続せよ」と述べている。

(36) K. W. Grandsden, *John Donne* (Hamden, Connecticut: Archon Books, 1969), p. 167.

(37) P. 63.

(38) P. H. Kocher, *Science and Religion in Elizabethan England* (San Marino, California: Huntington Library, 1953), p. 44.

(39) VIII. 182-184.

(40) Helen C. White, *The Metaphysical Poets: A Study in Religious Experience* (New York: Collier Books, 1962), pp. 90-91.

(41) J. B. Leishman, *The Metaphysical Poets: Donne, Herbert, Vaughan, Traherne* (New York: Russell & Russell, 1963), p. 32, 及びH. Gardner, *The Divine Poems*, p. xviii をも参照されたい。

(42) M. Y. Hughes, "Kidnapping Donne," *University of California Publications in English*, 1934, p. 88. (この論文は John R. Roberts ed., *Essential Articles for the Study of John Donne's Poetry* (Hamden, Connecticut: Archon Books, 1975), pp. 87-57 に収録されている。)

(43) For into'our *Reason* flowe, and there doe end,
　　　All that this naturall World doth comprehend:
　　　Quotidian things, and Equi-distance hence,
　　　Shut in for Men in one *Circumference*;
　　　But, for the'enormous *Greatnesses*, which are
　　　So disproportionecl and so angulare,
　　　As is God's *Essence, Place*, and *Providence*,
　　　Where, How, When, What, Soules do, departed hence
　　　These *things* (*Eccentrique* else) on Faith strike; (ll. 5-13)

(44) Itrat-Husain, p. 59.

(45) VIII. 343.

(46) P. 21.

(47) Martz, p. 67. また、P. Grant も「17 世紀は時代が進むにつれて十字架と "last things" への瞑想が薄らいでくる」と言っている。(Grant, p. 201)

(48) Wallerstein, p. 281 及びバジル・ウィレー『十八世紀の自然思想』三田博雄ほか訳（みすず書房, 1975）, pp. 6-7 参照。

(49) アーサー・ラブジョイ『存在の大いなる連鎖』内藤健二訳（晶文社, 1975）, 第三構を参照。

(50) Martz, p. 11.

第5章 ロヨラの「無知」とマキアヴェリ
―ジョン・ダンの『イグナティウスの秘密会議』における二つのマキアヴェリ像―

5−1 はじめに

　1610 年トマス・フィッツハーバート（Thomas Fitzherbert）の『政策・宗教論第二部』(*The Second Part of a Treatise concerning Policy and Religion*)が出版された[1]。この書はもしダン（John Donne）の『イグナティウスの秘密会議』(*Ignatius His Conclave*[2])がその直後に出版されなかったならば，それ程われわれの注目を集めはしない。しかし，著者のフィッツハーバートがジェズイットであったということ，マキアヴェリ(Machiavelli) が『第二部』で批判されていること及びダンの『イグナティウス』直前に出版されたという事実を考慮にいれるとこの書を簡単には無視できなくなる。なぜなら反ジェズイット論争の最中ジェームズ一世（James I）の「忠誠の誓い」（The Oath of Allegiance）を擁護すべく書かれた『イグナティウス』の中でイエズス会の創始者イグナティウス・ロヨラ（Ignatius Loyola）が生前中の「革新」（innovation）を楯に地獄で最も名誉のある座を主張するマキアヴェリと作品の半分近くにわたって対決する場面があるからである。『イグナティウス』の目的はカトリック教会・イエズス会の悪事・愚行の暴露にあるが，当然のことながらロヨラとマキアヴェリの対決にもダン自身のロヨラ及びジェズイットへの批判・風刺が見られるのである。この問題はフィッツハーバートの『第二部』を吟味することによって一層明らかになってくる。従来『イグナティウス』に関してはC.M. Coffin[3], M. H. Nicolson[4], R. Chris Hassel, Jr.[5] が「新哲学」（New Philosophy）との関係から，E. Korkowski[6]が「メニッポス風の風刺」(Menippean Satire)との関係からそれぞれ論じてきた。更に T. S. Healy のテキスト編纂は作品の歴史的背景を解明し[7]，Sydney Anglo は『イグナティウス』の背景を余す所なく論じた感が強い[8]。しかし，これらの研究はいずれも『イグナティウス』における二つのマキアヴェリ像については何も触れていない。それで本論では最初に『イグナティウス』における二つのマキアヴェリ像を見て，次ぎにフィッツハーバートのマキアヴェリ批判を吟味し，ダンのジェズイットに対する批判・風刺の一面を明らかにしたい。

5−2 二つのマキアヴェリ

　『イグナティウス』は，地獄における最も名誉のある座―サタンの右側―をめぐってさまざまな自称「革新家」がサタンに押し寄せるが，ことごとくロヨラによって追い払われるという物語である。自称「革新家」の一人として登場するマキアヴェリもまたロヨラによって一蹴されるが，マキアヴェリとロヨラの対決からわれわれは二つのマキアヴェリ像

を得る。マキアヴェリがサタンに自らの「革新」を売り込むときの自画像とそれに反論する
るロヨラのマキアヴェリ像である。最初にマキアヴェリ自身による自画像からみてみると，
そこには策士，毒殺者，無神論者といった当時のおきまりのマキアヴェリ像がみられる[9]。
しかし，それだけで終わることはない。マキアヴェリは従来のマキアヴェリ像に更に二点
をつけ加える。その一つはマキアヴェリがジェズイットの「悪の教師」であり，ジェズイ
ットの「より高い企て」（a higher undertaking）—これは「王殺し」を指している—の基
礎はマキアヴェリにあるというのである[10]。問題はマキアヴェリの最後の訴えである。マ
キアヴェリは次のように自らを売り込む。

> ...I [Machiavelli] did not onely teach those wayes, by which thorough
> *perfidiousnesse* and *dissembling Religion*, a man might possesse, and usurpe
> upon the liberty of free Commonwealths; but also did arme and furnish the
> people with my instruction, how when they were under this oppression, they
> might safeliest conspire, and remove a tyrant or revenge themselves of
> their *Prince*, and redeeme their former losses; so that from both sides,
> both from *Prince* and *People*, I brought an abundant harvest, and a noble
> encrease to this kingdome. (pp. 29-31)

この引用の前半で「裏切りと宗教を偽ることにより人は自由国家の自由を所有し，侵害で
きる方法」をマキアヴェリは教えたと言っているが，これは裏切り者，無神論者，専制君
主論者としての通俗的なマキアヴェリ像である。後半では「民衆が（君主の）圧制下にあ
るときいかにして民衆が最も安全に共謀し，暴君を除去し，また，自分たちの君主に復讐
し，以前に失ったものを取り戻すことが可能かを民衆に教えた」と述べ，前半とは正反対
の反君主論者（共和制論者）としてのマキアヴェリが描かれている。このようにマキアヴ
ェリは自らを君主論者として，同時に，反君主論者として売り込み，いずれか一方に決め
つけはしない。このマキアヴェリの売り込みに対してロヨラはどのようにマキアヴェリを
見ているのか，以下に列挙してみよう。

1. マキアヴェリは世に知られていない。(p. 31)
2. マキアヴェリはおべっか使いでサタンをわなにかけようとしている。(p. 33)
3. マキアヴェリはサタンを嘲り，サタンに教えようとしている。(p. 33)
4. マキアヴェリは生存中サタンの代わりに自らの知力（wit）を崇拝し，サタン
   に負うところは何もなく，サタンの王国（地獄）とかサタンがいることすら信
   じていない。(p. 33)
5. マキアヴェリは神の存在を否定した。(p. 33)
6. マキアヴェリは教皇にその偉大さにふさわしくない世俗的な，大衆的な罪を

与えている。(p. 37)

7. マキアヴェリはおしゃべり屋 (pratling fellow)である。(p. 43, p. 63)

8. マキアヴェリはあらゆる古代, 近代の政治家を凌いでいると思っている。(p. 47)

9. マキアヴェリはローマ教皇があらゆる災いの原因であると確信している。(p. 47)

10. マキアヴェリが自作に注ぎこんだことがいかに意味のない, つまらないものであるかはすべての宗教, すべての学問にたずさわる人が彼に反論して立ち上がり, 誰も彼を守ろうとしなかったことから明らかである。(p. 47)

11. マキアヴェリの教義は巧妙に提唱されておらず, 彼の教義によっては目的を成し遂げることはできない。(p. 49, p. 53)

12. マキアヴェリの偽りは彼だけのものではない。(p. 55)

13. マキアヴェリのほとんどすべての教えは古くさく, 時代遅れである。(p. 55)

14. マキアヴェリの著作と行為はローマ教皇の破滅と破壊を目指している。国家形態を変え, 民衆から自由を奪い, すべての統治論, 国家を破壊し, すべての国家を無理に君主国 (Monarchy) に変えること以外に何にも取り組もうとしない。(pp. 55-57)

15. マキアヴェリの著作はある場所で, 短時間役立つだけである。(p. 63)

以上の反論には大衆好みのマキアヴェリ像や単なる想像上のものもあるし, また, マキアヴェリの著作に基づくものもある。これらの反論の中で特に重要なものはマキアヴェリへの止めの一撃とも言うべき 14 番目の反論である。そこからわれわれはマキアヴェリが君主論者と反君主論者として自らの「革新」を自画自賛していたのに反し, ロヨラはマキアヴェリを君主論者とみなしていることがわかる。ここに至りわれわれは『イグナティウス』における二つのマキアヴェリ像を知る。果してこれら二つのマキアヴェリ像のうちどちらをダンは重視しているのであろうか。そもそもダンが二つの相反するマキアヴェリ像のうちの一方を選ばせた真意はどこにあるのだろうか。この問題を解く鍵は反論者ロヨラの「無知」にある。われわれはこのロヨラの「無知」を吟味することにより二つのマキアヴェリ観に対するダンの態度を明確にでき, 併せて, ロヨラ（ジェズイット）への痛烈な風刺を見ることができる。以下この問題について考察を進めて行きたい。

5−3 フィッツハーバートとロヨラ

『イグナティウス』のコペルニクスを扱った箇所でダンはロヨラの「無知」に言及して次のように言っている。

> ...when he [Loyola] died he was utterly ignorant in all great learning, and knew not so much as *Ptolemeys*, or *Copernicus* name, but might have been persuaded, that the words *Almagest, Zenith, and Nadir* were Saints names, and fit to bee put into the *Litanie*, and *Ora pro nobis*. (p. 15)

ロヨラはプトレマイオスやコペルニクスの名前すら知らず，プトレマイオスの天文学書『アルマゲスト』や「天頂」「天底」のような専門用語が聖人の名前で，「連祷」，聖母マリアへの連祷中の反復句である「われらがために祈りたまえ」(*ora pro nobis*)に挿入されるのに適していると説得されたであろうと「天文学」に関するロヨラの無知を暴露する。当時の論争ではロヨラの「無知」に触れるのは普通であったが[11]，ロヨラ（彼はイエズス会の創始者である）の「無知」が一層明白になるのは『イグナティウス』出版直前の 1610 年にジェズイットのトマス・フィッツハーバートによって書かれた『政策・宗教論第二部』によってである。ダンはフィッツハーバートを読んでいたと思われる節がある。『イグナティウス』の序論の中で次のようにダンは書いているからである。

> This booke [*Ignatius His Conclave*] must teach what humane infirmity is, and how hard a matter it is for a man much conversant in the bookes and Acts of *Jesuites*, so throughly to cast off the *Jesuits*, as that he contract nothing of their naturall drosses, which are *Petulancy*, and *Lightnesse*. Vale. (p. 5)

「ジェズイットの書と行為に非常に精通している男」とはダン自身のことであるが，この言葉からもダンは当時の反ジェズイット論争には深い関心をよせていたことが予想され，フィッツハーバートの『第一部』(1606 年) は言うまでもなく『第二部』をも読んでいたことは十分に考えられる。フィッツハーバートはどうかと言えば，1613 年自著の中でダンのラテラノ会議の教会法反論へ反論を加え，また，初期の風刺家としてのダンを知っていたと書き，『イグナティウス』を読んでいたと思われる言葉もある[12]。それ故，ダンとフィッツハーバートは互いにその存在を知り，互いの書にかなりの関心を抱いていたことが予想される。『イグナティウス』を論ずるにあたりフィッツハーバートの書を無視することは『イグナティウス』の興味を半減することになる。特に，『第二部』は『イグナティウス』出版直前のジェズイット側からの書ということで，ジェームズ一世を始め反ジェズイット論争に関わる者は『イグナティウス』の中でダンがどのようにジェズイットに反応を示すかに興味をもっていたであろう。それではフィッツハーバートはその書で何を論じているのか，そしてどのような点において『イグナティウス』と関係があるのか，次にみてみよう。

5—4　フィッツハーバートと『イグナティウスの秘密会議』

　『第一部』『第二部』を通してのフィッツハーバートの主張は，神の助けなしでは人間の「政策」（policy）―これは「知力」（wit）の産物である―はいかに無に等しいか，キリスト教（カトリック教）がいかに完全な宗教であるかである。1610 年の『第二部』では「政策」と「宗教」のうちの「宗教」を論じているが，その 24 章で反マキアヴェリ論が展開されている。24 章は「キリスト教へのマキアヴェリのあるばかげた反論への返答と彼の不敬，無知発見」（Certaine frivolous obiections of Macchiavel against Christian religion are answered, and his impietie, and ignorance discovered）の梗概の下マキアヴェリの反キリスト教論と彼の無知が批判される。たとえば，キリスト教は人々を卑しく，臆病にさせたとの理由でマキアヴェリは異教徒（主として古代ローマ人）の宗教と勇猛を高く評価し，また，聖人にちなんだキリスト教徒の名前は異教徒の名前と異なりキリスト教徒を武勇へ奮起させないので国家にふさわしくないと主張する。それはマキアヴェリの不敬のみならず無知と愚かさを暴露しているだけだという。

> Thus teacheth, or rather trifleth this Atheistical politike [Machiavelli], no lesse absurdlie, then wickedlie, bewraying as well his owne ignorance & folly, as his notable impietie.　(p. 345)

また，マキアヴェリによればキリスト教徒の柔和は武勇と国家には有害であるが，これに対してフィッツハーバートは次のように言う。

> Seeing then the proper office of Christian mansuetude, is no other but to restraine and represse the furious excesse of anger, in such sort, that we may be masters thereof, and use it as a whetstone to valour, and fortitude (that is to say, onlie to sharpen it in due manner, time, place, and occasion) who seeth not the ignorance and folly of *Machiavel* in that he holdeth Christs precepts, and councels of perfect meekenes, benignitie, & patience to be preiudiciall to true valour, and consequentlie to commonwealths [?]　(p. 348)

フィッツハーバートは，キリスト教徒の柔和の役目は怒りをコントロールすることにあり，人間の道徳性向上への役割としてキリスト教徒の柔和を肯定的にとらえており，キリスト教徒の柔和が国家には有害であるというマキアヴェリに反論する。マキアヴェリは武勇欠如と臆病をキリスト教徒に帰しているが，それはマキアヴェリの歴史における無知，読んだことのあるものを隠すことを示しているとフィッツハーバートは言う。

> ...he [Machiavel] evidently shewed either his ignorance in history, or his malice in dissembling that which he had read, seeing he ascribed want of valour, and cowardise to Christians, whose valorous acts, and victorious conquest are celebrated by the histories of all countries...
> (p.350)

武勇の欠如がキリスト教徒の特徴ではなく，彼らの武勇行為，勝利をもたらす征服は歴史が証明しているとフィッツハーバートは言う。次の引用文においてフィッツハーバートは，キリスト教徒の目的と至福を異教徒の幸福とを比較し，どちらが人をして高潔と武勇へと心を動かすのに力があるかを調べればマキアヴェリのばかげた考えが極端な無知と愚劣であることがわかると言う。

> Yf therefore we compare our end, and true felicity, with that other end, and supposed happines of the Paynimes, and examine whether which of both may be more forcible, and potent to move men to acts of magnanimity, and valour, we shall see Machiavels absurdity extreame ignorance, and folly.
> (p.351)

また，異教徒がキリスト教徒より勇壮で高潔だと主張するマキアヴェリに対しては次のように言う。

> ...if Machiavel had not bene either extremelie ignorant, and blind in not knowing the end, and felicitie of Christian religion...he could never have bene so absurd to affirme that Painimes, were more valiant, and magnanimious then Christians. (p.353)

マキアヴェリはキリスト教の目的と至福に無知であったがために異教徒がキリスト教徒より勇猛で気高いと断言するのである。フィッツハーバートはマキアヴェリの豪勇に本来の性質と役目についての無知批判は更に続く。

> ...he [Machiavelli] also notable bewrayeth his ignorance, concerning the nature, and office of true Fortitude... (p.353)

そして最後に次のように結論する。

> ...all [of Machavelli's teaching] tending to the establishment of an
> inhumane barbarous, and tirannicall pollicy, which howsoever it is
> admired of sensuall, and ignorant man, yet being waighed in the balance
> of reason, and tried with touchstone of true, and solid learning,
> presentlie bewrayeth both the ignorance, and the malice of the forger,
> or author thereof. (p. 357)

結局マキアヴェリの教えは「残酷かつ野蛮な専制的政治」確立へと向かう。その教えがいかに宗教心を欠く無知な人によって賞賛されようともバランスのとれた理性と真の学問によって試してみればその教えは作者の無知と悪意をすぐに暴露する。このようにフィッツハーバートは『第二部』の24章で徹底的にマキアヴェリの無知を批判する。論じられている点はマキアヴェリがキリスト教より異教を重視したという当時よく取り上げられた見解で，ジャンティユ（Innocent Gentillet）も彼の『反マキアヴェリ論（Anti-Machiavel)で言及している程であるから[13]，異教がキリスト教よりすぐれているという主張は当時よく知られていたことであった。われわれは，フィッツハーバートが幾度もマキアヴェリの「無知」を批判していることに注目しなければならない。また，1606年に出版された『第一部』でもフィッツハーバートは，邪悪な専制君主（wicked tyrants）はみな悲惨な最後をとげるのに，マキアヴェリは依然として君主に邪悪になるように教えているのは一つには彼の無知によると言っている[14]。当時のジェズイットは神学や教育に関してはエリートであると自負しており[15]，上記の「真の確固たる学問」（true and solid learning）は彼らの学識を誇る言葉であるが，こと反マキアヴェリ論に関して彼らはその学識を疑われる致命的な愚行を示していた。それは彼らがマキアヴェリの著作を直接読んでいないということであった[16]。ジェズイットのマキアヴェリ批判は専ら彼らが間接的に得た「マキアヴェリ伝説」に基づいていた。彼らの反マキアヴェリ論争をみると同じようにマキアヴェリの邪悪さ，専制政治を非難し，宗教の軽視，道徳と無関係な教義を攻撃しているが，これらはみな「マキアヴェリ伝説」がもたらした通俗的な反マキアヴェリ論で，ジェズイットのみならず当時の詩人，劇作家が好んで取り上げた点であった。16，17世紀の詩人，劇作家は直接マキアヴェリを読まないでジャンティユの『反マキアヴェリ論』から歪曲されたマキアヴェリ像を得たと言ったのはマイヤー（Edward Meyer）であったが[17]，ジェズイットのマキアヴェリ批判も間接的な知識による批判で，学識を誇る彼らは図らずも「無知」を暴露していたのである。興味深いことは「マキアヴェリ伝説」をヨーロッパ中に伝播させたジャンティユもマキアヴェリの「無知」に触れていることである[18]。ジェズイットのマキアヴェリの「無知」批判は彼らにとどまらず反マキアヴェリ論者には共通した攻撃の的であったようである。フィッツハーバートの『第一部』『第二部』に見られるマキアヴェリ批判も当時の他のジェズイットと同じ論調のマキアヴェリ批判であった。

　我々はロヨラの「無知」からフィッツハーバートのマキアヴェリの「無知」批判へと論

を進めてきた。『イグナティウス』においてロヨラが表明している君主論者としてのマキア
ヴェリ像はジェズイットの書に詳しいダンからすれば容易に知りえたことであり、しかも
そのマキアヴェリ像は間接的な知識に基づくものであることを十分に理解していたにちがい
ない。ロヨラは物知り顔をして彼が'pratling'と評したマキアヴェリ以上に'pratling'
となり、のべつ幕なししゃべりまくり、話せば話す程カトリック教会やイエズス会の愚行
の数々を暴露する。と同時に、己の「無知」をもさらけ出す。そこにダンのジェズイット
への痛烈な風刺がった。フィッツハーバートのマキアヴェリの「無知」批判を考慮に入れ
ると『イグナティウス』におけるロヨラの無知なマキアヴェリ像はジェズイットにとって
は手痛いカウンター・ブローとなってはね返ってくる。「無知」を批判する者が「無知」を
さらけ出す、ダンのジェズイットへの批判がこのような形で現れている。

5-5　ロヨラの君主像

　無知なロヨラのマキアヴェリ像はジェズイットのみならず、当時の一般的な見方を代弁
するものであるが、それにしてもロヨラのマキアヴェリ像は余りにも一方的で独断的すぎ
る。サタンの秘密部屋入場には (1) 従来の真理の否定及び新説の樹立[19] (2) 論争を引き
起こすこと[20] (3) 一般人に多大な害を及ぼすこと[21] (4) 「革新家」は反キリスト教的英雄
であること[22]、これらの4条件を満たさなければならないのだが、ロヨラからすれば君主
論者マキアヴェリはこれらの条件を満たさないことになる。確かにロヨラは、マキアヴェ
リの「偽善」には先例があるし、いつの時代にもマキアヴェリ的な人物は存在した、と言っ
てマキアヴェリを問題にしないが、しかし、マキアヴェリは従来の「君主の鑑」とは全
く異なる「新しい君主」を描き出し、その「新しい君主」はマキアヴェリの時代のイタリ
アに要求された君主像であった。彼の『君主論』(The Prince) はカトリック教会の禁書目
録にのり、その上、ジェズイットが挙ってマキアヴェリ反論を行なっていた程であったこ
とから当然上記の4条件に合致するはずである。ところがロヨラは一方的にマキアヴェリ
を君主論者とみなし、彼をサタンの前から追い払ってしまう。ロヨラから君主論者と決め
つけられたマキアヴェリがロヨラに対して更に反論することなく退場するのはいささか拍
子抜けの感がしないでもないが、ダンは物知り顔をしてしゃべりまくるロヨラをマキアヴ
ェリは彼が考えているような月並みな君主論者ではないのだと皮肉っているのである。ロ
ヨラのマキアヴェリ像は、フィッツハーバートの言葉を借りれば「無知」と「愚行」
(ignorance and folly) を見せているにすぎない。ロヨラの君主論者としてのマキアヴェ
リ像が「無知」に基づくものであるとすればそれに対するマキアヴェリの自画像はどうな
のか。この君主論者としてのマキアヴェリの自画像がダン自身のマキアヴェリ観に近いも
のであり、「無知」に基づくことのない見方であると思われる。『イグナティウス』に見ら
れるロヨラの反論形式によると彼は自称「革新家」が述べる「革新」に対して彼ら以上の
「真理」を述べるという機能を果しており、この形式に従えばロヨラの君主論者としての

マキアヴェリ像にはより真理が含まれていることになる。しかし、この場合それはあてはまらない。これまで述べた理由からマキアヴェリ自身の自己描写にこそより真理が含まれていると考えることができる。ロヨラやフィッツハーバートのマキアヴェリ像は言うなれば著しく歪曲された『君主論』のマキアヴェリ像であるのに反し、マキアヴェリの自画像は『君主論』のみならず『政略論』（*The Discourses*）や『フィレンツェ史』（*The History of Florence*）に基づいている。当時のマキアヴェリは専ら『君主論』のマキアヴェリであったことを考えるとダンは直接マキアヴェリを読んでいたと思われる。Healy は『政略論』の一節が『イグナティウス』に引用され、『偽殉教者』（*Pseudo-Martyr*）には『フィレンツェ史』への言及があり、更には『イグナティウス』全体の表現方法が『君主論』に従っているとさえ言っている[23]。それ故、ダンはマキアヴェリの著作を読んだ結果としてマキアヴェリに君主論者と共和主義者の両方を主張させているのだと考えることができる。この二面性をもつマキアヴェリに対しダンはどちらとも決めかねない態度を示しているのであろうか。ここで忘れてならないのは『イグナティウス』はジェームズ一世によって読まれることを期待しつつ、ダンは書いたという事実である。反ジェズイット論争の最中イギリス国内のみならずヨーロッパの各地においてジェズイットは反王権主義の理論を楯に「王殺し」を実行していた[24]。ジェームズ一世の「忠誠の誓い」の意図はそのような反秩序分子たるジェズイットを国内から追い出し、国内に秩序をもたらすことにあったが、ジェームズ一世は「忠誠の誓い」がイギリス国民によって擁護されることを期待していた。また、「忠誠の誓い」を擁護すればジェームズ一世王朝に登用される見込みがあることは野心に満ちた人たちの中では暗黙の了解事項であった[25]。ダンもジェームズ一世擁護者の一人として 1609 年の『偽殉教者』に続き、『イグナティウス』を書き、ジェームズ一世支持の立場を明確にしていた。共和主義者としてのマキアヴェリはさておき君主論者としてならばマキアヴェリはダンにとって少しも否定される存在ではなく、むしろ歓迎されるべき人物ではなかったのか。ロヨラと異なり直接マキアヴェリを読んでいたダンは君主論者としてのマキアヴェリに自分やジェームズ一世の見解とは異なる点を見い出していた。君主論者としてのマキアヴェリ以上にダンを当惑させたのはマキアヴェリのもう一つの共和主義者としての姿であったことは言うまでもないが、「無知な」ロヨラは君主論者としての伝説化されたマキアヴェリしかとらえることができず、「革新家」としての権利を失ってしまう。ダンは伝説化されたマキアヴェリ像だけではなく、「無知な」ロヨラが想像だにできない危険なマキアヴェリ像を読みとっていた。ダンがマキアヴェリの中に読みとった「危険なマキアヴェリ像」とは何であったのか、次にこの点に論を移してみたい。

5－6　民衆と法

　マキアヴェリへの反論の中でロヨラは「マキアヴェリの著作は意味がなく、つまらなく、誰も彼を守ろうとしない」とか「ほとんどすべてのマキアヴェリの教えは、古くさく、時

代遅れである」とか「マキアヴェリの著作はある場所で少しの間だけ役立つだけで，書かれた場所でしか役にたたない」とか言っている。これらはマキアヴェリの著作がイタリアだけにしか適応できないことを指摘したものだが，これは同時にダンのマキアヴェリ評価の一面をも示している。マキアヴェリはロヨラによって最終的に君主論者として見なされたが，マキアヴェリの理想的君主は「力量」（virtu）を有し，自国の維持のためにはいかなる手段も許され，自国内の無秩序と外敵のなかにあるイタリアを「新しい国家」へと統一していく人物であった。ダンはジェームズ一世治下のイギリスはマキアヴェリのイタリアとは国情が異なることを十分知っていた。また，マキアヴェリ的君主は道徳とは無関係に目的のためにあらゆる手段を弄するが，ダンは政治と道徳を切り離せず，マキアヴェリの著作に見られる反道徳的行為を容認できなかった。更に，マキアヴェリの「新しい君主」は王権神授説を唱えるジェームズ一世とは似ても似つかぬ君主像であり，到底受け入れがたい君主である。しかしながら，これらの点以上にマキアヴェリにはダン及びジェームズ一世が完全に袂を分かつ点があった。その一つは『イグナティウス』の中でマキアヴェリが主張した共和主義制と密接な関係にある「民衆」と「法」に対するマキアヴェリの見解である。

　民衆に関して民衆の存在を無視した暴君的君主像（ロヨラのマキアヴェリ像はこれであった）がまず最初に浮かぶが，実は『君主論』『政略論』『フィレンツェ史』を読むとわれわれは，マキアヴェリが民衆の存在を高く評価し，民衆の同意なしでは強力な国家を築き上げ，維持できないことを指摘していることに気づく。マキアヴェリ以前までは民衆はどちらかといえば不安定な存在で，永続的な政体を樹立する基盤とはなりえないというのが一般的であった。古代ローマ共和制を賛美した『政略論』は言うに及ばず『君主論』においてすらマキアヴェリは民衆の憎しみを買わないように繰り返し君主に忠告している。たとえば，「君主が反乱をまねかぬもっとも有効な対策の一つは一般の人々の憎しみを買わぬようにすることである(26)」とか「最上の城塞があるとすれば，それは民衆の憎しみを買わないことである(27)」とか，あるいは，「君主が民衆の厚い人望を得ているとすれば，どんな向う見ずな者もなかなか謀叛にふみきれるものではない(28)」といった表現が『君主論』には頻出する。『政略論』では古代ローマの共和制を賞賛した故郷民衆を重視しているのは言うまでもない。たとえば，「君主は，民衆の憎しみを一つの暗礁と心得て，警戒しなくてはならない。なぜなら，君主自身の利益にもならず，ただ憎しみを買うのは，まったく無謀な，きわめて思慮を欠く方針だからである(29)」と端的に述べている。また，「たった一人のvirtu（力量）にその運命をかけているような王国は短命のはかなさをなげかねばならない(30)」とか，「民衆は君主よりも賢明で，また安定している(31)」とか，あるいは，「人民が君主よりもあやまちを犯さない。君主よりも人民ははるかに信頼するに足る(32)」と述べ，民衆抜きにしては国家の永続はありえないと幾度となく指摘し，かつ警告している。ロヨラの「暴君の師」というマキアヴェリ像はいわゆる「マキアヴェリ伝説」の最も甚だしい歪曲であり，マキアヴェリを読めば容易にこの点は理解できるはずである。しかしながら，

89

以上の民衆重視の見解は絶対王制のジェームズ一世の下では到底容認できなくなってくる。民衆が政治へ介入することは王権神授説と相容れない民主制を導き出し、その結果王権そのものが民衆により拘束されてしまう。つまり、民権重視は現世における神の代理人を公言する王にとっては想像だにできない革新的な見解となってくる。王権が神に由来するか民衆に由来するかは当時最も紛糾した議論の一つで、歴史の流れとしては神的な王権よりも民衆主導、民衆の王権規制という見解が支配的になりつつあったなかで、ジェームズ一世やダンは依然として絶対王制・王権神授説に固執し、益々窮地へ追いやられてしまう。マキアヴェリの民衆重視はとりもなおさずジェームズ一世王朝ひいてはイギリス社会のヒエラルキー崩壊を引き起こし、どうしても受け入れがたくなってくる[33]。このように考えてくると、民衆の同意に基づいた政体、契約による政体などはジェームズ一世やダンには思いもよらない政治形態となってくる[34]。

　では、もう一つの「法」に関してはどうか。この点についてマキアヴェリは徹底して法が国家の基盤であることを『君主論』と『政略論』で強調している。たとえば、マキアヴェリは「昔から君主国も複合国も、また、新しい君主国も、すべての国にとって重要な土台となるのは、よい法律と武力である[35]」とか、「服従の心は、君主自身が法律を守り、力量に富む人物だという批評を得てこそ獲得される[36]」と述べている。更に、次のようにも言っている。「君主政体にしろ、共和政体にしろ、それが長期にわたって存続するためには、法律によって秩序づけられていなければならない。自分の意志のおもむくままにやってのける君主は暗愚の君と言わねばならない[37]。」マキアヴェリにとって、理想的な君主の条件の一つは法律遵守であり、これが国家に秩序と繁栄をもたらし、逆に法律無視が国家の滅亡へと至る道である。この法律重視、すなわち「法の支配」は上記の王権の由来の問題と合わせて特に17世紀に急激に論議されるようになってくる。王は法の上にあるのか、それとも法の下にあるのかという問題である。これは。絶対制の下でしばらく鳴りをひそめていたが、実は中世においても論議されていた。17世紀に至って民衆が台頭し、市民社会が無視されなくなるにつれ、再度、「法の支配」の問題がクローズアップされてくる。王といえども法によって規制されるという主張がある一方で、王は神にのみ拘束されるのであって、法からは解放されているとする絶対王政擁護派があり、最終的には前者が勝利を収め、ピューリタン革命、チャールズ一世処刑へと進展していくことはわれわれのよく知るところである。マキアヴェリのこの法重視の態度は、しかし、ジェームズ一世やダンとは真っ向から対立する。法を超越した国王観についてジェームズ一世は次のように言っている。「王が法をつくる人であり、法が王をつくるのではなく、王は法の上にある。そして、王は議会の助言なしで法をつくれる[38]。」ジェームズ一世と歩調を合わせるかのごとくダンも王は法の上にあり、王の行為は絶対的に王の臣下の批判外にあり、王の行為に批判を下すことはできないと考えている[39]。法によって王は拘束されるか否かの問題をめぐってマキアヴェリはジェームズ一世やダンとは見解を異にしていることが明らかとなる。

5-7 むすび

　本論でわれわれは『イグナティウス』における二つのマキアヴェリ像を吟味し，ロヨラのそれは「無知」によるものであることを見てきた。そして，ロヨラの無知なマキアヴェリ像とは異なり，ダン自身は直接マキアヴェリを読んでおり，その結果としてダンは君主論者としてのマキアヴェリはもちろんのこと共和主義者としてのマキアヴェリについても熟知していた[40]。しかしいずれもジェームズ一世やダンとは見解を著しく異にしていることがわかった[41]。『イグナティウス』の目的はカトリック教会，とりわけジェズイットイの過激な思想と実践を攻撃することにあるが，二つのマキアヴェリ像をめぐってダンはロヨラとジェズイットの「無知」を暴露し，彼らの「学識」に痛烈な一撃を加えている。序論でダンが述べたジェズイットの「短気」と「軽薄」とはロヨラがあたりかまわず誰にでも反論する性急さと「無知」を指すのであるが，興味深いことはダン自身もジェズイットの「短気」と「軽薄」を身につけていると言っていることである。反ジェズイット論争に加わったダン自身にとってはこの言葉はいささか自嘲的である。ダンは，ロヨラ同様繰り広げる「博識」は真の知識ではなく，単なる *scientia* に他ならず，真の知識 *sapientia* へと自らを叱咤する言葉なのかもしれない。いずれにせよ，ダンは『イグナティウス』においてジェズイットの創始者たるロヨラを登場させ，しかも，彼自身の口からカトリック教会やジェズイットの正体をさらけださせた。とうとう自派の悪事を展開するロヨラにわれわれは苦笑せずにはいられない。『イグナティウス』出版から三年後，その作品を読んだと思われるフィッツハーバートはダンの「ルキアノス風で無神論者的な」(Lucianicall and Atheisticall) な風刺に反論し，ダンの「無知」が世間に公表されることを期待し，ダンには「好い加減な研究と浅薄な知識」(skambling studyes and superficial knowledge) しかないと言っているが[42]，ジェームズ一世王朝にとって最大の敵であるジェズイットを徹底的に扱き下ろした『イグナティウス』は前年の『偽殉教者』とは異なり，その風刺のためにかなりの読者を得，十分にジェームズ一世を満足させたにちがいない。ダンの意に反しジェームズ一世はダンの博学の故聖職に入るように勧めるが，ダンにとっては「博識」がもたらした皮肉でもあった。『イグナティウス』はダンにとってジェームズ一世支持の立場を更に強くし，反カトリック教会の姿勢を一層明確にするチャンスを与えたものであった。

注

(1) Thomas Fitzherbert, *The Second Part of a Treatise concerning Policy and Religion* (London, 1610)。以下『第二部』と略記。*The First Part of a Treatise concerning Policy and Religion* (London, 1606) も『第一部』と略記。

(2) T. S. Healy ed. *John Donne: Ignatius His Conclave* (Oxford: At the Clarendon Press,

1969). 以下本論ではこのテキストを使用し，本文からの引用にはページ数のみを明記し，
『イグナティウス』と略記する。

(3) C. M. Coffin, *John Donne and the New Philosophy* (New York: The Humanities Press,
1958), Chapter X.

(4) M. H. Nicolson, *Science and Imagination* (Ithaca, N. Y.: Great Seal Books, Division
of Cornell University Press, 1956), Chapter III.

(5) R. Chris Hassel, Jr., "Donne's *Ignatius His Conclave* and the New Philosophy,"
MP, 68 (1971), pp. 329-37.

(6) E. Korkowski, "Donne's *Ignatius* and Menippean Satire," *SP*, 72 (1975), pp. 419-38.

(7) Healy, Introduction 及び Commentary 参照。

(8) Sydney Anglo, "More Machiavellian than Machiavel" in *John Donne: Essays in
Celebration*, ed. A. J. Smith (London: Methuen, 1972), pp, 349-84.

(9) Healy, p. 25, p. 33.

(10) Ibid., p. 27.

(11) Ibid., p. 109.

(12) E. M. Simpson, *A Study of the Prose Works of John Donne* (Oxford: At the Clarendon
Press, 2nd ed., 1948), pp. 190-1 及び R. C. Bald, *John Donne: A Life* (Oxford: At the
Clarendon Press, 1970), pp. 225-6 参照。Bald は，フィッツハーバートは『イグナティ
ウス』を見ただけでなく，著者がダンであったことも知っていたと言っている。(Bald, p.
226, n. 1.)

(13) Innocent Gentillet, *A Discourse Vpon the Meanes of Wel Governing and Maintaining
in Good Peace: a Kingdome, or Other Principalitie* (1602; rpt. New York: Da Capo Press,
1969), pp. 107-11.

(14) Fitzherbert, *The First Part*, p. 412.

(15) Korkowski, p. 423.

(16) Anglo, p. 361.

(17) Eduard Meyer, *Machiavelli and the Elizabethan Drama* (1897; rpt. New York: Burt
Franklin, 1970), p. x. マイヤーへの反論については Irving Ribner, "The Significance of
Gentillet's *Contra-Machiavel*," *MLQ*, 10 (I949), pp. 53-7 参照。なお，16, 17 世紀イギ
リスにおけるマキアヴェリ研究については以下の書をも参照。Mario Praz, "The 'Politic
Brain': Machiavelli and the Elizabethans" in *The Flaming Heart* (New York: W. W.
Norton & Company, Inc., 1973), pp. 90-146, Felix Raab, *The English Face of Machiavelli*
(London: Routledge & Kegan Paul, 1964), Thomas H. Clancy, *Papist Pamphleteers*
(Chicago: Loyola University Press, 1964), Chap. VII.

(18) Gentillet, The Preface to the First Part, Aii.

(19) Healy, p. 9.

(20) Ibid., p. 13.

(21) Ibid., p. 29.

(22) Ibid., p. 19.

(23) Ibid., p. xxxii.

(24) 当時のジェズイットの「王殺し」については Juan de Mariana, *The King and the Education of the King*, tr. by G. A. Moore (Washington D. C.: The Country Dollar Press, 1948), Book I, Chapters V, VI, VII を参照。

(25) C. H. McIlwain ed., *The Political Works of James I* (New York: Russell & Russell, 1965), p. lix.

(26) 『君主論』19 章。マキアヴェリの民衆重視についてはウォーリンに教えられるところが大きい。ジェルトン・S・ウォーリン『西洋政治思想史 III』尾形典男他訳（東京: 福村出版, 1977），第 7 章 7 参照。なお，マキアヴェリの日本語訳については会田雄二編集『マキアヴェリ』（東京: 中央公論社, 1966）を参照した。

(27) 『君主論』20 章,

(28) 『君主論』9 章,

(29) 『政略論』3 巻 23 章。

(30) 『政略論』1 巻 11 章。

(31) 『 政略論』1 巻 58 章。

(32) 『政略論』1 巻 59 章。

(33) 『イグナティウス』ではこの民衆観が二つ現れている。一つは語り手の「この眠ったような，盲目的な俗人」(This drowsie and implicite layitie)(p. 31)で，他方はロヨラの「柔らかく，液状の，引き伸ばすことのできる金属で，われわれが刻みつけるのに適切な人々」(people who are a soft, a liquid, and ductile metal, and apter for our impressions) (p. 53)である。

(34) ダンはこれを知っていた。E. M. Simpson and G. R. Potter eds., *The Sermons of John Donne* (Berkeley: University of California Press, 1953-1962), Vol. III, p.289 参照。また，Vol. I. p. 212 では "equity...cannot stand between *King* and *Subject*." と言っている。ジェームズ一世も契約説を知っていたことについては McIlwain, pp. 23-4 及び p. 68 参照。

(35) 『君主論』2 章。

(36) 『政略論』3 巻 22 章。

(37) 『政略論』1 巻 58 章。

(38)　McIlwain, p, 62.

(39) このような見解は現世における神の 'image' としての王観によるもので『説教集』にはよく見られる。なお，Kaichi Matsuura, *A Study of John Donne's Imagery* (1953; rpt. Folcroft: Folcroft Library Editions, 1972), pp. 94-101 参照。

(40) Mazzeo によれば『君主論』の君主は法から解放された政治的英雄で，大衆を意のまま
にあやつる芸術家としての君主であるのに反し，『政略論』の君主は法的に自己を拘束する
君主である。この見方によればジェームズ一世やダンにとっては前者が理想の君主となる。
Joseph A. Mazzeo, *Renaissance and Seventeenth-Century Studies* (New York: Columbia
University Press, 1964), Chaps. VII, VIII 参照。

(41) Healy は，ダンは同時代人と異なりマキアヴェリの作品に潜む共和主義を認めている
と言っている (Healy, p. xxxiii)。 Raab によれば共和主義者としてのマキアヴェリは
1642-1660 年に特に見られる (Raab, Chapter V)。 共和主義はジェームズ一世の下ではタブ
ーであった。ダンが共和主義者としてのマキアヴェリを深く取り上げず，専ら君主論者と
してのマキアヴェリに終始するのは王への配慮でもあったろう。

(42) Simpson, p. 191.

第6章 ジェームズ一世の 'novelist' とジョン・ダンの 'innovator'
—『イグナティウスの秘密会議』におけるダンのジェームズ一世擁護について—

6-1 はじめに

地獄のサタンの秘密部屋への入場をめぐる様々な「革新家」（innovator）の抗争を通してジェズイットを徹底的に攻撃した『イグナティウスの秘密会議』］（*Ignatius His Conclave*）の英訳版が1611年，前年のラテン語版に続き出版された[1]。ジョン・ダン（John Donne）の作品中，『イグナティウスの秘密会議』は最初にして最後の長編風刺作品で，1609年12月2日の出版登録直後に出版された『偽殉教者』（*Pseudo-Martyr*）と比べるとジェームズ一世（James I）の「忠誠の誓い」（the Oath of Allegiance）擁護に関しては同様であるがはるかに文学的でその風刺攻撃のためにかなり読まれた作品である。従来『イグナティウス』に関する論文は多くなく，E. M. Simpson が『イグナティウス』が読者を引きつけるのはジェズイットへの批判ではなく，新天文学への言及であると評して以来，どちらかと言えば新天文学との関連で論じられてきた嫌いがある[2]。このような傾向の是正に決定的な影響を与えたのは T. S. Healy である。Healy の詳細な注釈付きのテキストが1969年出版され，『イグナティウス』を生み出した背景の全貌が明らかにされたからである。Healy のテキストをもとに新天文学ではなく，Simpson が軽視したジェズイット批判を本格的に論じたのが Sydney Anglo である[3]。『イグナティウス』のテーマがコペルニクス，ガリレオ，ケプラーらの新天文学ではなく，反ジェズイットであることは作品を読めば明白である。この意味で Healy のテキスト編纂及び Anglo の論文は『イグナティウス』の核心に触れるものとなっている。しかしながら，それでも両氏の研究は二つの重要な点を看過しているように思える。Healy は『イグナティウス』を取り巻く背景に触れ，ジェームズ一世とローマ・カトリック教会との論争を手際よく解説し，その注釈ではジェームズ一世の著作の『イグナティウス』への影響をすべて引用しているが，ジェームズ一世の著作が『イグナティウス』の構想に及ぼした影響については二ケ所を指摘しているに止まり[4]，「革新家」については何ら触れていない。また，Anglo の論文には 'Innovation and innovators' を扱った箇所があるがジェームズ一世の著作との関連については論じていない。本論で述べたいことはダンがジェームズ一世の著作から『イグナティウス』の「革新家」（innovator）という着想を得たのではないか，ということなのである。なぜダンは「革新家」を登場させ，「革新家」の中で最大の「革新家」が地獄で最も名誉あるサタンの右座を獲得するプロットを作り上げたのか，なぜ自称「革新家」への反論者としてイエズス会の創立者イグナティウス・ロヨラを選び出したのか，これらの問題解決の糸口はジェームズ一世の *An Apologie for the Oath of Allegiance* (1607) と *A Premonition to all Christian Monarches, Free Princesand States* (1609) の中に見い出されるのである。以下これら二書から『イグナティウス』の核心へのアプローチを試みてみたい[5]。

95

6-2　ジェームズ一世の「忠誠の誓い」

　事の起こりはジェームズ一世の「忠誠の誓い」である。ダンの「革新家」(innovator)は
この誓いと密接な関係にあり，ジェームズ一世の著作を抜きにしては考えられない重要な
語である。1605 年 11 月 5 日，イギリス内の一部過激なカトリック教徒ジェズイットが火薬
陰謀事件（the Gunpowder Plot）を企て，未然に終わったものの事もあろうに国会議事堂の
爆破によるジェームズ一世と政府要人，国会議員の殺害を狙った事件が発覚した。この結
果，ジェームズ一世は国内のカトリック教徒に「忠誠の誓い」を課し，ジェームズ一世は
「法律上資格のある正しい王」であり，ローマ教皇には王廃位権はなく，王が攻撃された
場合は王を守り，王へのあらゆる反逆・陰謀を漏らし，教皇により破門・罷免された王は
臣民や他のいかなる人によっても殺害されうるという教義を「不敬」かつ「異端」として
カトリック教徒に誓わせた。「忠誠の誓い」の真の意図は「良き臣民」（good Subjects」
と「不忠実な反逆者」（unfaithful Traitors）の区別であり，国内の反秩序分子を国外退
去させ，平和と秩序を国内に取り戻すことであった。イギリス国内のカトリック教徒は主
席司祭ブラックウェル(Blackwell)を初めとして，かなりの数が「忠誠の誓い」を単に「市
民に関する」（civil）「世俗的な」（temporal）誓いとみなし受け入れた。これに対しロ
ーマ側は時の教皇パウロ五世(PaulV)の 2 度にわたる教書及び論客ロベルト・ベラルミーノ
(Robert Bellarmine)の 2 回の反論により「忠誠の誓い」を「市民に関する」ものとはみな
さず，カトリック教の信仰と魂の救済を害する教皇・カトリック教全体に関わる問題とみ
なし，イギリス内のカトリック教徒に「忠誠の誓い」を立てることを禁止した。このロー
マ側からの反論に対してジェームズ一世が書いたのが前述の *Apologie* と *Premonition* であ
った。ジェームズ一世の「忠誠の誓い」をめぐり，イギリス国内はおろか大陸においても
ジェームズ一世の行為が正当か否かの賛否両論が生じた。ジェームズ一世とローマとの論
争は結局，「忠誠の誓い」が「革新」(noveltie)でジェームズ一世が「革新家」(novelist)
であるか，それともジェームズ一世に反論するローマ側が「革新」を行いかつ「革新家」
であるかの問題であった。ジェームズ一世の上記の二書は「忠誠の誓い」が「革新」では
なく，それ故ローマ教皇の権力（霊的）に少しも干渉するものでないことを実証すること
によって国内のカトリック教徒に勇気と安堵感を与えることを目的としたのである。
　さてジェームズ一世の両書に共通して言えることは「忠誠の誓い」が「市民に関する」，
「世俗的な」誓いであることの実証である。ジェームズ一世は幾度もこの点を主張し，「忠
誠の誓い」はカトリック教徒としてではなく「市民としての服従」（civil obedience）を
強いるだけだと言う。ジェームズ一世は，君主への臣下の自然な忠誠の公言が魂の信仰と
救済に全く反しているというパウロ五世の反論は単に神学を読んでも理解できないことだ
と言う。

　　　　　For how the profession of the naturall Allegiance of Subjects to their Prince can directly opposite to the faith and salvation of soules, is so farre beyond my simple reading in Divinitie, as l mustthink it a strange and new Assertion, to proceed out of the mouth of that pretended generall Pastor[Paul V] of all Christian soules [6].

'civil'で'temporal'にすぎない「忠誠の誓い」がすべてのキリスト教徒の魂の自称総牧者たる教皇の口から反論されることは「奇妙で新しい主張」なのである。伝統主義者であるジェームズ一世は旧・新約聖書，初代教父たち及び過去の宗教会議に依拠して，臣民の君主への服従の正当性を強調し，パウロ五世の反論はキリスト教会においてはいまだかつて聞かれたことも読まれたこともないと言う。

And l ever held it for an infallible Maxime in Divinitie, That temporall obedience to a temporall Magistrate, did nothing repugne to matters of faith or salvation of soules. But that ever temporall obedience was against faith and salvation of soules, as in this Breve [of Paul V] is alledged, was never heard nor read of in the Christian Church. And therefore I would have wished the Pope, before hee had set downe this commandment to all Papists here [in England], That, since in him is the power by the infallibility of his spirit, to make new Articlese of Faith when ever it shall please him; he had first set it downe for an Article of Faith, before he had commended all Catholics to beleeve and obey it [7].

そして王への不服従や忠誠の欠如が聖書で認められている例はあるのかと疑問を提示している。

...what example is there in all the Scripture, in which disobedience to the Oath of the King, or want of Allegiance is allowed? [8]

市民としての世俗的な「忠誠の誓い」がカトリック教徒の霊的問題とは無関係であるとするジェームズ一世に反論するパウロ五世の行為は教皇自身が初めて信仰箇条として作ったのである。国内のカトリック教徒に市民としての世俗的な誓いを課すことは旧約・新約聖書，初期教父たち，古代宗教会議によってその正当性は十分に証明され，それ故ジェームズ一世は決して「革新家」の名には価しない。「革新家」の名に価するのはむしろパウロ五世である。ジェームズ一世はこのように反論する。

　ジェームズ一世が個人的嫌悪感に近い態度で更に一層徹底的に反論をするのは「ジェズィット最大の権威者の一人[9]」であり，「扇動のふいごを吹き，反乱に拍車をかける[10]」

ベラルミーノである。*Apologie* でジェームズ一世はイギリスの主席司祭ブラックウェルへのベラルミーノの書簡を取り上げ，パウロ五世反論以上の紙数を割き，更に *Premonition* ではそのすべてをベラルミーノ反論に当て，末尾にはリストを作成してまでベラルミーノを批判している程である。最初ジェームズ一世は，パウロ五世に対してと同様「忠誠の誓い」は「市民として従順なカトリック教徒」（civilly obedient Papists）と「強情な火薬陰謀信奉者」（perverse disciples of the Powder Treason）を区別するためであると主張する[11]。そして「忠誠の誓い」を立てなければどのようなことになるかを 14 項目に分けて明記する[12]。たとえばジェームズ一世はイギリスと他のすべての領土の王ではなくなり，ジェームズ一世への教皇の様々な干渉―王廃位権，王国及び領土処分権，外国君主のイギリス侵略許可，破門された王への臣民の廃位及び殺害など―が認められることになる。更に「忠誠の誓い」は「霊的大義における主権」（Supremacie in Spirituall causes）には無関係であり，「世俗的」な「忠誠の誓い」への不服従命令が宗教会議によって教皇に属すると決定されたことはなかったと述べる。その上「忠誠の誓い」は王自身の「新しい発明品」（any new invention of our Owne）ではなく，「神の言葉」によって保証されている[13]。ジェームズ一世は「忠誠の誓い」が「革新」でないことの証明として，彼の誓いは一千年前の同様の主旨の誓いに倣っておりまた当時の宗教会議はそれを非難することはなかったし，逆にそれを勧めさえしたことを挙げている。世俗的君主への世俗的服従を強いる「忠誠の誓い」はカトリック教の信仰や聖ペテロの主権に反していないこと，ローマ・カトリック教会の聖職位階制，ペテロの継承権，教皇座には全然触れておらず純粋に‘civil’で‘temporal’であることを繰り返すのである。

　パウロ五世への反論の際にはそれ程強調されなかった王と教皇はいずれが優位権を有するかの問題はベラルミーノが教皇の王廃位権否定は教皇の首位と霊的破門権の否定へ通ずると述べ，ジェームズ一世を「異端者」（heretic）「背教者」（Apostate）と評してから大きな論点となる。王権神授説の熱烈な提唱者・実践者であるジェームズ一世としては教皇の王への優位は受け入れ難く，「忠誠の誓い」の正当性主張同様，まず，聖書を論拠に王の優位を主張する。たとえば王は旧約聖書ではその領土内では教会統治者であり，領土内の腐敗を浄め，悪習を改め，神殿を作り，神と民衆との契約を改めたことなどを列挙し，王は「神の息子，否，神自身」（the Sonnes of the most High, nay, Gods themselves）とさえ呼ばれたと言い，地上における神としての王を強調する[14]。これに対しベラルミーノは聖書で神に与えられた「光栄ある地位，呼称，特権」（honourable offices, styles and prerogatives）を真っ向から否定し，反王権立場をとるが，これは「神の書」聖書には見られないことだとジェームズ一世は主張する[15]。そして 12 項目に分けてベラルミーノの著作から反王権の箇所を引用している。この点に関しては *Premonition* においても同様でジェームズ一世は次のように教皇への王の優位を主張する。

　　　Yee [European Kings] shall first see how farre other Godly and Christian

Emperours and Kings were from acknowledging the Popes temporall Supremacie over them; nay, have created, controlled and deposed Popes: and next, what a number of my Predecessours in this kingdom [England] have at all occasions, even in the times of the greatest Greatnesse of Popes, resisted and plainely withstood them in this point [the Popes temporal primacy over kings] [16].

このようにジェームズ一世はヨーロッパのキリスト教君主や過去のイギリス王そして何より聖書に依拠しつつ王の優位を説く。そしてジェームズ一世自身は決して「革新」（Noveltie）への野心とか欲求から「忠誠の誓い」を発布したのでもなくまた王優位を主張するためでもないと主張する。

By these few examples now...I have sufficiently cleered my selfe from the imputation, that any ambition or desire of Noveltie in mee should have stirred mee, either to robbe the Pope of any thing due unto him, or to assume unto my selfe any farther authoritie, then that which other Christian Emperours and Kings through the world, and my owne Predecessours of England in especiall, have long agone maintained [17].

ジェームズ一世以降国家（政治）と宗教は分離していくがジェームズ一世の時代はまだ聖教一致の時代であり，ジェームズ一世が自国の政治・宗教の首長として君臨していたのであり，王自身それを認めていた [18]。

　これまで見てきたようにジェームズ一世は，パウロ五世及びベラルミーノに対して「忠誠の誓い」は「市民に関する」「世俗的な」誓いであり，少しもカトリック教信者の信仰問題に干渉するものでないことまた王は自己の領土内では教皇の下位に位置するものでないこと，この二点を *Apologie* と *Premonition* の両書で幾度も繰り返し主張する。ジェームズ一世の反論のよりどころは「聖書」と「歴史」であり，「忠誠の誓い」を作ったジェームズ一世が‘heretic’とかその誓いが‘noveltie’とかの非難は「聖書」「歴史」のいずれからも立証されえず，他国の「市民に関する」「世俗的な」「忠誠の誓い」に干渉し，挙句の果てに王は教皇に絶対服従すべきだと反論するローマ・カトリック教会こそが‘heretic’で‘novelist’なのである。当時の宗教論争では互に相手の言葉を逆利用し，相手に投げ返すのが一つの方法であるが，「忠誠の誓い」をめぐる論争も結局はジェームズ一世がローマ側の主張した‘heretic’と‘novelist’の言葉を相手に投げ返している点におもしろみがある。ここで特に注意を要したい語が一つある。それはジェームズ一世が使用する‘novelist’（または‘noveltie’）である。‘novelist’は *OED* からも明らかなように 17 世紀には‘innovator’の意味でごく普通に使用されていたのである [19]。本論

99

での key word である 'novelist' はダンが『イグナティウス』で使用した 'innovator' なのである。ダンが地獄のサタンの右座という地獄に落ちた者にとっては最も名誉ある席を種々の 'innovator' に狙わせたが，それはローマ側にこそ最もふさわしい場所なのである。

6－3　反王権と王殺し

　ジェームズ一世の「忠誠の誓い」をめぐる論争には当然のことながらイギリス側からは当時名の知れた者がほとんど加わり，ジェームズ一世擁護に回った。ダンもその一人であった。ダンは『イグナティウス』の前にやはり「忠誠の誓い」を支持する『偽殉教者』を出版し，自らがジェームズ一世擁護者の一人であることを明確にしていた。なぜダンが立て続けにジェームズ一世を擁護する書を書いたかについては二つの理由が挙げられる。一つにダンは当時定職がなく，しきりに官職（宮廷での登用）を望んでいた伝記的事実がある[20]。しかも（これが決定的な理由であるが）ジェームズ一世王朝の下で官職を得ようとする者は誰でも王の「忠誠の誓い」を擁護する書を書かねばならないことになっていたのである[21]。他方，ジェームズ一世自身も *Premonition* の中で彼の臣下がローマへの反論を試みることを疑っていないと言っている[22]。ダンはこのような事情を熟知しており，王の眼にとまることを期待しつつ「忠誠の誓い」擁護を目的とした『偽殉教者』『イグナティウス』を書いたのである。それ故，ダンがジェームズ一世の *Apologie* と *Premonition* を読み，これら二書から 'innovator' なる着想を得たことは十分に予想されうることであるしまた両書がなければ『イグナティウス』は書かれなかったのである。ではダンの 'innovator' とはいかなる者なのであろうか。

　ダンが設けた『イグナティウス』のサタンの秘密部屋へ入るには三つの条件を満たさなければならない。最初は従来真理とみなされてきたことの全面的否定及びそれに代わる新説の樹立[23]，二番目は論争を引きおこすこと[24]，三番目は一般人に多大な害を及ぼすことである[25]。これらの三条件を満たす者だけが真の「革新家」とみなされ，サタンの秘密部屋への入場権を獲得する。それ故，自称「革新家」が続々登場するが，地動説のコペルニクス，危険極まる梅毒治療やいかさま治療を行ったパラケルスス，ポルノまがいの絵を描いたアレティーノ，アメリカ新大陸発見のコロンブス，聖人について説教をしただけのネリウス，彼らはことごとく上記の三条件を満たせず，ロヨラによって反駁され，追い払われる。ここでこれまで見てきたジェームズ一世の「忠誠の誓い」に端を発した論争を思い出してもらいたい。『イグナティウス』のサタンの秘密部屋入場条件に合うのはパウロ五世かベラルミーノである。ダンが「革新家」の中でも最大の「革新家」をサタンの右座を占めさせたのはダンがジェームズ一世とパウロ五世・ベラルミーノとの論争を熟知しており，王自身は 'novelist' ではなく，ローマ側が 'novelist' であるというジェームズ一世の反論を十二分に考慮に入れた結果に他ならない。ダンの意図は真の「革新家」は誰な

100

のか，「革新家」は何を実行しつつあったのかをジェームズ一世に示すことだったのである。我々はここで一つの重大な点に注目しなければならない。それはジェームズ一世が'novelist'として反論したパウロ五世とベラルミーノはダンの『イグナティウス』で攻撃・非難の槍玉に上げられていないということである。ジェームズ一世の反論からすれば当然，パウロ五世かベラルミーノがサタンの右座を占めるべきなのである。ところがパウロ五世は直接には登場せず，ベラルミーノに関しても彼の前言取り消し，引用の間違い，あるいはイエズス会の慣例に反してまで枢機卿になったことなどが触れられているが[26]，それ程痛烈な批判は向けられていない。この理由として考えられるのはカトリック教徒として生まれ育ったダンがカトリック教からアングリカンに改宗したとは言え，いまだにカトリック教を完全に捨て去ることはできず，ローマ教皇に対して複雑な気持を有していたことである[27]。この点に関してはジェームズ一世にも言えることである。ジェームズ一世はどちらかと言えばパウロ五世よりはベラルミーノを徹底的に批判していたが，使徒信経・ニケア信経・アタナシウス信経を信じる限りにおいては'Catholike Christian'であり'Heretike'ではないと言明してはばからないジェームズ一世にとってもその首長たるパウロ五世を攻撃することにはかなりの勇気が必要であったろう[28]。その代わりにジェームズ一世は'Powder-traitors'たるジェズイットの「最大の権威者」であるベラルミーノに反論の的を絞ったと考えられる。ダンからすればパウロ五世でなければベラルミーノをサタンの秘密部屋に'innovator'として入場させたかったはずであるが，ジェームズ一世がベラルミーノに余す所なく反論しているのを見て的を変え，イエズス会の創始者イグナティウス・ロヨラを登場させたのである。ジェームズ一世は，ジェズイットについては言及するがロヨラに言及していないのをダンは王の著作を読んで知り，ロヨラ批判を計画したのである。ジェームズ一世がパウロ五世の代わりにベラルミーノを主として批判したように，ダンもパウロ五世の代わりにロヨラを批判し，ジェズイットの悪事・愚行を読者に披露する。

さて『イグナティウス』において上記の三条件に符合する「革新家」としてダンが考えているのは（そしてジェームズ一世が他の何よりも嫌悪したのは）「王殺し」である。ダンが「王殺し」をサタンの秘密部屋の最大の資格条件として考えていたことは『イグナティウス』を読めば明らかである。「王殺し」こそ従来の真理（ジェームズ一世の王権神授説）の否定及びそれに代る新説（novel doctrine）であり，イギリスのみならず全ヨーロッパに賛否両論を引き起こし，なおかつ，一般人に多大な害を及ぼしているのである。「革新家」をいかなる規準によってロヨラが評価するのかと言えばそれはいかに多くの者を地獄に送り込むかによってなのである。それゆえ王殺し理論という'noveltie'の実践者であるジェズイットは続々と地獄にやって来，地獄を独占してしまう程なのである。「革新家」への評価はこのように「革新家」がいかに多く地獄に人を送り込むかによって決まる。『イグナティウス』におけるダンの真意はジェームズ一世の「忠誠の誓い」擁護であるが，王殺し理論反駁がジェームズ一世支持，王権固守の態度の表明と少しも異なるもの

でないことは一目瞭然である。「王殺し」というサタンの秘密部屋入場の切り札からすれ
ばマキアヴェリを除いたコペルニクス，パラケルスス，アレティーノ，ネリらはすべて失
格ということになる。『イグナティウス』の冒頭近くでサタンの右座をボニファティウス
三世とマホメットが争っており，物語の終盤でボニファティウス三世がその座を占めてい
るのをロヨラは見つけ，激怒し，彼を座からけり落すがそれも彼がローマ教皇の王への優
位を史上初めて説き‘universal Bishop’なる称号を用いた人物だからである。しかし，
ロヨラからすれば単なる「反王権」という理論だけでは不十分で，それには実践が伴われ
なければ意味がない。ジェズイットはボニファティウス三世をはるかにしのぐ「王殺し」
理論を打ち立て，しかもそれを実践している。この理論こそダンが挙げた上記三条件を満
たす‘noveltie’であり，ダンが最も強調したかったのも「王殺し」であった。「王殺し」
は王の廃位や破門また‘civil disobedience’以上にジェームズ一世王朝を根底から覆
す「新説」である。ジェームズ一世は王権が神に出来すると考えるがジェズイットは違う。
彼らは，王は民衆から権力を委任されているだけであり，民衆の意に副わない場合は王権
を武力によってでも取り戻すことが可能で，極端な場合は王殺害も認められると考えてい
た。これはダンが『イグナティウス』で言及しているスペインのジェズイットのマリアナ
（Juan de Mariana）の説であるが[29]，ジェームズ一世が *Premonition* で取り上げたベラル
ミーノの「扇動の原理」もマリアナの説と同じなのである[30]。政治理論及び政治の近代化
という観点からすれば統治者と被統治者との契約により社会が成立するという理論は近世
契約社会の基礎をつくるものである。この意味でジェズイットの「王殺し」理論は極端で
はあるが，絶対王制から市民へと政治の舞台が移行していく上でまた市民の個人権力増強
という点では近代社会の第一歩を記す理論である。しかしながら，17 世紀初頭においては
「王権神授説」と「受動的絶対服従」がジェームズ一世王朝を支える両論であり，一方が
受け入れられなければジェームズ一世王朝ひいてはイギリス社会そのものが崩壊に至る危
機をはらんでいた[31]。王は民衆から権力を委託されているにすぎないとする理論はまだ一
般人の是認を受けておらず，これが現実化するにはピューリタン革命を待たねばならない。
時代の流れとしては「王権神授説」「受動的絶対服従」は個々人の人権拡張により過去の
遺物になりつつあったが，逆にジェームズ一世やダンを初めとする王権擁護者たちは「王
権神授説」「受動的絶対服従」を強化し，イギリスの現体制固守の姿勢を強く表面に出す
のである。ダンが地獄のサタンの秘密部屋への唯一の入場者としてロヨラを選び出したこ
とはジェズイットの反王権・王殺しが真の意味において‘noveltie’であり，彼らこそが
ジェームズ一世王朝転覆を企らむ張本人であることを王自身に示したかったからに他なら
ない。ダンが『イグナティウス』において調子が出るのは君主制へのジェズイットの態度
を論じるときだけである，と言ったのは Healy であるが[32]，当時のジェズイットへの他の
非難—豊富な財産・偽り・酒宴—には触れずまた彼らの新奇な考案—書簡による告白・ト
レント会談で決定した数々の革新事・意中保留など—に反論することなく，専ら「王殺し」
に的を絞り，ジェズイットを批判している。ダンはジェームズ一世がジェズイットの過激

102

な「王殺し」理論を嫌悪していたことを十分知っていた。それでパウロ五世やペラルミーノではなくロヨラをジェズイットの代表者として登場させたのである。ジェズイット攻撃がジェームズ一世王朝支持に至ることをダンは計算に入れていた。ジェームズ一世が*Apologie*と*Premonition*で使用していた'novelist'からダンは'innovator'の着想を得，王が嫌悪していた反秩序分子たるジェズイットを最大の'innovator'として登場させることにより，王の歓心を買おうとしたのである。

6-4　ジェームズ一世への警告

『イグナティウス』においてダンは反王権・王殺し理論を樹立し，しかもそれを実践していたジェズイットを攻撃することによって，ジェームズ一世王朝擁護の姿勢を表わしている。ジェームズ一世の「忠誠の誓い」から端を発した王とローマ側との論争をダンは王の著作を読み，論争の急所を突き止めていた。それはジェームズ一世とローマ側のいずれが'innovator'であるかという問題であった。「王権神授説」と「受動的絶対服従論理」の二支柱によりジェームズ一世王朝は支えられてきたので，この両論を否定する'innovator'は断固排斥さるべき対象だった。当時，プロテスタントではピューリタン，カトリックではジェズイットが'innovator'の名に価する反体制派であった。ダンは両派に対しては『イグナティウス』のみならず他の作品でも批判を加えるが，どちらかと言えばジェズイットがジェームズ一世王朝を脅かす存在であった。そのジェズイットを真っ向からではなく，風刺とパロディによってダンは徹底的に攻撃する。王殺し理論の実行者としてのロヨラ一派に自派の悪事を述べさせるダンに我々はダン自身の生理的とも思えるジェズイットへの嫌悪感を感じる。ジェズイットは自らの意に沿わない者は誰であろうと殺害する。こうかつなmentality，目的のためには手段を選ばないジェズイットのやり方はイギリス内のみならずヨーロッパ各地で批判されていた。ロヨラを地獄に住ませ，ロヨラこそ地獄でサタン殺しという「革新」を実行しようとしているとダンはロヨラを描いている[33]。地獄はサタンによって統治される王国であるとダンは描いているが，これは無視できない重要な表現である。なぜなら地獄という王国でロヨラはサタンという王を追放・殺害しようと企んでいるから，地上では彼らは何をしでかそうとしているかは容易に予想できるからである。『イグナティウス』はジェズイット一派の王殺し理論に対するジェームズ一世への警告の書とも解釈できよう[34]。ジェームズ一世が本書を読んだという証拠はなく王自身の直接のコメントは見当たらないので本書のジェームズ一世への印象は定かでないが，前作の『偽殉教者』ですでに「忠誠の誓い」擁護に回ったダンを知っていたジェームズ一世は，今度はジェームズ一世王朝にとっての最大の脅威的存在だったジェズイットが'novelist'として攻撃されているのを見て満足したに違いない。

103

6-5 むすび

ダンは『イグナティウス』作成に関していかなる見解をもっていたのであろうか。本心からかそれとも打算づくめで書いたのか。ジェームズ一世著作の編者McIlwainは「忠誠の誓い」を擁護すれば官職につけると思い，多くの者が「忠誠の誓い」擁護論争に加わったが，気質からしてダンはそのようなことはしたくなかったと言っている[35]。ジェームズ一世自身のローマへの反論を期待する言葉及びダンを取り巻く数々の事情から判断するとダンが当然の報酬を予期しつつ『イグナティウス』を書いたことは十分想像される。Healyは更に端的にダンは「世俗的昇進」（官職）を得たいがために『イグナティウス』を書いたと言っている[36]。初期の詩の伝統打破を叫ぶダンの姿からすると追従的な詩人の変貌に少なからずの失望すら感じる。しかし，ダンがジェームズ一世を擁護しなければならない立場に追いやられた様々の状況を考え合わせると単純にはダンを批判できなくなってくる。17世紀の詩人は多かれ少なかれ一度は宮廷での活躍を夢見，ハーバート（George Herbert）の如き夢に破れ，田舎の教会でひっそりと生涯を送った詩人もあるし，逆にダンのように自己の本心を裏切るという印象を与えかねない詩人もいた。当時のダンがなしえた最大のことは一愛国者としてイギリスの現体制を擁護・維持し，秩序・平和を固守することであり，それが究極的にはジェームズ一世の「忠誠の誓い」擁護という形で表面に現われたのである。いずれにせよ，「地獄めぐり」のヴァリエーションである『イグナティウス』を書き上げることによりダンは言わば「再生」した。ダンは，もはやあいまいなアングリカンとしてはいられず，決然たるジェームズ一世王朝擁護者とならねばならなかった。『イグナティウス』執筆は文字通りジェームズ一世のスポークスマンとしてのジョン・ダンの誕生を王，王を取り巻く宮廷人，ダンの友人及びジェズィット，ピューリタンら反体制派の人々に告げるものであった。

注

(1)本論において使用するテキストはT. S. Healy ed. *John Donne, Ignatius His Conclave*, (Oxford: At the Clarendon Press, 1969) で，以下単に『イグナティウス』と記すことにし，本文からの引用文にはページ数のみ明記することにする。

(2) E. M. Simpson, *A Study of the Prose Works of John Donne* (Oxford: At the Clarendon Press, 2nd ed., 1948), p. 192. なお『イグナティウス』の「新天文学」を重視した研究については以下を参照されたい。C. M. Coffin, *John Donne and the New Philosophy* (New York: The Humanities Press, 1958), Chapter X, R. Chris Hassel, Jr., "Donne's *Ignatius His Conclave* and the New Philosophy," *MP*, LXV M (1971), pp. 329-337.

(3) Sydney Anglo, "More Machiavellian than Machlavel," in A. J. Smith ed. *John Donne: Essays in Celebration* (London: Methuen & Co. Ltd., 1972), pp. 349-384.

(4) Healy, p. xxv.

(5) 本論において使用するテキストは，C. H. McIlwain ed. *The Political Works of James I* (New York: Russell & Russell, 1965)で，以下 *Apologie, Premonition* と記すことにし，本文からの引用文にはページ数のみを明記する。なお，McIlwain の Introduction には教えられるところが多い。

(6) McIlwain, p. 77.

(7) McIlwain, p. 79. P. 92 では，"I [James]... never did, nor will presume to create any Article of Faith, or to bee judge thereof." と言っている。

(8) McIlwain, p. 99.

(9) McIlwain, p. 90.

(10) McIlwain, p. 82.

(11) McIlwain, P. 85.

(12) McIlwain, pp. 86-7.

この 14 項目はジェームズ一世の「忠誠の誓い」全体に関わるもので，以下の通りである。

 (1) ジェームズ一世は，イギリスとすべての他の領土の合法的な王ではない。

 (2) 教皇は，王を廃位できる。

 (3) 教皇は，ジェームズ一世の王国と領土を処分できる。

 (4) 教皇は，外国君主にイギリス侵略の許可を与えることができる。

 (5) 教皇は，臣民から王への忠誠と服従を取り除くことができる。

 (6) 教皇は，臣民に対して王に武器を取る許可を与えることができる。

 (7) 教皇は，臣民に暴力を加える許可を与えることができる。

 (8) 教皇が王を破門し，廃位すれば臣民は王に対して信仰も忠誠もたてなくてよい。

 (9) 教皇が王を破門し廃位する場合，臣民は王を守らなくてよい。

 (10) 教皇が王の破門，罷免を発表すれば王の臣民は自己の聞き知る王への陰謀，反逆を漏らす必要はない。

 (11) 教皇によって破門される君主は，その他のいかなる人にも廃位され，殺されうると考えることは異端でも憎むべきことでもない。

 (12) 教皇は，忠誠の誓いまたその一部から王の臣民を放免する力を有する。

 (13) 忠誠の誓いは十分かつ合法的権力によって王の臣民に宣誓させることはできない。

 (14) 忠誠の誓いはキリスト教徒の真の信仰における心と善意をもってではなく，あいまい表現の使用(equivocation)，意中回避(mental evasion)，又は秘密留保(secret reservation) をもって誓うことができる。

(13) McIlwain, p. 87.

(14) McIlwain, p. 107.

(15) McIlwain, p. 108.

(16) McIlwain, p. 118.

(17) McIlwain, p. 121.

(18) McIlwain, p. 102.

(19) An innovator, an introducer of something new; a favourer of novelty. Obs. (Very Common in 17th c. (*OED*, Novelist 1.)

(20) このあたりについては R. C. Bald, *John Donne: A Life* (Oxford: At the Clarendon Press, 1970), Chap. IX で詳しく論じられている。

(21) McIlwain, p. lix.

(22) McIlwain, p. 152.

(23) Healy, p. 9.

(24) Healy, p. 13.

(25) Healy, p. 29.

(26) Healy, p. 47.

(27) 前作の『偽殉教者』はジェズイットへの批判 (Chap. IV) を除けば概してカトリック教徒への同情めいた気持ちで満ちており，例えばローマ教会は「普遍キリスト教会」の "the head, that is, the Principall and most eminent, exemplar member" であると言っている。(John Donne, *Pseudo-Martyr* [New York: Scholars' Facsimiles & Reprint, 1974], p. 135)

(28) McIlwain, p. 128. ジェームズ一世は更に次のように言っている。

...I will never refuse to imbrace any opinion in Divinitie necessary to salvation, which the whole Catholike Church with an unanime consent, have constantly taught and beleeved even from the Apostles dayes, for the space of many aages thereafter without any interruption. (Ibid.)

(29) Healy, p. 51. Mariana のこの理論は彼の *De Rege* に見られる。また，McIlwain, p. xxvi ff をも参照されたい。

(30) McIlwain, p. 153. ジェームズ一世は *A Defence of the Rights of Kings*, p. 247 でも Mariana に言及している。

(31) 大木英夫『ピューリタン』（東京：中公新書，昭和 43 年），p. 122.

(32) Healy, p. xxxviii.

(33) 反駁者としてのロヨラの機能はジェームズ一世が *Premonition* で使用したギリシア神話の Momus のそれと等しい (p. 150)。Momus は非難とあざけりの神で，ジェームズ一世とローマ側との論争も結局は互いに Momus となっていることに注目したい。ロヨラが反駁をジェームズ一世の Momus に出来るとは断定できないが，ダンはジェームズ一世の著作から Momus なる言葉を知っていたであろうことは十分予想されうることである。また，当時のローマ・カトリック教会に精通している人だったら Momus の如きあらさがし屋のロヨラ像に The Devil's Advocate（悪魔の弁護人）のイメージを思いうかべたであろう。というのは The

106

Devil's Advocate も Momus 同様あらさがし屋，反論者であり，列福・列聖候補者への性急な決定を阻止するためあらゆる質問をし，候補者に反論することをその第一の任務にするからである。なお Mario Praz は，当時マキアヴェリとジェズイットに関してしばしば使用された形容詞は 'polypragmatic' 即ち 'meddlesome' であったと言っている。(Mario Praz, *The Flaming Heart* [New York: The Norton Library, 1973]，p. 133)。*The Songs and Sonets* の中の "The Canonization" で愛し合う男女にしきりにおせっかいな忠告を続け，愛することを止めよと言っているのは案外ダンの嫌いなジェズイット的な男だったのかもしれない。

(34) ジェームズ一世は地上のいかなる社会にも 'order' と 'degrees' が必要で，地獄ですら 'order' なしでは存続しえないと言っている。(McIIWain, p. 126)

(35) McIlwain, p. lix.

(36) Healy, p. xxxix.

第7章　ジョン・ダンと Mariana. de Rege. l. 1. c. 7[(1)]
　　　―マリアナは「王殺し」論者か―

7－1　はじめに

　ジョン・ダン（John Donne）の『偽殉教者』(Pseudo-Martyr) は 1609 年 12 月 2 日出版登録され、翌 1610 年初めに出版された。それはイギリス国内のカトリック教徒がジェームズ一世 (James I) の「忠誠の誓い」を拒否し、自らの命を投げ打ってもその死は真の意味において「殉教者」の名には値せず、単なる「偽殉教者」であることを論じている。『偽殉教者』は、ダンのジェームズ一世擁護の姿勢を決定づけた書でもあった。カトリック教徒の過激派ジェズイットがイギリス国内で大きな社会的政治的問題となっていた頃にダンは徐々にジェームズ一世擁護の姿勢を強め、1610 年の『偽殉教者』、翌 1611 年の『イグナティウスの秘密会議』(Ignatius His Conclave)と立て続けにジェズイットを批判する書を出版した。ダンは、特に『偽殉教者』第四章で殉教に関してジェズイットはカトリック教徒のなかで突出しているとジェズイットの殉教を批判している。ジェズイットの殉教偏向が「忠誓の誓い」拒否及びローマ・カトリック教徒の王権軽視、教皇権重視をもたらし、結局はジェームズ一世体制を揺るがすことになるからである。ダンは、同じく『偽殉教者』第四章でフアン・デ・マリアナ(Juan de Mariana 1535-1624) の一節に言及し、王の毒殺について書いている。しかし、マリアナの書を読むとマリアナは王殺しは論じていない。なぜダンは『偽殉教者』のなかでマリアナを王殺し論者としたのか。興味深いのはダンが引用したマリアナの一節をジェームズ一世も取り上げていることである。ところがジェームズ一世は暴君の毒殺について論じている。両者はなぜ解釈が異なるのか。ダンもジェームズ一世もマリアナの『王と王の教育について』を読んでいたのか。本論の目的はダンのマリアナの一節への言及を中心になぜダンはマリアナを王殺し(regicide)としたのかを解明することにある。

7－2　マリアナの De rege et regis institutione とダン

　ジェズイットの「王殺し」の理論的支柱であると言われたスペイン・ジェズイットの神学者・歴史家マリアナは『王と王の教育について』(De rege et regis institutione)を 1599 年に出版した[(2)]。当時ジェズイットの評判は悪く、パリ国会が 1594 年にアンリ四世 (Henri IV) への度重なる暗殺未遂事件後イエズス会員を危険人物とみなし、フランスから彼らを追放するほどだった。『王と王の教育について』の出版後の 1610 年にアンリ四世が狂信的なカトリック教徒のラヴァイヤック(François Ravaillac) によって殺害されたが、マリアナの理論がアンリ四世殺害の原因と見なされた。17 世紀初頭にはマリアナの書は大陸の王達にとっては危険な書であり、イギリスにおいても同様だった。ダンは、『偽殉教者』でジェズイットを始めとするカトリック教徒の「忠誠の誓い」拒否を批判するが、その批判に

あたりマリアナの『王と王の教育について』の一節を『偽殉教者』で取り上げた。ダンは、『偽殉教者』第四章 43 で次のように書いている。

Mariana. de Rege.　　　43　　So also of the *Immunitie of the Church*, out of which,
l.l. c.7　　　　　　　　　　if it be denied to be by the Indulgence of the Prince, issues and results
　　　　　　　　　　　　　presently the diminution of the Prince, they [the Jesuits] have written
　　　　　　　　　　　　　abundantly, and desperately. So have they [written] of the *Institution of a
　　　　　　　　　　　　　Prince*; of which, one of them writing and presuming and taking it as
　　　　　　　　　　　　　vulgarlie knowne, that it is lawfull in some cases to kill a King, is carefull
　　　　　　　　　　　　　to provide, least when you goe about to kill him, by putting poison in his
　　　　　　　　　　　　　meat or drink, you make him, though ignorantly, kill himselfe [3].

左側の注はダンがつけた注である。その注には "Mariana.de Rege.l.1.c.7" と書かれている。これはマリアナの "De rege et regis institutione、Liber Primus, Caput VII" の省略である。引用文のなかでダンは「王を殺害することはいくつかの場合には合法的である」と書いている。"one of them" とは著者のマリアナを指している。ダンはこの引用文のすぐ上で "the Institution of a Prince" と書いているが、これはマリアナの『王と王の教育について』の後半の "regis institutione" の英訳である。また後半の引用箇所では「（マリアナは）食べ物や飲み物に毒を入れて王殺害にとりかかるとき、（王自身は）知らないうちにではあるが、王に自殺させるといけないので慎重に（毒殺を）明記している」と書き、王毒殺について言及している。マリアナの毒殺は王ではなく、暴君が対象なのでダンは "kill a King" の "a King" を "a Tyrant" と書くべきであった。このダンの一節はマリアナの『王と王の教育について』の第一巻第七章の一節への言及であり、それを読むとダンの "a King" は "a Tyrant" であることが容易に理解できる。

　　　　Truly we think it cruel, and also foreign to Christian principles to drive a man, though
　　　　covered with infamy, to the point that he commit suicide by plunging a dagger into his
　　　　abdomen, or by taking deadly poison which has been put into his food or drink. It is
　　　　equally contrary to the laws of humanity and the natural law; since it is forbidden that
　　　　anyone take his own life [4].

あるいは次の一節がより関係があるように思われる。

　　　　…it has been granted to proceed violently against his [tyrant's] life in any manner. Only
　　　　he should not, knowingly or unawares, be forced to be an accomplice in his own death;
　　　　because we judge it to be wrong to mix poison or any like thing in the food or drink to

be consumed by the man who must die [5].

　ダンの毒殺に関する一節は上記の「我々は...男を...食べ物や飲み物に入れられた致死的な毒をとることによって自殺を犯すまで追いやることは確かに残酷でキリスト教の信念には無縁であると考える」や「ただ彼（暴君）は知っていようが知っていまいが己の死の共犯者（自殺）になるよう強いられるべきではない。なぜなら死ななければならない男によって取られる食事や飲み物に毒や似たような物を混ぜることを間違っていると我々は判断するからである。」をふまえた言葉である。以上からダンはマリアナの『王と王の教育について』を直接読んでいた印象は強い。ところがダンが注に挙げたマリアナの『王と王の教育について』の第一巻第七章のタイトルは「毒で暴君を殺害することは合法的か」(Whether it is lawful to kill a tyrant with poison)であり、マリアナはダンが言うように「王 (king)」とは言わず、「暴君 (tyrant)」と言っている。マリアナの原著を読んでいたはずのダンはなぜ原文の"An liceat tyrannum veneo occidere[6]"の"tyrannum"（「暴君」）を「王」と訳し、"it is lawfull in some cases to kill a King"と書いたのか。それはダンの単なる誤読であったのか、それとも意図的な誤読であったのか。あるいはダンは実際にはマリアナの著作を読んでいなかったのか。自殺に至る恐れがある毒殺をマリアナは認めておらず、マリアナは「暴君によって取られる食べ物や飲み物に毒を混ぜることは間違っている」と書いている[7]。ただダンは論じないが、マリアナは椅子や衣服に毒を塗りつけることによって暴君を殺害することは容認している[8]。マリアナの毒殺対象者は「暴君」である。マリアナの原文通りならばダンは"it is lawfull to kill a Tyrant with poison"書くべきだったが、"a Tyrant"を"a King"とし、"with poison"を省いてしまった（もっともこの省略は前後関係から理解できるが）。『偽殉教者』におけるマリアナへのダンの言及は上記の箇所だけである[9]。既に指摘したようにダンが言及したマリアナの一節でマリアナは「暴君殺し」を論じているのであって、「王殺し」を論じているのではない。ただここで注意を要したいのは、マリアナは暴君殺しだけを論じているのではなく民衆の合意によるか正当な継承権によって統治権を有する君主が暴君になる場合についても論じているのである（1巻6章）。ダンが取り上げている毒殺の対象者は国家を武力によって簒奪した暴君で、正当な王ではない。果たしてダンはマリアナの暴君には二種類の暴君があったことを知っていたのであろうか。興味深いことにジェームズ一世は『偽殉教者』から5年後に書かれた『王権擁護論』(A Defence of the Right of Kings)で、マリアナが暴君毒殺を論じた第一巻七章を取り上げている。この一節はダンが上記に引用した箇所とほぼ同じ箇所である。

　　　…he [Mariana] liketh not at any hand the poisoning of a Tyrant by his meat or drinke; for feare lest he taking the poison with his owne hand, and swallowing or gulping it downe in his meate or drinke so taken, should be found *felo de se*...or culpable of his owne death [10].

110

ジェームズ一世は、マリアナは食べ物や飲み物によるどんな人によってでも暴君毒殺を好まないと言い、「暴君」毒殺を認めていない。ジェームズ一世は実際にマリアナの『王と王の教育について』を読んでいた印象が強い。上記の引用のすぐ後でジェームズ一世は次のようにも書いているからである。

> But *Mariana* likes better, to haue a Tyrant poisoned by his chaire, or by his apparell and robes, after the example of the *Mauritanian* Kings; that being so poisoned onely by sent, or by contact, he may not be found guiltie of selfe-fellonie, and the soule of the poore Tyrant in her flight out of the body may be innocent [11].

ジェームズ一世は、マリアナは食べ物や飲み物に毒を入れて暴君を殺害することには反対しているが、他人によって暴君の椅子や衣服に毒を塗られて、暴君が殺害されるほうを好んでいると言っている。これはまさしくマリアナが言っていることである。更にジェームズ一世が直接マリアナの著書を読んでいたと思われる表現は "the *Mauritanian* Kings" である。マリアナの原文ではこれは "Mauris Regibus [12]" である。"Mauri" は現在の "Moors" であるが、"Mauritania" は "Mauri" の国を意味し、ジェームズ一世はそこから形容詞を作り、ほぼ正確に "Mauris Regibus" を "the *Mauritanian* Kings" と訳している。ちなみに Moore の英訳では "the Moorish kings" となっている。ジェームズ一世のマリアナへの言及は彼がマリアナの『王と王の教育について』を直接読んでいたことを示唆しているが、後半の「肉体から天国へと飛翔していくあわれな暴君の魂は無罪であるかもしれない」はマリアナの書には見られず、ジェームズ一世自身の表現である。ダンと異なり、ジェームズ一世は毒殺の対象が「王」ではなく「暴君」であること、食べ物や飲み物への毒注入による暴君殺害以外にダンが言及していなかった椅子や衣服に毒を塗りつけることによる暴君殺害を認めていること、これらはジェームズ一世がマリアナの著作を直接読んでいたことを示唆している。更にジェームズ一世は次のように言う。

> Are not *Bellarmine, Eudaemonoiohannes, Suarez, Becanuz, Mariana*, with such other monsters, who teach the doctrine of parricides, vphold the craft of Ianus-like Equivocation in Courts of Iustice, and in secret confession: are they not all Clerics? [13]

ここに列挙されている "*Bellarmine, Eudaemonoiohanes, Suarez, Becanus, Mariana*" はすべて当時のジェズイットで、彼らは皆「王殺し」を容認した人たちであった。ここでジェームズ一世は "「parricide」の教義」を教えた人物の一人にマリアナを挙げている。"parricide" は元々は「父親殺し」であるが、"one who commits the treason against his country" (*OED*) でもあり、「国家への反逆を犯す者」は「暴君」である。また次の引用でジェームズ一世はマリ

111

アナの書に触れているが，マリアナによって "parricide" が推奨され，激賞されていると言っている。

> …if the Pope doth not approoue and like the practice of King-killing, wherefore hath not his Holinesse imposed some seuere censure vpon the booke of *Mariana* the Iesuite (by whom parricides are commended, nay highly extolled) when his Holinesse hath beene pleased to take the paines to censure and call in some other of *Mariana*'s bookes (14)?

"parricide" はここでも「暴君殺し」を意味し，ダンと違いジェームズ一世はマリアナの真意をとらえている。ここで問題点が明確になってくる。それは，ダンの場合はマリアナが「王殺し」であり，ジェームズ一世では「暴君殺し」であるということである。ダンはマリアナの書を読んでいたように思われるが，なぜダンはマリアナの「暴君」を「王」としたのか。ラテン語の知識を十分身につけていたダンが「暴君」を「王」と誤読するはずがない。この問題の解明にあたり，マリアナの「暴君」「暴君」殺害論を吟味したい。

7-3 マリアナの「暴君」

　マリアナは「暴君」と書いたのに，なぜダンは「王」と書いたのか。ダンはマリアナの「暴君」殺しについては知らなかったのか。これは『偽殉教者』におけるダンのマリアナへの言及とその注から得られる極めて素朴な疑問である。『偽殉教者』執筆以前に出版され，ダンも目を通していたと思われるジェームズ一世の著作特に『王道論』(*Basilikon Doron*) (1599,16031 年出版)，『自由君主国の真の法』(*The Trew Law of Free Monarchies*)，『忠誠の誓い弁護』(1598,1603) (*An Apologie for the Oath of Allegiance*) (1607) やその他でジェームズ一世は幾度となく "tyrant"，"tyranny"，"tyrannicide" について論じているので(15)，ダンは「暴君」については十分知っていたと推察される。それなのにダンはなぜマリアナの「暴君」を「王」としたのか。そもそもマリアナは「暴君」をいかに定義し，「暴君殺し」をいかにして正当化しているかが問題である。マリアナの『王と王の教育について』は反暴君論，暴君殺害で知られているが特に第一巻五章〜七章は物議を醸した章であった。ピューリタンが革命中にチャールズ一世 (Charles 1) 処刑の際に利用した書でもあると言われている。マリアナはそこで支配者と民衆の関係を論じ，暴君に反する立場を明確にした。マリアナによれば王権は神に由来するのではなく民衆に由来する。原始的な自然状態にある人間が寄り集まって社会を形成し，彼らが権力を支配者に譲り渡す。それゆえ，支配者の権力は当然のことながら権力を譲り渡す民衆によって束縛されることになる。支配者の権力は民衆の同意を得ることから生ずる。マリアナが論ずる支配者は民衆からの承諾を得て，支配権を行使する人物なのである。マリアナの理論を最も端的に表しているのは次の一節で

ある。

> …the regal power, if it is lawful, ever has its source from the citizen; by their grant the first kings were placed in each state on the seat of supreme authority. That authority they hedged about with laws and obligations, lest it puff itself too much, run riot, result in the ruin of the subjects, and degenerate into tyranny(16).

あるいは

> he who got his power from the people makes it his first care that throughout his whole life he rules with their consent[17].

> The king exercises the power received from his subjects with distinguished modesty, oppressive to none, molesting nothing except wickedness and madness[18].

　これらには合法的な王権は市民にその起源を有することが述べられている。民衆の同意により王は王位に就く。王権が拡大すると王は奔放な行動をとり、最終的にそのような王は「暴君」となる。結果としてそれは臣民の破滅に至り、国家の破壊をもたらす。民衆は暴政へと堕落しないように王権を法律と義務で制限する。これは正当な王が暴君になった場合であるが、民衆から一時的に権力を譲渡された王がその権力の限界を越えた場合、つまり民衆の敵、「暴君」となった場合に王はその権力を民衆に返すかあるいは極端な場合には殺害されることも可能となる。王は、社会の個々人の共通の利益を守るよう人々から選ばれているのである。この王が権力を私物化し、王権を盾に国家を危機に陥れ、民衆を弾圧、抑圧する場合に王は「暴君」と定義される[19]。マリアナは『王と王の教育について』の第一巻第五章で「王と暴君との違い」について論じているが、暴君は「悪徳に傾き、特に貪欲、好色、残忍」をその特色とし[20]、「国家転覆」を目指し、暴力的な恣意的な権力行使を自らの利得、快楽、悪しき放縦のために行う[21]」。これに反し王は「潔白を擁護し、不実を懲らしめ、救いをもたらし、国家をあらゆる豊かさと祝福で増し高める[22]」。更に王は「臣下から受け取った権限に関しては、特別の謙虚をもって行使する[23]」。王は暴君と異なり、いかなる人に対しても暴虐的になることはなく、「不誠実と常軌逸脱」に対して以外にいかなる人にも干渉しない[24]。他人の財と生命に対しての略奪者には厳格な裁きが行使される。王の支配には「慈愛、寛容、人間性」が満ちている[25]。一言で言えば王と暴君の違いは「美徳」と「悪徳」の違いであり、正当な王であろうが簒奪王であろうが国家の安寧と民衆の幸福実現のために最大の努力を払わねばならない。何よりも民衆の存在を無視してはいけない。権力が支配者に譲渡される場合支配者が暴走しない役目をするのが「法」であり、「法」の尊重がまたマリアナの大きな特徴となる。合法的な王が法によっ

て拘束されない権力を所有し、使用すればその王は暴君となる 。祖先の慣習や制度へも尊敬を欠き、気まぐれに法律を破棄し、自分の放縦と利便に自分の行いのすべてをゆだねる者は暴君である(26)。「暴政(tyranny)」は「最悪の最も有害な政体の典型」であり、暴君は臣民に「暴逆的権力」を行使し、一般的には「力」によって作られる(27)。「真の王」と「暴君」との違いは「真の王の義務は潔白さを守り、悪を罰し、安全を供給し、あらゆる祝福と成功で国家を拡大する。それに反し、暴君はその最高権力を自らの上に打ち立て、力によって汚れなき者達を汚す(28)」。法を遵守する真の王と違い、暴君は絶えず市民を信用せず、権力を恣意的に行使する。更に、「暴君」は力によって国家の最高権力を手に入れるが、その権力は暴君の功績によるのではなく暴君の富、わいろ、武装権力のために彼に与えられる。暴力的な権力行使は民衆への奉仕に従うのではなく、自らの利便、放縦、自制心の罪深い欠如のために重視する(29)。私利・私欲のための権力使用、臣民への不信用、社会の共通利益の無視、国家の私物化、臣民からの離反等が「暴君」の特徴である。民衆から権力を一時的に譲渡された者が以上のような支配者になるとき、彼はもはや民衆が求める理想的な支配者とはありえない。結果として、彼は「暴君」と見なされ、「暴君」殺しという大きな問題が生じてくる。マリアナが「暴君殺し」を正当化したのは以上の理由による。ここで言うマリアナの「暴君」は王権簒奪者に等しい。マリアナはこの他にも民衆の合意や継承権によって正当な王となる者が国家の破滅、宗教への軽蔑、傲岸と厚顔を美徳とした場合は王が悪行を積み重ねないように正当な王とは言え、彼を廃位する必要があるという。これは正当な王が暴君になり下がった場合である。マリアナはその手順をも述べるが、最初は悪に走る正当な王に警告が与えられ、矯正の機会が与えられる。それでも矯正を拒むならば国が王の権限を無効にする。それによっても国家に打つ手がない場合は正当な王は公の敵と宣言され、剣で彼を殺害することも許される(30)。王権簒奪者と正当な王は共に暴君になりうるが、正当な王の場合は毒ではなく剣によって殺害が認められる。マリアナにとって国家統治の主役は民衆であり、民衆のためを思う王は善王であり、民衆を無視する王は悪王、暴君と見なされる。

　マリアナは、フランスのアンリ三世の殺害者、 ジャック・クレマン(Jacques Clement) の行為は「特筆されるべき勇気の業であり、記念されるべき偉業(31)」であり、自らに「偉大な名声(32)」をもたらし、「フランスにとっての永遠の名誉(33)」として賞賛した。アンリ三世はクレマンにとっては「暴君」であった。また、王は「神聖」だと言い「暴君」殺しに反対する人々に対して、マリアナは、ギリシャ・ローマ及び聖書から様々な例を引き、「暴君」の廃位や殺害は「暴動」や「暴君殺し」を正当なものと見なす一般人の感情を表していると言う。そして過去の歴史を見ると「率先して暴君を殺した人は誰でも大いに尊敬され」「暴君殺し」は最高の賞賛に値する(34) 。第一巻第六章の冒頭で、「彼(暴君)は非常に幸福であるように映るかもしれないが、その恥ずべき行為は極刑に値する。肉体が鞭打たれるように、残忍、好色、恐れのゆえに、彼の邪悪な精神と良心とは引き裂かれる...いきりたった大衆の、支配者に対する憎しみはいかばかりの力をもつものなのか。為政者に

114

対する民の憎悪は破滅にほかならず、古今を問わず幾多の例証によって説明することが容易である(35)。」と述べ、暴君の殺害を認めている。民衆への支配者の抑圧、及び支配者の悪が民衆を苦しめるとき、それは支配者が暴君となった場合であるが、「正当な意味でというばかりでなく、称賛と栄光をもって殺害されうるという条件の下に君主が置かれているのだと了解すべきだと考えるのは、健全な発想だと言える(36)。」次の引用でマリアナは「暴君」の殺害を明確に容認している。

> …both the philosophers and the theologians agree, that the Prince who seizes the State with force and arms, and with no legal right, no public, civic approval, may be killed by anyone and deprived of his life and position. Since he is a public enemy and afflicts his fatherland with every evil, since truly and in a proper sense he is clothed with the title and character of tyrant, he may be removed by any means and gotten rid of by as much violence as he used in seizing his power (37).

「暴力と武器で国家を奪い取り、しかも何ら法的な権利も、市民の賛成もない君主」は暴君であり、その「暴君」はいかなる人によっても殺害される対象となる。暴君とはあらゆる悪で祖国を苦しめ、暴君という肩書きと性格で覆われているので、暴君は権力を奪ったときに使用したのと同じ暴力で殺害されうるという彼の反暴君論の核心を述べる。マリアナの名前が全ヨーロッパに知れ渡り、ジェズイットが王殺し理論と実践によって各国の君主に恐れられたそもそもの発端は、『王と王の教育について』の第一巻六章のこの一節であると言っても過言ではない。ただこの文章をよく読んでみると一目瞭然であるが、マリアナは「王」ではなく、「暴君」を論じている。マリアナは、暴力と武器を用い、法的な権利もなく、民衆の賛同なしに国家を手に入れる王権簒奪者すなわち「暴君」について論じているだけなのである。ところがどういうわけかマリアナの「暴君殺し」が「王殺し」にすり替えられ、ジェズイットがあたかもマリアナの影響により「王殺し」を実践していると考えられるようになった。なぜこのようなことになったのか。1610年5月、フランス王アンリ四世がフランソワ・ラヴァイヤックなる狂信的なカトリック教徒に殺害されたとき、ジェズイットを敵視する人たちはマリアナの『王と王の教育について』がその原因であると決めつけてしまった。ラヴァイヤックはその事実を否定し、マリアナの本の名前すら聞いたことがないと言ったが、ジェズイットへの不信は一向に収まらず、マリアナの暴君殺しがジェズイットの考えを代弁していると見なされた。そしてマリアナと言えば「王殺し」、「王殺し」と言えばマリアナという図式が出来上がってしまった。実際にはマリアナの第一巻第六章、第七章はそれぞれ「暴君」の定義、「暴君殺し」の正当化を論じているのであるが、マリアナは王一般の殺害を論じていると世間からは考えられるようになった。ジェズイットによる王殺しの実践と相まって一般の人々がジェズイットを王殺しと結びつけるのも根拠がないわけではなかった。しかしマリアナの『王と王の教育について』

115

の中でも特に重要な第一巻第六章のタイトルを見てみると、それは "Whether it is right to destroy a tyrant" であり、ダンが『偽殉教者』で言及した『王と王の教育について』の第七章のタイトルは "Whether it is lawful to kill a tyrant with poison" である。また、第五章では「王」と「暴君」の違いが扱われ、それぞれ「暴君」と「暴君殺し」が論じられている。ところがマリアナの書に眼を通したはずのダンが『偽殉教者』第四章でマリアナについて言及したとき、ダンは "it is lawfull in some cases to kill a King" と書いた。「いくつかの場合」のなかに「暴君」が含まれるとも考えられるが、ダンは「tyrant（暴君）」とは書かなかったし、「いくつかの場合」についても詳しくは論じない。『王と王の教育について』はラテン語で書かれたが、ラテン語に堪能なダンが「暴君」を「王」と誤読することは考えられない。ダンが「暴君」とせず「王」としたことには何か特別な意図があったと考えることができる。その意図とは何であろうか。

7－4　ジェームズ一世とダン

ここで問題になってくるのがジェームズ一世である。ダンは、ジェームズ一世自らが読むことを意識して『偽殉教者』を書いたことは周知の事実であった[38]。ダンは、ジェームズ一世の「忠誠の誓い」を擁護し、その見返りに、宮廷での登用を期待していた。ジェームズ一世の「忠誠の誓い」を支持することは宗教界や学界での出世の近道であった[39]。ダンは『偽殉教者』を書くことによってジェームズ一世からなにがしかの報酬を期待していた。ジェームズ一世を支持するためにダンはジェズイットを批判する。自分をジェームズ一世に売り込む絶好のチャンスでもあった。ダンが『偽殉教者』を出版する前のジェームズ一世にとっての最大の危機は 1605 年 11 月 5 日のジェズイットによるジェームズ一世暗殺未遂事件、火薬陰謀事件であった。ジェームズ一世は事件を契機に国内のカトリック教徒に「忠誠の誓い」を立てさせたが、ローマ・カトリック教会側からは猛反発を受けた。カトリック教徒が「忠誠の誓い」を拒否した背景には彼らがジェームズ一世を王として認めないという大きな問題があった。とりわけ、ジェームズ一世とジェズイットは王の支配権をめぐって真っ向から対立していた。この問題はジェームズ一世とローマ・カトリック教会の間の論争、ローマ教皇はジェームズ一世を廃位できるのかという教皇の王廃位権とも密接に関わる大問題であった。ジェームズ一世は言うまでもなく、王権論者である。すでに述べたように、ジェズイットが民衆から支配者への権力譲渡説を主張したのに対し、ジェームズ一世の場合は征服による支配権である。ジェームズ一世によれば王は民衆よりも先に存在し、社会は王が民衆を征服したことから始まる。ジェームズ一世は、法や社会が王より先に存在しなかったことを『自由君主国の真の法』（1598 年）で強調し、「王は法を作る人であって、法が王を作るのではない[40]」と法から超越した王の絶対的存在について論じ、また、「王を作る力を持つ人—神—が王を廃位できる[41]」とさえ言いきった。ジェームズ一世の『自由君主国の真の法』の「自由」の意味は、王があらゆる束縛から解放され、

いかなるものからも制約を受けず、民衆はもちろん「法」にすら制約を受けないという意味での「自由」である。このようにジェズイットとジェームズ一世とでは社会の成立に関して異なる見解を持ち、それが結果として支配者と民衆の関係に対して全く異なる態度をとらせることになった。ジェズイットは民衆優位説を強く主張し、王の絶対権力に固執するジェームズ一世と激しく対立していた。ジェームズ一世はジェズイットの権力譲渡説や「暴君殺し」については知っており、彼の散文でそれらに言及している[42]。民衆に絶対服従を強いるジェームズ一世からすれば，王への民衆の優位を説くジェズイットの見解は全く受け入れられない。民衆が王を廃し、王に代わって別の王を立てることができると言う愚かな書き手どもは「不法で，神の布告」に反しているとジェームズ一世が言うが[43]、「愚かな書き手ども」とはマリアナを始めとするジェズイットの反君主論者を指していることは明らかである。ジェズイットの考えでは支配者と民衆との間には一種の「契約」が存在し，その契約によって民衆は王に権力を一時的に譲渡する。王は民衆のために定められるのであって、民衆が王のために定められるのではない。だから民衆の意に反することを行う支配者は民衆によって取り除かれるか極端な場合は殺害も可能となる。ジェームズ一世の著作の 4 分の 3 は「忠誠の誓い」の擁護にあったとマッキルウェン（McIlwain）は言っているが[44]、「忠誠の誓い」の論点の一つはジェームズ一世が教皇によって廃位されるべきかであった。教皇からすれば廃位の対象は暴君であった。ジェームズ一世の著作や国会演説をみると王がいかに正当な王であるかを繰り返し、教皇には王廃位権反論はないと強硬な態度を取っている。

　以上見てきたようにジェームズ一世はジェズイットの王権観、「暴君殺し」理論については熟知していた。そして何よりも注目すべきはジェズイットの理論形成に与った最大の人物がマリアナであり、そのマリアナをもジェームズ一世は知っていたということである。ジェームズ一世の著作を読んでいたと思われるダンはジェームズ一世のマリアナへの理解を知っていたはずである。なのにダンはマリアナを論ずる時にマリアナを「暴君殺し」ではなく「王殺し」論者とした。それはなぜか。ダンがマリアナを「王殺し」論者としたのはジェームズ一世を意識した表現であった。ダンは、ジェズイットは「暴君」ではなく「王」殺害をも企てることをジェームズ一世に示しかったのである。言い換えればジェームズ一世の歓心を買うためにダンは故意にマリアナを「王殺し」論者とした。ダンが意図的に「暴君」を「王」にしたのは危険な集団ジェズイットがジェームズ一世の生命を狙っているかを王に言いたかったからに他ならない。ダンは実際マリアナの書を読み、マリアナを理解したが、当時の通俗的なマリアナ観に影響され、誤解とは知りつつも、マリアナを「王殺し」論者としたほうが都合よいのでマリアナを「王殺し」論者としてしまった。ダンはマリアナを知っていたが意図的にマリアナの「暴君殺し」を「王殺し」としたと思われる。ジェームズ一世や一般の人々にジェズイットの脅威を植え付けるために意図的にマリアナの「暴君殺し」を「王殺し」へとすり換えたと考えることができる。そのほうがジェズイットはジェームズ一世をも殺害するかもしれないというジェズイットへの恐怖感を人々に

煽るのに効果的であった。実際ジェームズ一世はジェズイットによって殺害されうるかもしれないとの噂が飛び交っていた。あるジェズイットがジェームズ一世に毒の塗られた服を送ることで王殺害を計画している報告が王にあった。サマヴィル(Sommerville) によれば、ジェームズ一世はアンリ四世殺害後特に自らの暗殺への恐怖は強かった[45]。ジェームズ一世は自らの暗殺が計画中であると疑っていた。ジェームズ一世が最も恐れたのはローマ・カトリック教会からの破門である。カトリック教会によれば破門された王がなお王に留まる場合王は "a usurping tyrant" と見なされ、いかなる人によっても殺害が許されるからである。カトリック教会による廃位と暗殺は密接な関係にあったが、ダンは『偽殉教者』でカトリック教会側に対して反駁を試みている。ジェームズ一世は『偽殉教者』を読み、ダンに聖職につくよう勧めたほどであるから、ジェームズ一世は、ダンが『偽殉教者』で自分の考えに沿ってジェズイット反駁を試みたと思い、内心ダンの著作に喜んだに違いない。ダンは、『偽殉教者』でジェズイットの民衆優位説に反論し、王の支配権、君主制は神に由来し、人間に由来するものではないと王権の神聖さを主張し、ジェームズ一世に沿った発言もしている。ダンは、ジェームズ一世の主張を十分に意識し、王と歩調を合わせるがごとく王権の神聖、王権の由来を論じる。特に注目に値するのは、ジェズイットの権力譲渡説に対して王権の神聖、王への絶対服従擁護であり、ダンはジェームズ一世同様ジェズイットの反王権説への反対をはっきりと表明している。ジェームズ一世の「忠誠の誓い」擁護が『偽殉教者』執筆の目的であったとは言え、ダンのジェームズ一世支持は徹底している[46]。

　ダンの王権擁護はすべてマリアナを初めとするジェズイットの王権論とは真っ向から対立する。マリアナの「暴君」定義はそのすべてではないにしろジェームズ一世に適応される可能性もある。「法」を無視する王は「暴君」と定義されるが、これはジェームズ一世にも適応されても不自然ではない。ダンは、マリアナ解釈に関してジェームズ一世を余りにも意識し、マリアナを「王殺し」論者としてしまったが、ダン自身はその「誤解」を十分自覚していたはずである。「誤解」と知りつつもダンはジェームズ一世の意向に沿った発言をし、王を擁護した。ダンがマリアナの書を読んだとすれば、そしてダンは読んだと思われるが、マリアナが「暴君殺し」を論じているのであって「王殺し」を論じているのではないことは容易に理解できたはずである。そもそもマリアナを「暴君殺し論者」と見なす方がダンには都合が良かった。なぜならジェームズ一世はマリアナの「暴君」には一致しないからである。ジェームズ一世は正当な王である。ジェームズ一世はマリアナの言う「暴君」にも王簒奪者はあたらない。だからダンは真剣にマリアナを取り上げる必要はなかったのである。しかし、ダンはマリアナを取り上げた。それはジェームズ一世の身に危険が迫っていたからである。1610 年のアンリ四世の暗殺後ジェームズ一世は特に自らの暗殺を意識した。ジェームズ一世は破門され、殺害されたとのうわさが広まった[47]。フランスでのジェズイットによるアンリ四世暗殺者は、マリアナの名前を知りもしなかったのであるが、マリアナの理論実践と見なされた。おそらくこのような通俗化したマリアナの

理論が巷に流布していた。1602 年に出版され、ジェズイットを徹底的に批判したウィリア
ム・ワトソン (William Watson) はジェズイットの「王殺し」をたびたび取り上げ、それに
批判を浴びせている[48]。あるいは 1610 年、フランスのジェズイットの大御所ピエール・コ
トン (Pierre Cotton) への反論書, *Anti-Cotton or a refutation of Cottons Letter* (1611) の第一章
には「ジェズイットの教義は王殺し、臣民の反逆を認めている」が論じられ、マリアナの
書は「殺人」と「王殺し」を教えていると言っている[49]。また、1612 年に匿名で出版され
た *Jesuits Dowefall* という書でもジェズイットは「殺人と大虐殺で有名で」、ジェズイット
は王のみならず教皇や枢機卿までも殺害すると書かれている[50]。そのほかにもダンの『偽
殉教者』出版前後の反ジェズイット書を見るとほとんどがジェズイットの「王殺し」に言
及しているのである[51]。つまり「暴君殺し」が「王殺し」へと変化しているのである。

7－5　むすび

　『偽殉教者』におけるダンのマリアナへの注から論を展開してきた。ダンの注をマリア
ナの原著と照らし合わせてみると実際はマリアナが言っていることとダンの解釈は一致し
ない。ダンはマリアナを「王殺し」論者としてしまったが、それはジェームズ一世を初め
他の読者にいかにマリアナを初めとするジェズイットがイギリスにとって危機な存在であ
るかを知らせるためであった。ジェズイットが自らの生命をも奪う可能性のあることをジ
ェームズ一世は知っていた。だからジェームズ一世は『自由王国の真の法』(1598, 1603)
や『忠誠の誓い弁護』(1607)その他で王権神授説に執着し、王の神聖を訴え、民衆の王へ
の優位を否定し、自らを擁護したのである。「王は神と呼ばれる[52]」とジェームズ一世は
言うが、現世における神の代理人たる王への反逆、王権害は決して容認できない。ジェーム
ズ一世にもダンにもイギリスを混乱に陥れているジェズイットへの強い嫌悪・反感があっ
た。そしてジェームズ一世を擁護すべく、ダンは自らのマリアナ解釈が「誤読」であるこ
とを知りつつも「王殺し論者」としてのマリアナを『偽殉教者』で取り上げた。特に注目
したいのは，ジェズイットの権力譲渡説に対する王権の神聖、王への絶対服従であり，ダ
ンはジェームズ一世同様ジェズイットの反王権説へは明確に異を唱えている。ダンの王権
論、それはまたジェームズ一世の王権論でもあるが、それはジェズイットの王権論と真っ
向から衝突し、王（暴君）殺害というジェズイットの理論はどうしても受け入れ難くなっ
てくる。もっともダンは，ジェームズ一世同様マリアナの「暴君殺し」を「王殺し」と
誤解した当時の一般的なマリアナ観に意図的に従ったのであるが。そしてダンの反ジェズ
イットの態度が一段とその激しさを増すのは『偽殉教者』の翌年，1611 年に出版された『イ
グナティウスの秘密会議』である。そこでダンはジェズイットを風刺、攻撃し、ジェズイ
ットの「反王権」「王殺し」を特にその風刺の対象にした。
　これまでジェズイットの王殺し理論をマリアナのなかに見，それが「王殺し」ではなく
「暴君殺し」であることを論じた。ジェズイットの「暴君殺し」はヨーロッパ君主を震撼さ

119

せた理論であったが、それを端的に述べたのはマリアナの『王と王の教育について』であった。なぜダンはマリアナを「誤解」したか、その背後にはマリアナ等のジェズイットの「王殺し」理論と実践があったからである。

注

(1) 本論の骨子は第 74 回日本英文学会（2002 年 5 月 25 日：北星学園大学）での口頭発表に基づいている。

(2) Mariana の原著は、Juan de Mariana, *De rege et regis institutione* Libri III (Toledo, 1599)である。本論では次の英訳を使用する。Juan de Mariana, *The King and the Education of a King*, trans. G. A. Moore (Washington D. C.: The Country Press, 1948)。なお *De rege et regis institutione* 第一巻の第 4 章から 6 章までには『編訳・監修 上智大学中世思想研究所『中世思想原典集成』20 近世のスコラ学（平凡社：2000 年）』の pp. 610-643 に日本語訳があり、本論ではそれを参照した。

(3) John Donne, *Pseudo-Martyr* ed. Anthony Raspa (Montreal & Kingston・London・Buffalo: McGill-Queen's University Press, 1993), p. 116. この他にも Francis Jacques Sypher の序文つきの facsmile reproduction があり、それも参照した。John Donne, *Pseudo-Martyr* (Delmar, New York: Scholar's Facsmiles & Reprints, 1974).

(4) Mariana, p. 154.

(5) Ibid., p. 155.

(6) Juan de Mariana, *De rege et regis institutione* Libri III (Toledo, 1599) Re. ed. Scientia Verlag Aalen (1969), p. 80.

(7) Mariana, p. 155.

(8) Ibid., p, 154.

(9) ダンは『偽殉教者』の 1 年後に書かれた『イグナティウスの秘密会議』でマリアナに触れて、"...it was lawfull for Mariana to depart from the Councel of Constance..." (John Donne, *Ignatius His Conclave* ed. T. S. Healy S. J. [Oxford: At the Clarendon Press, 1969] , p. 51)と書いている。コンスタンス会議では王殺害が禁止されたが、マリアナはその決定に従わなかったので王殺し論者と見なされている。

(10) Charles Howard McIlwain, *The Political Works of James I* (New York: Russell & Russell, 1963), 248. ジェームズ一世の著作については他にも *Political writings: King James VI and I* ed. Johann P. Sommerville (Cambridge University Press, 1994) と *King James VI and I: Selected Writings* ed. Neil Rhodes, Jennifer Richards and Joseph Marshall (Hants, England and Burlington, USA, 2003) があり、それぞれ参考にした。

(11) Op. cit.

(12) Ibid., p. 85.

(13) Ibid., p. 177.

(14) Ibid., p. 247.

(15) Ibid., pp. 18-9 や pp. 277-8 参照。その他にも"tyrant," "tyranny," "tyrannicide," "regicide," "parricide" のような語はジェームズ一世の著作に頻出している。McIlwain, p. 353 を参照。

(16) Mariana, p. 156.

(17) Ibid., p.136.

(18) Op. cit.

(19) Mariana, p. 127.

(20) Ibid., p. 135.

(21) Ibid., p. 139.

(22) Ibid., p. 135.

(23) Ibid., p. 136.

(24) Op. cit.

(25) Ibid., p. 136.

(26) Ibid., p. 165. なお第9章のタイトルは "The prince is not free from the laws" である。

(27) Ibid., p. 135.

(28) Ibid., p. 135.

(29) Ibid., p. 139.

(30) Ibid., p. 148.

(31) Ibid., p. 143.

(32) Ibid., p. 144.

(33) Ibid., p. 144.

(34) Ibid., p. 146.

(35) Ibid., p. 142.

(36) Ibid., p. 149.

(37) Ibid., p. 147.

(38) A. C. Bald, *John Donne: A Life* (Oxford: At the Clarendon Press, 1970), pp. 201-2.

(39) McIlwain, lix.

(40) Ibid., p. 62.

(41) Ibid., p. 57. ジェームズ一世は 1610 年 3 月 21 日の国会演説で王による法の遵守について述べているが、これについてサマヴィルは次のように言っている。"If God's law of nature gave the king sovereign power, and human laws were valid only inasmuch as they cohered with divine law, it followed that there could be no valid law against absolute monarchy." (J. P. Sommerville, *Politics and Ideology* [London and New York: Longman, 1986] ,

121

p. 133.) ジェームズ一世にとって王権はあくまでも神に由来する。

(42) 上記註（15）参照。

(43) McIlwain, p. 62.

(44) Ibid., xlix.

(45) Sommerville, p. 198.

(46) ダンのジェームズ一世擁護の姿勢は，たとえば，カトリック教側の神学者ですら王の支配権や君主制は神に由来し，神や自然法によるものであり，国家とか人間には由来しないという主張にも見られる (Raspa, p. 130.)。そこではジェズイットの権力譲渡説、王の支配権が人間には由来せず，神聖なものであることを示している．また，神は，神が直接吹きこんだ権力に従うように人間の本性と理性に直接刻みこんだとも言っている (Raspa, p. 131.)。同じようにダンは，ジェズイットの民衆優位の説に対して次のように言う。"*Regall* authority is not therefore deriued from men, so, as at that certaine men haue lighted a King at their Candle, or transferr'd certaine *Degrees of Iurisdiction* into him: and therefore it is a cloudie and muddie   search, to offer to trace to the first root of *Iurisdiction*, since it growes not in man." (Raspa, p. 132)

ダンは、王の支配権は人間に由来するのではないこと，また，王権が王に譲渡されたことを否定し，更には王権の由来をたどることは「不明瞭な，曖昧な探究」ですらあると言っている。これはジェームズ王が，王権の神秘，国家の秘密は論じるべきではないと 1616 年の演説で述べたことと符号する (McIlwain, p. 333)。王権の根源がどこにあるかは理解を越えるが，君主への服従は「自然」と「聖書」からも十分に立証される。

(47) Op. cit.

(48) William Watson, *A decacordon of ten quodlibeticall question, concerning religion and state wherein the author framing himselfe [sic]a quilibet to euery quodlibet, decides an hundred crosse interrogatorie doubts* (1602), The Ninth Generall Qvodlibet of Plots by Succession を参照

(49) Pierre Cotton, *Anti-Coton, or a refutation of Cottons Letter for the apologizing of the Jesuites* trans. G. H[akewill?] (London, 1611), pp. 1-33.

(50) *The Jesuits Downefall* (Oxford, 1612) , p. 32 の第 13 番命題。

(51) 例えば *The Parricide Papist, or Cut-throat Catholicke* (London, 1606), Alexander Chapman, *Iesuitisme Described Under the Name of Babylons Policy* (London, 1610), Antoine Arnauld, *The Arrainement of the Societie of Iesuites in Fraunce* (London, 1594) 等である。日本では将棋面貴巳『反「暴君」の思想史』（東京：平凡社、2002 年）があるが、マリアナは論じられていない。なお、「暴君」論に関しては O. Jaszi and J. D. Lewis, *Against the Tyrant* (Illinois: The Free Press, 1957) や Franklin L. Ford, *Political Murder: From Tyrannicide to Terrorism* (Harvard University Press, 1985) がある。

(52) McIlwain, p. 54.

第 8 章　*Ratio* から *Sapientia* へ　―ジョン・ダンの理性と信仰をめぐって―

8-1　はじめに

　ダンの初期の 1590 年代の詩の中でよく知られている詩に 'Satire III'（『風刺詩』第三番）がある。この詩は原稿によって 'Of Religion' や 'Upon Religion' のタイトルがつけられていることからも明らかなように，若かりしダンが真の宗教とは何かを問い，自信に満ちた，力強い調子で真の宗教探究に真っ向から取り組んだものである。そのよく知られた一節でダンは熱心な，飽くなき努力によっていかなる障害があろうとも真理―宗教上の真理―は得られると次のように言っている。

> on a huge hill,
> Cragged, and steep, Truth stands, and hee that will
> Reach her, about must, and about must goe;
> And what the hills suddenness resists, winne so;
> Yet strive so, that before age, deaths twilight,
> Thy soule rest, for none can worke in that night.
>
> (11. 79-84)

そしてためらうことなく直ちに真理を見つけるために行動せよと述べ，精神の努力によっては難しい知識も獲得でき，宗教上の諸神秘ですらも太陽のごとくまぶしいが理解不可能ではないと言う。たとえ精神が獲得できない宗教上の真理があるとしてもそのために我々は真理の探究を止めることはできない。なぜならば真理は真理として厳然と存在し，我々はそれに向かって進むことができるからである。

> To will, implyes delay, therefore now doe.
> Hard deeds, the bodies paines; hard knowledge too
> The mindes indeavours reach, and mysteries
> Are like the Sunne, dazling, yet plaine to'all eyes;
>
> (11. 85-88)

作品全体にみなぎる真理に立ち向かう若々しい熱情，迷いを知らない自信に満ちたダンの態度は我々に貪欲とも言えるほどの「人間の学問と言葉への水腫症的な際限のない欲求」（an Hydroptique immoderate desire for humane learning and languages）に燃えていた 1590 年代のダンの姿を彷彿させる。 20 代前半のダンにとっては宗教の真理，神秘と言えども知識即ち理性の力によって獲得されうるものであった。『風刺詩』第三番同様山頂に

そびえる宗教の真理が自然理性によって獲得されるか否かをダンは1627年5月の説教で扱い，以下のような興味深い一節を述べている。

> Then when *Abraham* went up to the great sacrifice of his son, heleft his servants, and his Asse below: Though our naturall reason, and humane Arts, serve to carry us to the hill, to the entrance ofthe mysteries of Religion, yet to possess us of the hill it selfe, andto come to such a knowledge of the mysteries of Religion, as must saveus, we must leave our naturall reason, and humane Arts at the bottome of the hill, and climb up only by the light, and strength of faith. (VIII: 54.)

宗教の神秘は山頂にそびえ，その山の入り口までは理性でも行けるが，我々の救済に必要な宗教の神秘を知るために山頂に行くにはもはや理性ではどうにもならず，信仰という光と力に頼らなければならない。1627年と言えばダンが55才の時で，この年にダンの親密な二人の女性—ベドフォード伯爵夫人ルーシィ（Lucy, Countess of Bedford）とマグダレン・ハーバート（Magdalen Herbert）—がなくなり，また娘のルーシィをもなくしており，ダンにとってはことのほか失意のどん底にあった時期であった。それにしても『風刺詩』第三番と説教との間には宗教に対していかに異なった態度が見られることであろうか。『風刺詩』第三番で見た邁進する努力には不可能なものは何も存在せず，宗教上の諸神秘さえも人間の理性で獲得できるといった自信に満ちたダンの姿はこの説教では消え，理性を捨てて，信仰による以外に宗教の本質は得られないと言う。この見解の相違はダンにあっては何を物語っているのであろうか。宗教の諸神秘が理性ではどうすることもできないということがわかり，あえて理性崇拝を捨てて，信仰との妥協の中に解決策を見いだそうとした一歩後退した姿であろうか。1590年代のダンと1627年のダンとの間に何が生じたのか。ダンは果たして理性を捨てて，徹底した反知性主義・信仰主義者の姿勢をとることによって宗教上の問題点を解決したのであろうか。本論の目的はダンの1590年代の作品から後期の説教を通してダンの理性と信仰の変遷をたどり，理性と信仰に対するダンの態度を明確にすることにあるが，ダンは理性を捨て去ることはせず，徐々に信仰の重要性を認識し始め，理性と信仰の調和のなかに彼独自の理性・信仰観を見い出すようになったことを論じていきたい。

8－2　『連祷』と理性

初期のダンには著しい知性主義の姿勢が見られ，少しの迷いも感じさせないほどの強靭な論理が初期の作品を特徴づけていることは以後のダンを考えるとき決して看過することのできない重要な点である。知性への欲求が若者特有の特徴であるとはいえ，初期の『風

刺詩』（Satires），『エレジィー』（Elegies），『唄とソネット』（Songs and Sonets），『書簡詩』（Verse letters）等に見られるダン独特なロジックによる証明，説得による詩の展開に我々は注目しなければならない。これらの詩のなかで宗教的な問題を扱ったものは上に引用した『風刺詩』第三番以外はほとんどない。『風刺詩』第三番ではすでに見たように宗教上の神秘ですら人間の飽くなき力によって獲得されるものであった。1590 年代の初期のダンの作品のなかで唯一宗教を論じている点でこの『風刺詩』第三番は注目に値する作品であるが，そこでは理性に対する疑いは見られず，ダンは信仰には無縁の 'a natural man' のような様相を呈している。しかし，ダンが 'secular' から 'sacred' な時代へと移っていき，本格的に宗教的テーマを扱う詩を書くようになるとそのような知性主義の姿勢に影が差し込んでくる。その最初が『連祷』（Litanie）(1608) である。神の恩寵にすがり，罪の汚れからの再生をうたうこの詩では「青年時代のうぬぼれと情欲の炎」(youths fires, of pride and lust) (1. 23) にさいなまれるダンが自己の虚栄や理性を捨て，信仰によって神にすがろうとする意識的な姿勢が著しい。例えば，三位一体については次のように言う。

> O Blessed glorious Trinity,
> Bones to Philosophy, but, milke to faith... (11.28-29)

三位一体は哲学（理性）にとっては骨のごとく固く歯が立たないが，信仰にとってはミルクのごとくたやすく飲み込まれ，滋養となりうると述べ，三位一体のような神秘を理性よりは信仰の対象と見なしている。また理性を使いしすぎると信仰の光は消滅する可能性があると述べる。

> Let not my minde be blinder by more light
> Nor Faith by Reason added, lose her sight. (11.62-3)

あるいは過度の知識のための知識を求める好奇心（my excesse/In seeking secrets and Poetiquenesse）(11.71-2) が消え去ることを願ったり，ダンは幾度も自己に潜む理性が表に出てくるのを押さえつけようとする。理性や機知によって神を論じることが神への接近よりは逆に神からの離反を意味することを十分に意識していながらもなおダンは理性の誘惑から逃れることができない。神への必死な訴えを通してそのようなジレンマからの脱出を試みているダンの姿が『連祷』には見られるのである。次の一節では機知を発揮して信心深くなるように心が動かされることから救ってくれるよう神に訴えている。

> When wee are mov'd to seeme religious
> Only to vent wit, Lord deliver us. (11.188-9)

あるいは好奇心から宗教を論じたり，好奇心によって影響されることがあってはならないとも言う。好奇心は虚栄に通じ，後年ダンが特に説教では厳しく批判している点である。

> From being spies, or to spies pervious,
> From thirst, or scorne of fame, deliver us. (11. 152-3)

ダンは，しかし，決して理性を否定するのではない。ダンにあっては理性はもともと神へ向けられるべきものである。ところが我々は理性を神とは無関係に単なる理性のための理性として使用したがる。次の一節では知識は神の大使であり，「高尚なる善—神」を知るべく本来生まれた理性が自然のつまらない事に係わることがあってはならないと言う。

> That learning, thine [God's] Ambassador,
> From thine Allegeance wee never tempt,
> That beauty, paradises flower
> For physicke made, from poison be exempt,
> That wit, borne apt, high good to doe,
> By dwelling lazily
> On Natures nothing, be not nothing too,
> That our affections kill us not, nor dye,
> Hear us, weake echoes, O thou eare, and cry. (11. 235-243)

ダンは人間の理性を神に由来する神的な性質をもつものとしてみなし，決して否定的には見ない。我々にあっては理性は消し去ることのできない生得の能力である。ただそれをいかにして使用するかが問題で，好奇心から理性を使用する場合もあるし，敬虔に宗教的な問題に向ける人もいる。つまり理性が単なる「知識」として終わるか「英知」として終わるかによって理性も異なる様相を呈してくる。ダンは前者で終わる人を「自然人」（a natural man）と呼び，後者で終わる人を「再生した人」（a regenerarate man）と呼ぶ。両者を分けるのは理性だけかそれとも理性と合体した信仰である。これまで見てきた『連祷』では自己のなかに頑迷に潜む理性をいかにして神へと向けるかがダンの大きな関心事であった。理性の誘惑に抵抗する一方でまた理性を完全には捨てきれないでいる。理性と信仰のはざまで微妙に揺れ動くダンの姿を見ると自己を完全に神へと明け渡すことがダンには可能であったのかという疑問が出てくる。理性によって神を論じることには当然のことながら限界がある。その限界を超えていくのが信仰なのであろう。ダンには終始限界性のある理性とそれを補う信仰という問題がつきまとっていた。我々は理性をいかようにも使用できるが，真のキリスト教徒として生きるためには単なる「知識」では不十分で「英知」を身につけなければならないことをダンは徐々に理解し始めるのである。「英知」を身につ

けることによって人は「自然人」から「キリスト教徒」となることができる。理性と信仰は絶えず相争っており，両者は常に相手をおさえつけようとしている。ダンのような自我の強い人間にあっては最初は理性が主流を占め，次に信仰が理性の不完全性を補助することになる。ダンの初期から後期への軌跡は言わばいかにして理性を「英知」へと向けるかにある。『連祷』において見られるこのような理性と信仰の葛藤は他の詩にも見られる。キリストの生誕から磔刑，復活，昇天をうたった『冠』(*La Corona*)(1607 年)は，各ソネットの最終行が次のソネットの最初の行を成し，最後のソネットの最終行が最初のソネットの一行目に来て，全体として「冠」— 円環—を成すという構造であるが，概して機知と知性が目立つ一方，個人的な緊迫感に欠けるところがあり，'religious exercise' と評する人もいるほどの詩である。知的な人為性が顕著であるとは言え「人間の力を超える奇跡」(miracles exceeding power of man) (1. 56)を信仰で受け入れようとするダンの姿を我々は見ることができる。例えば寺院でのキリスト発見を扱った第四ソネットで，ダンはキリストの父のヨゼフに話しかけるが，人間の形をした神，キリストと比べるといかに人間の知識がささいなものであるかを次のように言う。

> Joseph turn back; see where your child doth sit,
> Blowing, yea blowing out those sparks of wit,
> Which himself on the Doctors did bestow. (11.44-6)

幼いキリストが博士達を悩ますほどの質問をする姿はまさに「人間の力を超えた奇跡」であるが，キリスト＝神の知識と比べ人間の知識はいかに些細なものであるかを示している。そしてダンはその「奇跡」を何ら疑うことなく受け入れている。　『連禱』や『冠』ではまだ意識的に宗教へと眼を向けようとするダンの姿が特徴的であり，神の前での一人の敬けんなキリスト教としての神との個人的な真剣な葛藤は見られない。しかし，これらの詩では何とかして理性を神へと向け，より真摯な信仰によって神への接近を試みるダンの姿が著しい。他の宗教詩でも理性と信仰との間を揺れ動くダンの姿が見られる。'cross' を様々なもののなかに見ようとする 'The Crosse'，墓が非金属を金属へと変える錬金術のランビキ（limbeck）であるとの奇想を主に展開する 'Ressurection, imperfect'，キリストの誕生と死が同一日にあたったことをパラドキシカルに扱った 'Upon the Annunciation and Passion falling upon one day, 1608'，あるいは 'Good Friday, 1613. Riding Westward'。これらの詩では機知，奇想，パラドックスを軸に詩が展開するが，最後にはより感情的な，より想像的な神との対話を行い，それまでの強靭な論理性に揺らぎが生じてくる。特に 'Good Friday, 1613. Riding Westward' では本来ダンは東のゴルゴタの丘のキリストに眼を向けるべきなのに 'Pleasure' と 'businesse' のために反対側の西に向かっている。しかし，それでもダンの 'memory' は十字架上のキリストの姿を忘れることができず，キリストへと向かざるをえない。「楽しみ」や「仕事」は世俗の世界を表し，その世界に引か

れてダンは西へと向かう。　しかし，いかに俗界が魅力に富もうとも十字架上のキリストを忘れさせることはできない。キリストの「慈悲」や「恩寵」なくしてダンの救済はありえない。俗の世界に留まる限りキリストの神秘を理解することはできない。

> I turne my back to thee [Christ], but to receive
> Corrections, till thy mercies bid thee leave.
> O thinke me worth thine anger, punish me,
> Burne off my rusts, and my deformity,
> Restore thine Image, so much, by thy grace,
> That thou may'st know me, and I'll turne my face.　(ll. 37-42)

理性は世俗的な事柄に，信仰は霊的な事柄に係わる。馬上のダンは東，つまり永遠なる生命，信仰に背を向け，西，俗界，理性の世界へと踏み込もうとしている。東か西かの間で揺れ動くダンは，しかし，最後には西から東へと眼を転じる。これは最終的な信仰の勝利を意味していよう。　このような世俗的世界から霊的世界，理性の世界から信仰の世界への移行は例えば 'A Hymne to Christ, at the Authors last going into Germany' にも容易に見られるものである。この詩ではダンはイギリスを後にしドイツへと向かうが，それまでの世俗的な生活に別れを告げて，'th'Eternall root of true Love' (l. 14) を求めてドイツへと出発する。

> Marry those loves, which in youth scattered bee
> On Fame, Wit, Hopes (false mistresses) to thee.
> Churches are best for Prayer, that have least light:
> To see God only, I goe out of sight:
> And to scape stormy dayes, I chuse an Everlasting night. (ll. 24-28)

「偽りの恋人」である「名声」「機知」「俗的な野心」から「真の恋人」であるキリストを求めての展開がダンの宗教詩の特徴の一つであるが，世俗的な女性を口説くために使ったであろう機知を今度は神へと向けようとしている。決して機知を捨て去ることはしない。否定されるのは機知のための機知である。ダンには常に聖と俗，肉と霊，理性と信仰との対立があり，最後まで両者の調和を目指していたことがわかる。　'Hymne to God my God, in my sicknesse' でも感覚や証明へ関心を示す 'Physitians' とそのような事実の世界を超えて霊の世界を目指すダンとの対立が見られる。ダンは科学的，実証的，感覚的な精神に背を向けていながら，病床のベッドに横たわる自らの姿を地図とみなし，地図の西と東の両極端が地球儀のごとくまるくすれば出会うように，死（西）と復活（東）は出会うと述べ，死への恐怖を取り除こうとする。

I joy, that in these straits, I see my West;

For, though theire currants yeeld returne to none,

What shall my West hurt me? As West and East

In all flatt Maps (and I am one) are one,

So death doth touch the Resurrection. (ll. 11-15)

事実，経験，感覚，実証の世界，言わば理性の世界よりも霊の世界，信仰の世界へと進も
うとするダンが自らを地図であるとの奇想を駆使した機知に富む詩を書いていることはパ
ラドクシカルであるが，裏を帰せば死や復活といったキリスト教の本質を描くにあたって
もダンは理性に頼らなければならなかったことを示唆している。キリストは生きるために
死を自ら選んだこと，キリストの死は生であるということ自体が一種のパラドックスであ
り，そのようなパラドックスを扱うには詩人もまたパラドクシカルにならざるをえない。
同様なことは自分の名前 'Donne' と 'done' の地口 (pun) をリフレーンとして使用した
'A Hymne to God the Father' についても言えよう。'When thou [God] hast done, thou
hast not done, For I have more.' を第1，第2スタンザの，'And, having done that,
Thou haste done, I have no more.' を第3スタンザのそれぞれ最終2行に組込み，詩人
の死に際して神の息子（Son－Sun）の恩寵の光によって救済への信仰なくして死ぬことの
恐怖が消えるとうたっているが，詩人の死と神の救済という非常に緊迫した問題を扱いな
がらも，ダンは地口を使用して，論理的に詩を構成せざるをえない。ダンは自らの死とキ
リストの死，復活へ大きな関心を示し，徐々に個人的な感情的な強い情熱をキリストへ注
ぐが，それでも機知，奇想，ロジックに依存せざるをえない。そのために神とダンとのあ
いだには絶えずわざとらしい芝居がかった感情の刺激が目立ち，ダンが言葉を発すれば発
するほど，読む者に冷ややかな溝をつくることになる。これは 'secular' な詩を代表す
る『唄とソネット』についても言えることで，女性との愛を論理的に扱うこと以外にダン
は恋愛詩を書けず，そのためにダンは女性との愛をうたう代わりに愛を論じているという
印象を与えているのである。ダンにはこのように理性を捨てて信仰にすがりたいという欲
求がある一方，またその理性をどうしてもかなぐり捨てることができなというジレンマを
示す。この葛藤はダンには終生つきまとうが，完全に捨て切れない理性をいかに扱うか，
いかにその問題に解決を見いだすかは後期の説教を待たねばならないが，理性と信仰への
そのような相矛盾したダンの姿を他の詩にも見てみたい。

8-3 理性と信仰

　ダンは多くの友人や支援者にあてて書簡詩（Verse letters）を書いているが，その一つ
にベドフォード伯爵夫人ルーシー（the Countess of Bedford, Lucy）に書いた書簡詩があ

る。これらの詩はいささかお世辞的な感が強いが，ダンは次のようにルーシーを神格化する。

> Resaon is our Soules left hand, Faith her right,
> By these wee reach divinity, that's you;
> Their loves, who have the blessings of your sight,
> Grew from their reason, mine from faire faith grew. (11.1-4)

理性は魂の左手，信仰は右手と定義し，この両者によってルーシーの神性に到達するという。　西洋における左と右のどちらが優位を占めるかを考えれば，ダンは信仰を理性よりも重視していることが容易に理解できよう。　3-4 行で理性に頼ってルーシーを見る人と信仰によってルーシーを見るダン自身の違いに触れるが，理性による人は単にルーシーの外見上の美しさに眼を奪われるだけであるが，信仰によるダンのルーシーへの愛情はより内面的な，精神的なものである。理性と信仰の優劣はありながらも，しかし，ダンは決して信仰だけでルーシーの神性に到達しようというのではない。あくまでも理性と信仰は相補うことによってルーシーの神性を把握するのである。次の一節では左手―理性―に一方的に頼ることは 'ungracious' であるが，しかし，それでも左手なしで済ますことはできない。そしてすでにルーシーの神性を信じているのだが，ダンは自らの信仰を明確にするためにその神性を理解すると言う。

> But as although a squint lefthandednesse
> Be'ungracious, yet we cannot want that hand,
> So would I, not to encrease, but to'expresse
> My faith, as I beleeve, so understand. (11.5-8)

ルーシーという女性の神のごとき人間への誇張した賛辞ではあるが，理性と信仰によって神へ到達するという考えは以後のダンの根幹を形成していくことになる。理性と信仰は互いに相手を排斥することによって自身の存在を確認するのではない。互いを排斥することよりも両者の調和がダンの目指すところである。この見解はまた信仰のみといった極端な清教徒主義へのダンの反発をも示しているだろうが，ダンにとってはルーシーという女性を理解するためには理性は決して捨て去るべきものではなく，むしろ信仰を助けていくものなのである。おなじルーシーへの別の書簡詩（'Honour is so sublime perfection'）では理性と宗教との関係について次のように言っている。

> Discretion is a wisemans soule, and so
> Religion is a Christians, and you know

How these are one; her yea, is not her no. (11.40-42)

‘discretion’ は広義には理性を意味し，‘religion’ は信仰であろうが，両者は一つ
で，互いに反目しあうのではなく，結局は同じことを言うのだと言う。そして理性と信仰
は本来は一体化しているのであって，両者を一つにしたり，信仰よりも理性を重視したり
理性なしで信仰だけであったりすることによって両者の関係を破壊することがあってはな
らない。理性は単に信仰を援助するのではなく，信仰の一部であるとさえ言う。

Nor may we hope to solder still and knit
These two, and dare to breake them; nor must wit
Be collegue to religion, but be it. (11.43-5)

知性（wit）は宗教であるというダンはここでも理性なしで宗教を考えてはいない。極端な
ピューリタニズムとカトリック教の中道を歩むアングリカンとしてのダンの一面が窺われ
る一節であるが，ダンは信仰のみとか理性のみとかの道を歩むことはしない。ダンは 'To Sr.
Edward Herbert. At Julyers' (1610 年) のなかで 'Man is a lumpe, where all beasts kneaded
bee/Wisdome makes him an Arke where all agree'; (11.1-2) と述べている。人間は土の
固まりでそこでは様々な人間の欲望がひしめきあっているのが現状であるが，その欲望を
抑制するのが「英知」(wisdome) であるという。この「英知」によって人間は土の固まりから
種々の動物が相争うこともなく乗りこんだノアの箱船のようにもなれるのである。この「英
知」こそ理性と信仰が均衡をとっている状体にすぎず，以後ダンは「英知」を求め続ける
ことになる。ダンは初期の知性主義から次第に反知性主義へ移行していくと言ったのはブ
レドヴォルド (Bredvold) であり (13)，この考えはダン研究において大きな影響を及ぼしてき
たが，決してダンは反知性主義の態度は取らない。ダンは理性を振り払いたくとも振り払
うことができず，終始理性から逃げることができない。理性を完全に捨て切れないダンに
はまたヒューマニストとしてのダンの姿と 17 世紀のイギリス及び西欧の時代の趨勢が色濃
く反映されている。ダンの宗教詩の中で神との葛藤を描き，神への愛の中に救いを見い出
す『聖なるソネット』(Holy Sonnets) にも当然のことながら理性と信仰が微妙に錯綜して
いる。

8-4 『聖なるソネット』における理性と信仰

『聖なるソネット』に一貫して流れているのは神への救いの希望と神から見捨てられる
絶望の間で揺れ動くダンの姿であろう。過去の罪を悔い，必死に神の愛にすがり，心の平
安を願うダンの姿はその個人的な直接的な激しい神への訴えを通して緊迫した雰囲気をか
もしだしている。 これらのソネットでも，しかし，強い自我が神との対話を試み，神がダ

131

ンの要求を満たさざるをえない状況を神へのたたみかける問いによって作りあげるのである。ダンは神の前での無力な人間の姿を描くが，しかし，また人間の理性をも忘れることはしない。『聖なるソネット』第1番では詩人の再生には自らの力ではどうする術もなく，神の恩寵が不可欠であると言う。

> Except thou [God] rise and for thine owne worke fight,
> Oh I shall soone despaire, when I doe see
> That thou lov'st mankind well, yet wilt'not chuse me,
> And Satan hates mee, yet is loth to lose mee. (Holy Sonnet 1: 11.11-4)

ダンは神によって作られた「作品」であるが，その作品に対して神が立ち上がらなければダンは悪魔の手に落ちることになる。ダンは自らの力ではこの苦境から逃れることはできない。 救い出してくれるのは神である。あるいは罪で汚れた魂が死に際して悔い改めを願うが，悔い改めに必要な恩寵もまた神によってしか与えられないのである。

> Yet grace, if thou repent, thou canst not lacke,
> But who shall give thee that grace to beginne?
> (Holy Sonnet 2: 11.9-10)

人間の神への全面的な依存，腐敗，堕落した人間には悔い改める能力もない。ただひたすら神が手を差し伸ばすのを待つしかない。更に『聖なるソネット』第3番では死や最後の審判，死後の永世についての恐れや疑念を扱うが，次の一節を見る。

> Impute me righteous, thus purg'd of evil,
> For thus I leave the world, the flesh, and devil.
> (Holy Sonnet 3:11.13-4)

我々が義となるのは我々の善行によるのではない。我々の魂は悔い改めによって罪から除かれるが罪人であることにはかわりなく，魂は義とはならない。義となるのはキリストの身代わりによるのである。また罪が余りにも多くて最後の審判で神の恩寵を請い願うには遅すぎるので今悔い改めの方法を教えてくれるようにと神に懇願する。

> 'Tis late to aske for abundance for thy grace,
> When wee are there; here on this lowly ground,
> Teach me how to repent; for that's as good
> As if thou'hadst seal'd my pardon, with thy blood.

(Holy Sonnet 4: ll. 11-4)

悔い改める方法すらダンは知らず，ひたすら神を待つばかりである。悔い改めによって神
の恩寵が与えられ，キリストの血がダンにも適応されることを知る。悔い改めの方法を知
ることによってダンは最後の審判への恐怖を取り除き，救済を確信するに至る。これらの
詩ではまだダンと神との間には深い距離があり，ダンは主体的に救いのためには何も行う
ことができない。神の恩寵は我々の善行への報いとして我々に与えられるとするのはカト
リック教であるが，ダンはここでは反カトリックの態度を示している。無力な人間が神の
前では何もなすことができず，ただ神の恩寵を待つというのが『聖なるソネット』のパタ
ーンの一つとなっている。神が詩人の罪を忘れてくれることを慈悲として考えたいと述べ
た第5番でも神の慈悲に頼る以外に方法はない。

> That thou remember them [the speaker's sins], some claime as debt,
> I think it mercy, if thou wilt foerget.
>
> (Holy Sonnet 5: ll. 13-4)

また「死よおごるるなかれ」で始まるソネット6番では死は恐れるに値しないと12行目ま
で神に依存することなく「自然人」のごとく進むが，最後の2行に至って詩人の死への恐
怖は結局はキリストによって取り除かれる。一瞬の死という眠りの後，人は永遠の生命を
得て，復活するのである。それまでの理性が信仰によってとって代わられる。

> One short sleepe past, wee wake eternally,
> And death shall be no more, Death thou shalt die.
>
> (Holy Sonnet 6: ll. 13-4)

6番と同じように最終2行に至って罪深い人間のために死んだキリストが登場することによ
ってそれまでの非キリスト教的なトーンが一変する8番でも前半の「自然人」的な詩人は
人間の罪を背負って自ら死を選んだキリストへもはや理性を注ぐことはできなくなり，そ
こには信仰しか働かせることができない。

> But their Creator, whom sin, nor nature tyed,
> For us, his Creatures, and his foes, hath dyed.
>
> (Holy Sonnet 8: ll. 13-4)

あるいは神の敵サタンにとらわれている詩人がサタンからの切り離しを神に願う第10番で
次のように言う。

Yet dearly'I love you, and would be lov'd faine,

But betroth'd unto your enemie,

Divorce mee,'untie, or breake that knot againe,

Take mee to you, imprison mee, for I

Except you'enthrall mee, never shall be free,

Noe ever chast, except you ravish mee.

(Holy Sonnet 10: ll.9-14)

サタンの手中にある詩人は神を愛したいし愛されたいが，サタンのもとにあっては何もすることができない。ただ神に願うのはサタンから我が身を断ち切ってもらうことだけであり，そうすることによってのみ詩人は苦境から脱することができる。神によってレイプされなければ純潔にはなれないとダンらしいパラドックスをも使用するが，ここでもダンは全く受動的でひたすら神の行動を願うだけである。1635 年追補の『聖なるソネット』第1番でも神の許しを得て天上を仰ぎ見るとき立ち上がると言う。

Onely thou art above, and when towards thee

By thy leave I can looke, I rise againe; (ll.9-10)

しかし，サタンが詩人を誘惑しづけ，神の助けがなければ一時間も自らを支えることはできない。神の助けは恩寵にほかならず，恩寵はサタンの手管に先んずるために翼を与えることができるのである。

But our old subtle foe so tempteth me,

That not one houre I can my selfe sustaine;

Thy Grace may wing me to prevent his art

And thou like Adamant draw mine iron heart. (ll.11-4)

サタンの誘惑から逃れる方法は結局神の恩寵による以外はない。ひたすら神の恩寵を願うダンに自ら成し得るものはない。あるいは詩人の心を汚してきた俗世の情欲と妬みを神を思う熱情で焼き尽くしてほしいと願って，次のように言う。

But oh it [the speaker's world] must burnt; alas the fire

Of lust and envie have burnt it heretofore,

And made it fouler; Let their flames retire,

And burne me o Lord, with a fiery zeale

Of thee and thy house, which doth in eating heal.

(Holy Sonnet added in 1635, 2: ll.10-4)

　情欲と妬みに支配された詩人は，新たに生まれ変わって神と神の館を思い始めたがっている。 そしてその思いによって詩人は自分の心を神によって占拠してもらいたいのである。しかし，詩人は自らの力で情欲と妬みの炎を消し去ることはできない。詩人はその準備ができていても主導権は神にあり，神に懇願せざるをえないほど無力な人間である。このように『聖なるソネット』では人間の神の前での無力さ，倭小さと罪深い一人の人間の神の愛，神の恩寵を願う姿が描かれる。一人の人間が神の恩寵を請い願うときにはもはや理性は不必要になる。ただ神を思う信仰だけがその人間の支えとなるが，しかし，『聖なるソネット』に見られるのは神に全面的に服従する詩人の無力な姿だけではない。マロッティ（Arthur F. Marotti） も言うように[15]，確かに『聖なるソネット』には「主張」と「服従」との間に自我の葛藤があり，神に従順に従おうとするダンの意志とダンの神へ逆らい，自己の力を完全に否定しきれない二つのヴェクトルが相桔抗しあっている。このようなパターンは『聖なるソネット』第 1 番に見られる。多くの資格によって詩人は神のものであることを主張するこの詩でダンは自らが神によって神のために作られたこと，キリストのあがない，息子，下僕，神の羊，神の似姿，聖霊の住む神殿であることを主張する。それなのになぜサタンが詩人を奪うのか，ダンには理解できない。

> As due by many titles I resigne
> My selfe to thee, O God, first I was made
> By thee, and for thee, and when I was decay'd
> Thy blood bought that, the which before was thine,
> I am thy sonne, made with thy selfe to shine,
> Thy servant, whose paines thou hast still repaid,
> Thy sheepe, thine Image, and till I betray'd
> My selfe, a temple of thy Spirit divine;
> Why doth the devil then usurpe in mee?
> Why doth he steale, nay ravish that's thy right?

(Holy sonnet 1:ll.1-10)

　詩人からすればサタンの手に陥る理由など全然ないはずなのにそれでも詩人はサタンに誘惑されている。本来神のものである詩人をなぜサタンが奪うのかその理由を明確にしてくれるよう神へ願う。詩人の願いを少しも聞いてくれない神への苛立ち，不満，抗議には詩人の自己主張的な姿が如実に表れているがそのような姿勢は最終的には神への慈悲，恩寵を願うことによって終わる。あれこれと神に手向かい，神に対して反逆的な態度を取るが，

それが結局は無駄であることがわかり神への慈悲，恩寵を願わざるをえない。同じような構造は第5番にも見られる。この詩は人間と同じ被造物のなかで有毒な鉱物，アダムとイヴが食べた善悪の知恵の木，好色なやぎ，蛇は地獄に落とされないのになぜ自分だけが地獄に落とされるのかと神に問う。

<blockquote>
If poysonous mineralls, and if that tree,
Whose fruit threw death on else immortall us,
If lecherous goats, if serpents envious
Cannot be damn'd; Alas; why should I bee?
And mercy being easie, and glorious
To God, in his sterne wrath, why threatens hee. (11.1-6)
</blockquote>

鉱物，植物それに人間以外の動物はどんなに悪を働いても地獄に落とされる心配はないのにただ人間だけが地獄に落とされる運命にある。なぜ人間の罪だけが地獄に落とされるに値するのかダンには理解できない。なぜ理性があるからといってそのために人間の罪だけが憎むべきものなのか。人間だけに付与された理性が逆に人間を一層罪深くしているのはなぜか。更にそのような罪深い人間にとって神はたやすく慈悲を示すこともできるのに，慈悲を示すどころか逆に厳しい怒りのうちになぜ威嚇するのか。救いの手を差し延べてくれない神にダンは次々と「なぜ」を発し，神に対して激しい口調で言い寄る。ところがこのようなダンの神を問い詰めるような厳しい態度は後半の 6 行で一変する。それまでの神に対しての反逆的な口論的なダンは自らの非を認め，神と口論する自分は一体何者なのかとの疑問を発するに至る。堕地獄についていかに神と言い合ってもその可能性は消えはしないことをダンはさとる。人間の罪は結局は十字架上のキリストの死と人間の後悔の涙があいまって消滅するのである。それまでの神との争いからは何も得ることができないことをダンはさとる。自己に頼っていては救いは得られず，詩人の罪からの救いは最後にはキリストの贖罪，慈悲に依存せざるをえない。

<blockquote>
But who am I, that dare dispute with thee?
O God, Oh! of thine onely worthy blood,
And my tears, make a heavenly Leathean flood,
And drowne in it my sinnes blacke memorie.
That thou remember them, some claime as debt,
I thinke it mercy, if thou wilt forget. (11.9-14)
</blockquote>

これまで見てきたように第 5 番のソネットでも前半での詩人「主張」があり，後半で「服従」が表れる。 詩人の強い自我が神への自己放棄を阻止するようにみえるが，詩人は突如

神との和解を試みる。このようなパターンは宗教改革時のアウグスティヌス解釈によると
グラント（P. Grant）は言うが[16]，ダンには従順に神に自らを投げ出したいという欲求と
また自己の主張を貫き通したいという強固な意志が絶えず同居しており，両者の葛藤がダン
ダンの詩をより劇的ならしめているのである。ダンの『聖なるソネット』を見ると全体的に
命令文が多いのが一つの特徴であるが，裏を返せばいかにダンが自己の要求を神に対して
行っているかの証でもあろう。そのようなダンの神への激しい要求を扱った詩の一つが
'Batter my heart, three person'd God' で始まる第 10 番である。ダンは自らの再生
を願って神に願うが神の敵であるサタンに囚われ，身動きができない状態にいる。

> Batter my heart, three person'd God; for, you
> As yet but knocke, breathe, shine, and seeke to mend;
> That I may rise, and stand, o'erthrow mee, 'and bend
> Your force, to breake, blowe, burn and make me new.
> I, like an usurpt towne, to'another due,
> Labour to admit you, but Oh, to no end,
> Reason your viceroy in mee, mee should defend,
> But is captiv'd, and proves weake or untrue. (ll. 1-8)

詩人の再生のために三位一体の神はただ詩人を「軽く打つ」だけでは不十分で，「強く打
ち」更には「打ち倒す」必要がある。罪にまみれた詩人が再生するには過去の自己を完全に
破壊し，一から出直さなければならない。破壊からの創造である。しかし，詩人はサタン
の手中にあり全くの無力さをさらけだしている。神が少しでも動けば詩人はサタンの束縛
から逃れ，神のもとへいくことができる。それなのに神は無言のままである。詩人の呼び
掛けに対しての沈黙する神への苛立ち，不満が詩人の自己主張により激しい口調で述べら
れる。 7 行目の「神の代理である私のなかの理性」でも詩人のまだ十分に自己の力を信じ
きっている姿がうかがわれるが前半での詩人の激しい口調は後半にいたっても続く。

> Yet dearely'I love you, and would be lov'd faine,
> But am betroth'd unto your enemie,
> Divorce mee, untie, or breake that knot againe,
> Take mee to you, imprison mee, for I
> Except you'enthrall mee, never shall be free,
> Nor ever chast, except you ravish mee. (ll. 9-14)

自らの意に反してサタンと婚約している詩人は結婚する前にサタンからの絶縁を神に願う。
そして神が詩人を監禁し，奴隷としなければ自由にならず，神から肉体を奪われなければ

清い体にはならないと神に訴える。神の監禁が詩人の自由をもたらし，神の強姦によって詩人は純潔になるというパラドキシカルな，宗教詩には似つかわしくない大胆な表現は詩人のやむにやまれぬ緊迫した姿を表しているが，前半の神への苛立ちから後半の神に対して一心に助けてもらいたいという詩人の気持ちの変化のなかに「主張」から「従順」への変化を読み取ることができるだろう。ダンの『聖なるソネット』では詩人が一方的に神に話しかけるだけで，神は詩人に対しては一言も話してくれない。神への要求だけが語られ，神は沈黙のままである。言わば詩人の一人芝居が演じられているわけで，しきりに神との対話を願う詩人の姿が一人全面に出ているのである。この第10番のソネットはそのようなダンの一面をよく表しているが，前半での神への苛立ちから後半の神への無条件の依存のなかに，広く言えば理性から信仰へと歩む詩人の姿を見ることができるのである。同様の構造をもつソネットをもう一つだけ取り上げてみよう。1635年追補の第1番である。この詩も前半8行で詩人の神への訴えがなされる。詩人は神から創造されたことを確信しているが，死を目の前にした詩人はしかし，救いの確証がもてない。神の創造による詩人は滅びることがあるのかと疑問を発する。

> Thou hast made me, And shall thy worke decay?
> Repaire me now, for now mine end doth haste,
> I runne to death, and death meets me as fast,
> And all my pleasures are like yesterday,
> I dare not move my dimme eyes any way,
> Despaire behind, and death before doth cast
> Such terrour, and my feebled flesh doth waste
> By sinne in it, which it t'wards hell doth weigh; (ll.1-8)

神から作られた詩人は本来ならば死とともに永遠の生命を得るはずなのに確信がもてない。それまでの罪深い生涯を振り返ると背後の絶望と前方の死の恐怖のために詩人は恐怖に陥れられ，弱く，罪深い，容易に誘惑される肉体は罪のために衰え，復活の対象たる肉体は罪によって地獄へと追いやられる。罪のためには詩人は救いを得られず，逆に地獄へ落とされる可能性が強い。まさに詩人は神から見離された絶望の状況にある。神の子たる人間，キリストはたとえ詩人が罪深くとも慈悲の手を差し延べてくれるのではないかと心密かにかすかな希望を抱いている。しかし，神は依然として詩人のためには何ら行動を開始してはくれない。刻一刻と迫る死を前にして，詩人は無言の神に苛立ちを感じる。身動きのできない詩人は天上にいる神を自分からは見上げることすらできない。全く無力な詩人はそれでも決して救いの希望を捨てはしない。罪深い詩人にも神は恩寵を与えることができるからである。

138

```
Onely thou art above, and when towards thee
By thy leave I can looke, I rise againe;
But our old subtle foe so tempteth me,
That not one houre I can my selfe sustaine;
Thy Grace may wing me to prevent his art
And thou like Adamant draw mine iron heart.    (ll.9-14)
```

神の許しを得てのみ詩人は神を仰ぎ見ることができ，それによってかろうじて詩人は立ち
上がることができる。しかし，一方でサタンの誘惑があり詩人は一時も自らを支えること
ができない。詩人の最後の希望は神の恩寵である。恩寵によって詩人はサタンから逃れ，
朽ちかけた神の作品たる詩人も再生できるのである。ダンは最後に恩寵を持ち出し，神へ
の全面的な依存により救いの希望を見いだそうとする。神の恩寵は『聖なるソネット』で
は詩人の功徳によって与えられるのではない。恩寵は全く神の恣意的な行いであり，詩人
は果たして不可解な神によって恩寵が自分に与えられるかについては何も言うことができ
ない。ダンの神がカルヴィン的と言われる所以がここにある。いずれにせよこのソネット
でも前半での詩人の腐敗，死からの救いに関しての神への訴えから後半での神への絶対的
な依存への変化が見られ，詩人の主張が神の恩寵の前で消滅してしまうという構造を有し
ている。

　これまでダンの詩に理性と信仰がどのように表れているかを見てきた。ダンは理性を完
全には捨て切れなくて理性に頼りたいと思う気持ちがあると同時にまた信仰にも依存した
い気持ちがあり，どちらにも完全にコミットできないでいる。『聖なるソネット』では理
性が信仰によって最終的には取って代わられるが，しかし，詩人の理性は十分にその痕跡
を残している。ダンは終始理性を捨てて信仰だけにすがるという態度をとることができな
かった。これはダン自身が厳格なピューリタニズムにもまた楽観的なカトリック教にも共
鳴しなかったことを示しているが，別な見方をすれば強烈な個性と知性を兼ね備えたダン
にピューリタンとカトリック教徒的な要素が同居していたとも言えるのである。

　これまではダンの詩を中心にして理性と信仰の問題を見てきたが，この問題を解明する
うえで欠かせないもう一つの詩と散文がある。ジェームズ一世の長男のヘンリー皇太子の
死を悼む「類なき皇子ヘンリーの急逝を悲しむ挽歌」（Elegie on the Untimely Death of the
Incomparable Prince Henry）とダンが英国国教会へ入る前の 1615 年頃に書いたと思われる
『神学論集』（Essays in Divinity）である。『説教集』（Sermons）へ論を移す前にこれ
らの作品におけるダンの理性と信仰に対する態度を見てみたい。

8−5　「類なき皇子ヘンリーの急逝を悲しむ挽歌」における理性と信仰

　1612 年 11 月 6 日，ジェームズ一世の長男ヘンリーが腸チフスのためわずか 18 才の若さ

で死んだ。言わばプロテスタントの希望の星であったヘンリーの死はイギリス内に大きな波紋を呼び起こし，彼の死を悼む詩が次々と書かれた。ダンのエレジーはそれらの一つであるが，その詩でダンはヘンリーをキリストの象徴のごとく扱い，ヘンリーの死は世界に大変動をもたらし，ダンの信仰も理性も混乱をきたしていると言う。

> Look to Me, *Faith*; and look to my *Faith*, God:
> For, both my *Centers* feel This *Period*.　　(11.1-2)

冒頭の「信仰よ，私を支えてくれ。神よ，私の信仰を支えてくれ」がこの詩が'devotinal'な性格を有し，ヘンリーの死が信仰と密接な関係にあることを示している。この詩はヘンリーの死を直接そのテーマとしているが，コペルニクスとケプラーの「新哲学」を利用しつつ地球と太陽との関係さらには人間と神の子キリストとの関係をも扱っている。ヘンリーの死はダンの理性と信仰という二つの中心に大きな影響を与えるのであるが，ダンは信仰と理性を次のように定義する。

> Of *Waight*, one *Centre*; one of *Greatness* is:
> And Reason is That *Centre*;　Faith is This.
> For into'our Reason flowe, and there doe end,
> All that this naturall World doth comprehend;
> *Quotidian* things, and Equi-distant hence,
> Shut-in for Men in one *Circumference*:
> But, for th'enormous *Greatnesses*, which are
> So disproportion'd and so angulare,
> As is God's *Essence*, *Place*, and *Providence*,
> Where, How, When, What, Soules do departed hence,
> These *Things* (*Eccentrique* else) on *Faith* do strike;
> Yet neither All, nor upon all alike:
> For, Reason, put t'her best *Extension*,
> Almost meetes *Faith*, and makes both *Centres* one:　(11.3-16)

理性を「重たいもの」（waight）の中心，信仰を「偉大なるもの」（greatness）の中心ととらえ，量と質から理性と信仰を定義する。量的な'waight'としての理性はいわば可視的な世界に属し，自然界に存在するすべてが理性の対象となる，それは誰でもが眼に見える対象であり，自ずからそれ自身限界を有することになる。それに反し質的な性格を有する信仰は'waight'のように計測することはできず，限界はない。ダンはよく好んで使用する円という具体的なイメージを使い，理性の対象は一つの周辺のなかに閉じ込められ

たありふれた事柄と円の中心から同距離にある事物であると言う。しかし，神の本質，場所，摂理，魂がこの世を去るときの状態に関しては相対的な関係もなくまた円周のなかに含まれることもない。神の本性はその中心は至るところにあり，円周はどこにもないと言われているが，信仰も中心が至る所にあり，円周はどこにもなく，無限である。それに反し理性の領域は円周によって囲まれており，それ故有限で，この世に関するすべてがその対象となる。有限の理性，無限の信仰，ダンはこのように理性と信仰に対する見解を明らかにする。13 行までダンは理性と信仰の領域をそれぞれ定め，両者が全く相反する領域に留まり，全然接点がないかのように言うが 14 行に至って神の本質，場所，摂理や魂がこの世を去るときの状態に関する事柄はすべてが信仰の対象ではなく，また同じように信仰を必要とはしないと言っているのである。そしてその後ダンは「理性は最大限に行使されるとほとんど信仰と出会い，二つの中心を一つにする」と言う。ヘンリーの死は理性と信仰の調和を崩壊せしめたが，ヘンリーという人間を通して理性と信仰の調和が再び可能となるのである。上記の 2 行は理性が信仰と同じことをなしえるということ，つまり信仰の世界にすら理性の入り込む余地はあり，理性は信仰を支えることができることを意味している。このような見解はこれまで見てきた理性と信仰を互いに排斥しあうことなく調和させようとするダンの理性・信仰観を継承していると見ることができるだろう。この詩ではヘンリーが理性と信仰の接点の役を果たし，ヘンリーには理性の科学的能力によって把握される 'Quotidian things'（1.7）と信仰の神学的能力によって把握される 'Gods essence, place and providence'（1.11）が同居しており，言わば有限と無限，俗と聖，時間と永遠が一致しているのである。ここで特に注意を要するのはダンが自然界を認識する手段として理性を認めていることなのである。言うなればダンは自然科学に対して否定的な立場を取らず，むしろ理性の使用によって自然界の探究は可能であることを示唆しているのである。このように理性と信仰にはそれぞれの領域があることをダンは認め，理性を否定する懐疑主義的な態度を示しはしない。このように考えるとイトラトーフセイン（Itrat-Husain）の見解[18]，つまり理性の不十分さがダンをして神秘主義へと導き，ダンは知的な確信や推論によってではなく神秘的信仰によって救済に対して穏健な確信を得たとの見方はそのまま受け入れなくなってくる。ダンは，理性が宗教では限界があることを十分に認識していたが，かといって理性に対して懐疑的な態度をとり，その反動として信仰の世界に入るということはしない。ダンにはこれまで見てきたように理性を完全に捨て去ることはできなかった。

8－6　『神学論争』における理性と信仰

　ヘンリーへのエレジーにおけると同じようなダンの態度はダンがイギリス国教会へ入る前の 1615 年頃に書いたと思われる『神学論集』にも明確に述べられている。この作品は第一部では「創世記」第一章第一節の "In the beginning God created Heaven and Earth"

を取り上げ，聖書，モーゼ，「創世紀」，神，神の名，エロヒムについて論じ，一つの祈りが最後に来る。第二部では「出エジプト記」の第一章第一節の "Now these are the names of the children of Israel which came into Egypt" を取り上げ，名前の多様性，数，数の多様性について論じ，最後に四つの祈りが来る。 以上のような構成をもつ『神学論集』においても理性と信仰の調和を求めながらも信仰を宗教の領域においては優位に考え，最後に創世記と出エジプト記をダン自身に適応し，神への全面的依存によって自らの苦境からの脱出を計るのである。ダンが本書において全く理性を否定していないことは例えば次の一節をみれば容易に理解できよう

> ... for though our supreme Court in such cases [as where any profaneHistorie rises up against any place of Scripture, accusing it to Humane Reason and understanding], for the last Appeal be Faith, yet Reason is her Delegate... (p. 56)

ダンは訴訟事件のイメージを使用し，聖書の記事に関して世俗史が反論し，理性へ告訴するような訴訟事件では最後の控訴に関して最高裁判所は信仰であるが理性は信仰の使節であると述べるとき，信仰に先立って理性もその力を発揮できることを示唆している。あるいは神学の探究は謙虚さをもって行われるべきであるが，理性の働きを消し去るような「這いつくばうような，凍った，愚かな謙虚」であってはならないし，神の秘密の探究をおろそかにするような謙虚ではあってはならないとも言う。

> Where this 'humility' is, *ibi Sapientia*. Therefore it is not such a groveling, frozen, and stupid 'humility', as should quench the activity of our understanding, or make us neglect the Search ofthose Secrets of God, which are accessible. (p. 5)

最後の「神の秘密は手に入れることができる」は『風刺詩』第三番を思いおこさせるが，ここでは『風刺詩』第三番とは異なり謙虚を伴った信仰（sapientia)によって可能なのである。理性を捨て信仰だけに頼っては神の探究は完全とは言えないというわけである。次の一節では信仰心に富む心は時には理性に向かうが決して神から遠ざかるのではなく常に神を向いていると言う。

> And though the faithfullest heart is not ever directly, and constantly upon God, but that it sometimes descends also to Reason; yet it is ⟨not⟩ thereby so departed from him, but that it still looks towards him, though not fully to him...By this faith, as by reason, I know, that God is all that all men

can say of all Good. (pp. 20-21)

このようにダンは『神学論集』では理性を否定することはしない。むしろ理性と信仰との両立，調和をめざすのである。 ダンはアウグスティヌスの『告白』の一部を引用した後で「神が信仰で満たしたアウグスティヌスは理性と理解を望んだ[20]」と述べ，信仰は理性を伴うと神へのより深い意味に到達でき，信じるためには理解することが不可欠であることを示している。 また知性主義の代表たるアキナスにも言及し，なにものもアキナスの知性の探究には不可能なものはなかったとアキナスを賞賛するが，そのアキナスですら世界の始まりに関しては信仰箇条であると言っているのである[21]。ダンはかくして理性を消し去り，信仰にのみ依存しようとする態度は示さない。ただ「怠惰な信仰」(a lazy faith[22])のなかでまどろむこと，つまり理性を少しも働かせないで受動的に信仰を甘受することを最も警戒しているのである。アウグスティヌスもアキナスも単にやにくもに理性をかざすことに終始したのではない。彼らには理性とそれに信仰があった。信仰を欠く理性はダンにあっては「好奇心」(curiosity) を意味する。『神学論集』でダンはしきりに「好奇心」を批判するが，それも「好奇心」が 'Pride' (the Author of Heresie and Schism[23]) を引き起こすからである。 ではこの「好奇心」が嵩じるとどうなるか。 聖書に関して言えば，それは聖書を損ねてしまうことになり，結局は真理を疑い，論ずることにより我々の魂をも殺してしまうことになる。

For we kill our own souls certainly, when we seek passionately to draw truth into doubt and disputation. (p. 39)

それ故単に自らの機知を誇示・誇張するために文から一，二語重要でない語を引用し，文字を引き離し，強引に自らの目的に従わせる人々をダンは容認できない。彼らは最終的には神の言葉を神の言葉とせず，神を神とすることはない。

They therefore which stub up these severall roots, and mangle them into chips, in making the word of God not such...they, I say, do what they can this way, to make God, whose word it is pretended to be, no God. (pp. 39-40)

そして好奇心に満ちた虚栄や過度は我々の眼を盲目にするほどの塵をまくことになる。

...these [curious vanities and excesses]...may so bruse them [the Scriptures], and raise so much dust, as may blinde our Eyes, and make us see nothing, by coveting too much. (p. 41)

好奇心は言わば風によってふくらむ袋(bladder) のようなもので，ただふくらむだけでいずれは破裂する。実体がないから浮遊するだけで，真理からは遠ざかっていくだけである。ダンにとっては 'bladder' は人間知識の本性であるが[24]，信仰を伴わない理性はまさに 'bladder' である。ダンはまた 'an humble and diligent understanding[25]' には神の霊は何も虚偽は行わないと言うが，単なる好奇心には 'humble' と 'diligent' が欠けているのである。その典型がピコ・デラ・ミランドラである。'a man of an incontinent wit, and subject to the concupiscence of inaccessible knowledges and transcendencies[26]' であるピコが何を行ったかと言えば「創世記」の冒頭の 'In the beginning' を表すヘブライ語の 'Bresit' の文字を転置したりアナグラム化したりしてキリスト教の大意を引き出したのである。このような方法を批判してダンは，神は完全な書を我々に与えたのだからそれをひき裂いたり，ちぎったりする必要はないと言う。

> But since our merciful God hath afforded us the whole and intire book, why should we tear it into rags, or rent the seamless garmment? (p. 14)

ダンは「神を学ぶことは謙虚でありしかも不思議な奇跡的な謙虚である[27]」と言っているが，ただ好奇心を満たすピコのような方法は 'wit' を誇示するだけで「謙虚」を欠いているというのである。ダンによれば 'wit' と 'an humble and diligent understanding' は異なり，後者には 'wit' にはない 'faith' が含まれているのである。ダンは『神学論集』ではこのようにしきりに「好奇心」にかられた聖書の探究を退けようとするが，しかし，そう言うダンにもかなり 'curious' なところがあり，たとえば聖書に見られる 70 という数字について 'overcurious and Mysterious consideration[28]' を自ら行っているのである。最終的には 'curiosity' への誘惑を「謙虚」が引きとどめているが，ピコの 'extream learning[29]' や 'that transcending Wit[30]' と呼んだフランシス・ジョージ(Francis George) へのダンの批判は案外彼らの機知へのダンの羨望の表れであったのかもしれない。いずれにせよダンは機知のための機知，謙虚を伴わない理性の誇示へ批判を向けるが，見方によっては『神学論集』はそれまでの「理性」一辺倒のダンの 'humble and diligent understanding' への確信を再確認した書であると言えよう。

　ダンはこのように理性と信仰を共に認めるが，理性を欠く信仰，信仰を欠く理性は認めることができない。しかし，皇子ヘンリーへのエレジーと同様宗教上の問題に関しては信仰に優位が与えられる。ダンは次のように述べて，信仰の重要性を説く。

> ...to advance Faith duly above Reason, he [Aquinas] assignes this with other mysteries only to her comprehension. For Reason is our Sword, Faith our Target. With that we prevaile against others, with this we defend our selves: And old, well disciplined Armies punished more severely the

loss of this, then that. (p. 16)

ダンはアキナスを援用しつつ，信仰には神秘をあてる。理性は刀，信仰は円盾とアナロジ
カルに論を進め，我々は刀で的を攻撃し円盾で我々を防御するが，兵士にあっては身を守
る円盾が攻撃する刀より重要であるのと同じように，信仰が理性よりは重要であると述べ
ている。更に天地創造の始まりに関しての信仰と理性の役割についてダンは次のように述
べる。

> That then this Beginning *was*, is matter of *faith*, and so, infallible.
> *When* it was, is matter of *reason*, and therefore various and perplexed.
> (p. 18)

天地創造が実際に存在したことは信仰問題であり，全く誤りのないことであり，それがい
つ存在したかは理性の問題であり，それ故様々な意見があり，複雑な問題であると述べる。
天地創造に関しては次のようにも述べて，信仰によってしか天地創造は理解できず，この
世の始まりがあったということそしてその前は無であったと言う。

> ...we must returne again to our strong hold, *faith*, and end with this,
> *That this Beginning was, and before it, Nothing.* (p. 19)

あるいは神の創造に関しては理性でではなく信仰によってただちに飲み込まれなくてはな
らないとも言う。

> ...his [God's] great work of Creation, which admits no arrest for our
> Reason, nor gradation for our discourse, but must be at once swallowed
> and devour'd by faith, without mastication or digestion. (p. 54)

同様に世界の始まりに関しては，それは説得，議論，証明等の対象ではなく，突然の即座
の信仰の支配のもとにあるのだと言い，理性よりは信仰の対象であることを強調する。

> And therefore for this point [that the world began], we are not under
> the insinuations and mollifyings of perswasion, and conveniency: nor
> under the reach and violence of Argument, or Demonstration, or
> Necessity; but under the Spirituall, and peaceable Tyranny, and easie
> york of sudden and present Faith. (p. 16)

145

理性を超える宗教上の諸問題についてダンは信仰に訴えるが，このような態度は終始変わることがなく，例えば「命の書」についても人間の知識ではどうにもならず不可能である。そして宗教の諸神秘に無理に足を踏み入れたり「命の書」に侵入したりしてはいけない。

So far removed from the search of learning are those eternall Decrees and Rolls of God... (p. 7)

...yet the Church has wisely hedged us in so farr, that all men may know, and cultivate, and manure their own part, and not adventure upon great reserv'd mysteries, nor trespass upon this book [of life], without inward 'humility', and outward interpretation. (p. 7)

このように信仰には信仰にふさわしい領域をダンは認め，理性を超える問題については信仰に訴えるのである。同様に神の「義認」（justification）について問うことは人知では測り難い。

To enquire further the way and manner by which God makes a few do acceptible works; how out of a corrupt lumpe he selects and purifies a few, is but a stumbling block and a tentation. (p. 87)

次の一節では理性によって神を求める人を評して次のように言う。

Men which seek God by reason, and naturall strength, (though we do not deny common notions and generall impressions of a sovereign power) are like Mariners which voyaged before the invention of the Compass, which were but Costers, and unwillingly left the sight of the land. (p. 20)

理性や自然の力によって神を捜し求める人は羅針盤発明以前の水夫で沿岸航海者にすぎず，島は発見できないが，理性という 'soveraign power' をダンは否定していないことに注意したい。これに対し信仰によって神を求める人を羅針盤の使用によって航海した人々にたとえ（たとえばユリシーズは羅針盤によって新世界を発見した）我々の心が信仰に触れるや否や理性には不可能な神の本質と新しいエルサレルを発見するにいたる。

But as by the use of the *Compasse*, men safely dispatch *Ulyses* dangerous ten years travel in so many dayes, and have found out a new world richer then the old; so doth Faith, as soon as our hearts are touched with it,

> direct and inform us in that great search of the discovery of Gods Essence,
> and the new *Hierusalem*, which Reason doth not attempt. (p. 20)

信仰は言わば眼には見えない神を誤りなく差し示してくれる羅針盤なのである。そして知識の獲得は段階的で継続的であるが，神は分割不可能で信仰だけがそのような神を理解しえる。

> For all acquired knowledge is by degrees, and successive; but God is
> impartible, and only faith which can receive it all at once, can
> comprehend him. (p. 21)

このようにダンは理性よりも信仰によって神をとらえようとしていることがわかる。ヘンリーへのエレジーにおけると同様ダンは理性の宗教における限界を十分に認識しており，理性を全く否定するわけではないが，信仰をより重視する態度をとっているのである。ダンは『神学論集』では理性や機知に富んだ議論を展開し，「創世記」や「出エジプト記」を論じたい誘惑に常にかられているが，しかし，彼の神の前での謙虚さが論争とキリスト教をいたずらに振り回すことを回避させている。『神学論集』におけるダンの博学からしてダンが容易に謙虚の名の下に理性の使用を中止するとは考えられない。ダンは意図的に謙虚になり，宗教上の問題を敬けんな態度で受入れようとするが，その裏にはぎらぎらと光るダンの理性の刃が絶えず見え隠れしているのである。それはやはりカトリック教とピューリタニズムからイギリス国教会を擁護しようとするダンの意図の表れであろう。ダン自らが理性を盾に宗教論争に入ればキリスト世界は一層泥沼に陥ることになる。全てのキリスト教徒が謙虚になればキリスト教の分裂は回避でき，一つにまとまることも可能であるとダンは楽観的に考えているようだ。楽観的ではあるが，しかし，理想としては考えられなくもない。ダンは，救済は救世主の約束への信仰からきたと言うが[31]，それを信じるのもすべて謙虚によると言いたいのである。キリスト教が東西に分裂しようが根底においては一致し，キリストという同じ土壌から滋養を吸収しているとも言うが[32]，現状はそれは程遠くいかに多くの宗派がそれぞれのかたくなな信念に基づき，一層の宗派分裂や'controverted divinity[33]'を引き起こしていることであろうか。『神学論集』においてダンはイギリス国教会への入会に際し心の準備をしておく必要があったわけであり，その意味でもダンの謙虚振りはややわざとらしさが感じられないこともない。ダンの謙虚な態度，神への依存をよりよく示しているのは各部の終わりの祈りである。この祈りにおいてダンは『聖なるソネット』の世界を再現しており，必死に自己の再生を願い，神の助けを求めるのである。第一部の祈りでダンは神の訪れの時を魂の回宗の始まりとし，「困惑」「暗黒」「不毛」を振り落とし，神にふさわしい「思い」「言葉」「行為」をもたらせよと訴える。

...though this soul of mine, by which I partake thee, begin not now, yet let this minute, O God, this happy minute of thy visitation, be the beginning of her conversion, and shaking away confusion, darknesse and barrennesse; and let her now produce Creatures, thoughts, words, and deeds agreeable to thee. (p. 37)

ダンはこれまで「創世記」第一章第一節について論じてきたが，それはダンにとっては「困惑」「暗黒」「不毛」以外のなにものでもない。論ずれば論ずるほどそれが不毛な論議であり，神の真意からは遠ざかっていくことにダンは気づくのである。神に対してより近づきたい，より奉仕したい，不確かな自己の現状から抜け出て，より確かな神と自己の関係を築きあげたい，ダンは必死に神に対して懇願する。それも神と神の言葉への全面的依存なくしてはありえない。

Yet since my soul is sent immediately from thee [God], let me (for her return) rely not principally, but wholly upon thee and thy word. (p. 38)

ダン自身の力では現在の苦境から逃れることはできず，神の助けが必要である。このような神への依存を阻んでいるのは，しかし，罪なのである。第二部の「出エジプト記」を扱うに至り，ダンの神への依存，罪意識は一段と強くなってくる。ダンはプロテスタントらしく聖書の自己への適応を試みるが，ダンにとってはエジプトは「自信」「僭越」「絶望」「情欲」「怠惰」を意味し，そのようなエジプトからダンを神は救ってくれたと言う。

Thou hast delivered me, O God, from the Egypt of confidence and presumption, by interrupting my fortunes, and intercepting my hopes; And from the Egypt of despair by contemplation of thine abundant treasures, and my portion therein; from the Egypt of lust, by confining my affections; and from the monstrous and unnaturall Egypt of painfull and wearisome idleness, by the necessities of domestick and familiar cares and duties. (p. 75)

神を全く必要としない自堕落な汚辱にみちた生活に浸りきったダンをすら神は見捨てはせず，逆に神へと眼を向けさせようとする。ダンの心の腐敗が自らをファラオ，エジプトにせしめているが，それでも神はダンを見離しはしない。神の霊はダンのなかに住み，神の'merit'を適応することにより，ダンはファラオからキリストになり，神がダンの薬とな

ることに甘んじ，ダンを医者とならしめ，ダンは神の犠牲のもとに自らの心の病をいやすのである。神を少しもかえりみず，自暴自棄の生活におぼれるダンにすら神は救いの手を差しのべ，絶望の淵から救い上げるのである。

> But, O God, as mine inward corruptions have made me mine own *Pharaoh,* and mine own *Egypt*; so thou, by the inhabitation of thy Spirit, and application of thy merit, hast made me mine own Christ; and contenting thy self with being my Medicine, allowest me to be my Physician. (pp. 75-76)

罪にまみれたダンは言わば「エジプト」から「カナン」へと精神的な歩みを歩むことにより，自己再生を完成させるが，その主導権はあくまでも神にある。神は "Out of Egypt have I called thy Son" と言い，その約束を果たしたように，神はその選んだ人すべてに自らの約束を果たすと言う(34)。その選びに関してダン自身が全然関与できないかというとそうではなく，「恩寵」と「自然」の融和を説き(35)，「神も人間も人間の意志を決定はしない。神と人間が協力して人間の意志を決定する(36)」と言っていることからも明らかなように，ダンは人間の自由意志を認めているのである。怒れる，不可解な神の前にひれふす全くなすすべもなく神に隷属する人間にダンは同意しない。宗教詩で見た「主張」と「服従」はこのような形で『神学論集』にもその痕跡を残しているのである。しかし，全体的にみると『神学論集』でダンは「主張」をできるだけおさえ，「服従」をより強調している。ダンは「出エジプト記」を自己に適応し，神がダンを「エジプト」から救ってくれることに疑いをなげかけないのもダンの神への「服従」を強く表したいがために他ならない。このようなダンの神への服従的精神は「祈り」でより著しくなる。四つの祈りでダンはそれまでの感情を殺した文体から一気に激しい感情の文体へと転じ，神がダンの「エクソダス」と「救出」を早めてくれよう願う。そのためにダンは神の「慈悲」「力」「公正」及び自らの「罪」を「謙虚に認め，告白する」のである。しかし，それでも神への献身とダン自身の腐敗がダンのなかで同居し続ける。これはまさに『聖なるソネット』の世界であるが，ダンの腐敗，内なる「ファラオ」が神への敬虔な献身，愛情を消し去ってしまう。しかし，神は絶えずダンの不具を直し，視力を回復させ，「エジプト」から救ってくれるのみならず罪の死かも立ち上がらせてくれる。そしてダンの罪の故に神がダンにまで舞い降り，多くの不従順，疑い深さ，不平を取り除いてくれるのである。

> For hourly thou [God] rectifiest my lameness, hourly thou restorest my sight, and hourly not only deliverest me from the Egypt, but raisest me from the death of sin. My sin, O God, hath not only caused thy descent hither, and passion here; but by it I am become that hell into which

thou descendest after thy Passion; yea, after thy glorification: for hourly thou in thy Spirit descendest into my heart, to overthrow there Legions of spirits of Disobedience, and Incredulity, and Murmuring. (pp. 96-97)

罪深いダンに対して神は無償で罪を取り除き，立ち直させようとする。しかし，ダンはそのような無私な神に逆らい，反抗し，せっかくの神の善意を無に帰してしまう。神はダンの心に多くのろうそく，ランプをともしてくれたが，それを吹き消すか悪用してしまう。あるいは神はダンに知識欲を与えてくれたが，その知識でダンは神に対して武装してしまい，神を受けつけなくなってしまう。ダンはこのように神の慈悲を受け入れたいのだが，かたくなな罪，神への反逆心のために自己を神に明け渡すことができない。次の一節でもダンは神の霊の宿る身体である神殿を世俗に，肉体を肉欲へ，神の要塞を敵に，魂をサタンに渡してしまっている。

We have betrayed thy [God's] Temples to prophaness, our bodies to sensuality, thy fortresses to thine enemy, our soules to Satan. (p. 98)

あるいは神への約束を果たしもせず，何度も悔いた罪に何度も陥ってしまう。

...yea we renounce all confidence even in our repentances, for we have found by many lamentable experiences, that we never perform our promises to thee, never perfect our purposes in our selves, but relapse again and again into those sins which again and again we have repented. (p. 99)

神を認めたいという本心とは裏腹にダンはますます神から離れていく。 神を受け入れたいと思う気持ちが強くなればなるほどダンの気持ちは逆の方向へ向かう。サタンによる誘惑が神への接近を阻止するが，そのような状態が尋常ならざるものであることをダンは十分に承知しており，その尋常ならざる状態を尋常へと引き戻してくれるのは他でもない神であることもまたダンは知っている。 ダンは「これらの異常な状態を真実で完全な調和である神だけが調律し，矯正し，整然とすることができる(37)」と言うが，神から離れ，意図的に神に刃向かうダンを最後には神が救ってくれるのである。祈りのなかでダンは最後まで神とは相対立したままであるが，対立しあう緊迫感からのダンの神への訴えはさらにその度を増ことになる。ダンは最後に「神が我々を敵ではあるが和解したものとして慈悲深く今受け入れてくれるという保証を我々の心のなかに刻印して下さい(38)」と神に願うが，ここでもダンは神が救いの手を差し延べるのを待つだけである。祈りの前の本論でダンの姿

勢は理性によって理解できない宗教上の神秘を信仰によって受け入れるというものであったが，その信仰重視の態度がこの祈りにも見られ，ピューリタンのような信仰のみという厳格な見解は取らないが，信仰を通して神の恩寵を受けいれようとする。『聖なるソネット』で見たダンの「主張」と「従順」はここでは「従順」に強調が置かれているが，その「従順」の背後にはまた謙虚に自らを神と和解させることを阻むダンのかたくなな意志が見え隠れしているのである。『神学論集』は形は「論集」であるが，激しい感情を内に秘めるダンは自己の神との関係を「創世記」と「出エジプト記」を自己に適応し，自らの精神的苦悩からの脱出をはかるだけでなく，自己再生の訴えを神に吐露する祈りのなかで何よりも神の援助なくしてはその脱出も自己再生もありえないことを強調するのである。

8－7　『説教集』における理性と信仰

　これまで見てきた宗教詩や散文からダンの理性と信仰についての態度はかなり明確になってきた。1590年代の『風刺詩』第三番の自信に満ちた真の宗教探究から宗教詩を経て『神学論集』まで，ダンには消し去ることのできない理性が一貫して流れており，その理性を捨てて神に自己を投げ出したい気持ちがある反面，絶えず消えることのない理性がまたダンを引き寄せ，そのような理性と信仰との間の微妙な葛藤が宗教詩の特徴の一つでもあった。そして理性と信仰によってダンは神への接近を試み，理性によって理解できない問題が生じると信仰に依存し，信仰をより重視していた。以上がこれまでダンの作品を論じることから明らかになった点である。本論の最後にダンの『説教集』へと論を移したいが，ダンはより詳細に理性と信仰に対して自己の態度を明らかにし，独自の理性・信仰観を展開することになる。

　『説教集』においてダンの理性と信仰の働きについてはこれまで見たヘンリー皇子挽歌や『神学論集』以上に徹底しており，宗教上の諸神秘のような理性の限界を超える問題には信仰をあてがう。例えば以下のように，宗教上の問題には信仰を行使し，我々の理性を超えることを信仰の対象とする。

> In divine matters there is principally exercise of our *faith*, that which we understand not, we believe. (III:183)

「宗教上の問題点」は何かと言えばそれはキリストが述べたことで，信仰の行使によってのみ理解されることであり，人々が好奇心から議論することは理性の行使によって把握される。

> That which Christ hath plainly delivered, is the exercise of my Faith; that which other men have curiously disputed, is the exercise of my

understanding.　(III: 207-8)

理性によって理解できないことを信仰によって理解するという考えはダンの終始一貫変わらぬ見解で，『説教集』の随所に見られるものであるが，次の一節では「理性」によって理解できない救済を「神秘」であると言い，それを自然，学識，国家，あるいは個人的感覚ではなく教会や信仰によって理解すると言う。

> ...that which I cannot understand by reason, but by especiall assistance from God, all that is Prophecy; no Scripture is of private interpretation. I see not this mystery [of salvation] by the eye of Nature, of Learning, of State, of mine owne private sense; butI see it by the eye of the Church, by the light of *Faith*, that's true; but yet organically, instrumentally, by the eye of the Church. (III: 210)

このほかにもダンは宗教の神秘として復活をあげるが，それは自然や哲学では理解できない。

> It is the Christian Church, that hath delivered to us the article of the resurrection. Nature says it not, Philosophy says it not, it is the language and the Idiotisme of the Church of God, that the resurrection is to be beleeved as an article of faith. (III: 94)

あるいは復活の根本は信仰にあり，自然理性からの結論ではなく，超自然的信仰箇条である。

> And therefore, as in our first part, which will be, By what meanesthe knowledge and asssuarance of the Resurrection of the body accrues to us, we shall see, that though it be pretended by Reason before, and illustrated by Reason after, yet the roote and foundation thereof is in Faith; though Reason may chafe the wax, yet Faith imprints the seale, (for the Resurrection is not a conclusion out of naturall Reason, but it is an article of supernaturall Faith; (VII: 95)

以下では復活は神秘であり，聖なる秘密であり，理性の探究を超えていると言う。

> The resurrection was always a mystery in it selfe: *Sacrum secretum*, a holy

secret, and above the search of reason. (VII: 98)

So then, the knowledge of the resurrection in it selfe, is a mystery removed out of the Spheare, and latitude of reason. (VII: 99)

このようにダンは復活を神秘とみなし，理性ではどうすることもできず，信仰による以外は方法はないと繰り返す。 復活と同様ダンが神秘とみなす三位一体についてもダンの態度は変わらない。 例えば次の一節では三位一体を理性で理解しようとすると理性は混乱すると言い，『連祷』と同様三位一体は理性では把握できないと言う。

If we think to see this mystery of the Trinity, by the light of reason, *Dimittemus*, we shall lose that hold which we had before, our naturall faculties, our reason will be perplext, and infeebled, and our supernaturall, our faith not strengthened that way. (VII: 54-5)

また三位一体は近づきがたい光で，信仰の光以外のどんな他の光にも近づくことはできない。

For the Trinity it selfe, it is *Lux*, but *Lux inaccessibilis*; It is light, for a child at Baptisme professes to see it; but then, it is so accessible a light, as that if we will make naturall reason our *Medium*, to discerne it by, it will fall within that of *David*... God hath made darknesse his secret place; God, as God, will be seen in the creature; There, in the creature he is light; light accessible to our reason; but God, in the Trinity, is open to no other light, then the light of faith. (VIII: 54)

信仰の世界には証明は必要ない。 しかし，神秘の世界に理性による証明を適応しなければ満足しない人がいる。三位一体のような神秘を人間理性によって証明をしようとすればその威厳は弱まってしまうのである。

For, we have had *voces de terra*, voyces of men, who have indeed but diminished the dignity of the Doctrine of the Trinity, by going about to prove it by humane reason, or to illustrate it by weak and low comparisons; (VI: 134)

ダンはこのように復活や三位一体を神秘とみなし[39]，そこには理性や証明の立ち入る余地

153

はなく，信仰にしか頼ることはできないと考える。次の一節でははっきりと宗教の神秘は理性の対象ではなく，信仰によって神の意志や目的を信じると言う。

> And therefore as the Mysteries of our Religion, are not the objects of our reason, but by faith we rest on Gods decrees and purpose. (X: 237)

神秘の世界を理性によって近づこうとする人は 'curious' で，ダンはこの「好奇心」を『神学論集』におけると同様特に批判する。 好奇心とは知識のための知識，知識の目的を神の栄光とせず，隠された神秘を理解しようとすることであり(IV:142-3)，復活や三位一体を理性によって詮索の対象とすることはまさに「好奇心」に他ならない。 好奇心の強い人たちの宗教の基礎を捨て去るほど思索的な微妙さに労を費やす危険な嘔吐と人間の本性や義務を忘れるほど神の本性や隠れた目的を調べる鋭敏な飽満を批判して次のように言う。

> Curious men busie themselves so much upon speculative subtilties, as that they desert, and abandon the solid foundations of Religion, and that is a dangerous vomit; To search so farre into the nature, and unrevealed purposes of God, as to forget the nature, and duties of man, that is a shrewd surfet, though of hony, and, a dangerous vomit. (IX: 134)

好奇心にみちた人は神の隠したものまで詮索する人であるが，そのような神の隠れた神秘にまで立ち入る知識を身につけることは体に良くない飽満でやがては体を危険な状態にするほど身に付けた知識を吐き出してしまうことになる。ダンはパラドキシカルに神の神秘を探ろうとしないことは「有益な，健全な，知ある無知である」と言うが（IX: 234），必要以上に神の神秘に立ち入らない謙虚な姿勢もまた宗教に関しては重要なのである。それ故ダンは神の隠れた秘密をさぐることなく宗教の神秘を信仰深く信じて神の恩寵の働きを受けることはキリスト教徒にはふさわしいことで，神が行う方法を問うことは憎むべき，いまいましい単音節語であるとのルターを引用さえしている(IX: 246)。神の行動の理由をたずねることも同様で，「なぜ」は神を怒らせ，我々を破滅させると言う。そしてアウグスティヌスを援用して「なぜ神がなにかを命令するのかは神自身が知っている。我々の義務はなぜかを問うことでなく神が命ずることを実行することである」と言い（VI:188-9），好奇心によっていたずらに神の意図を探ることを特に批判する。このようにダンは『説教集』で繰り返し神の隠れた神秘に関して好奇心を働かせて深入りしないように説く。そして理性によって理解できないことには信仰をあてがい，宗教を強引に理性の世界に引き降ろすことを避けようとする。理性や哲学や道徳にいかに聖書が合致するかをためすために聖書をそれらに投げたり，聖書が理性と一致するかぎり信ずるならば聖書は手が届かずまた利用も出来なくなると言う。

154

> The Scripture will be out of thy reach, and out of thy use, if thou cast
> and scatter them upon reason, upon philosophy, upon morality, to try how
> with thy reason; (II:8)

またキリストと信仰という超自然的な光を理性の光が消し去る危険性があるとも言う。

> When we bring this light [of Christ and faith] to the common light of reason,
> to our inferences, and consequences, it may be in danger to vanish itself,
> and perhaps extinguish our reason too: we may search so far, and reason
> so long of *faith* and *grace*, as that we may lose not only them, but even
> our reason too, and sooner become mad then good. (III: 357)

このような見解は『神学論集』を思いおこさせるが，更に『説教集』では『神学論集』と
同じように「謙虚」を強調する。船のバランスをとるために船荷が必要であるように，
我々にも謙虚という船荷が必要で，過度の知識のための知識，神の神秘を探ろうとする好
奇心に満ちた知識では船たる人間は倒れてしまう。

> Let 'humility' be thy ballast, and necessary knowledge thy fraight; for
> there is an over fulnesse of knowledge, which forces a vomit, a vomit of
> opprobrious and contumelious speeches, a belching and spitting of the name
> of Heretique and Schismatique, and a loss of charity for matters that are
> not of faith; and from this vomiting comes emptiness, The more disputing,
> the less beleeving: (III: 240)

過度の知識は空気袋のごとくふくらみ，ふくらみに耐え切れないと侮辱的な傲慢な言葉を
吐き出し，異教徒や宗派分離者の名を吐き，信仰問題への寛大さをも失ってしまい，ただ
論争するだけでますます信じられなくなってしまう危険性をダンは述べるのである。論争
回避の姿勢は『神学論集』でも見られたが，『説教集』でも論争を厳しく批判する。次の
一節では口論しあう論争によって神が中心におく事柄を周辺に，理性の光と証言へと追い
やっていると言う。

> They [who think themselves sharp-sighted and wise enough, to search into
> those unreveal'd Decrees] will needs take up red hot Irons, with their bare
> fingers, without tongs. That which is in the centre, which should rest,
> and lie still, in this peace, That it is so, because it is the will of

God, that it should be so; they think to toss and tumble that up, to the Circumference, to the Light and Evidence of their Reason, by their wrangling Disputations. (I: 170)

神の隠れた意志を探る人は素手で熱い鉄を拾い上げるようなもので，危険が伴うことは必死である。神の意志には触れないのが最善の策で，中心でじっとしているものを無理矢理周辺へ追いやることはないのである。このような論理を押し進めれば神の意志については語る必要はなくなるが，実際ダンは神，神の本性，本質，隠れされた意志，秘密の目的については最も語らない人が最もよく賛美するとさえ言うのである(IX:134)。神の不可解性についてダンははっきりと人間の理性には限界があり，神や神の本質，秘密の目的は人間の理性ではどうにもならないと考える

First, for the incomprehensiblenesse of God, the understanding of man, hath a limited, a determined latitude; it is an intelligence able to move that Sphear which is fixed to, but could not move a greater: I can comprehend *naturam naturatam*, created nature, but for that *natura naturans*, God himselfe, the understanding of man cannot comprehend. I can see the Sun in a looking-glass, but the nature, and the whole working of the Sun I cannot see in that glasse. I can see God in the creature, but the nature, the essence, the secret purposes of God, I cannot see there. (IX: 134)

不完全な理性，宗教における理性の限界を述べるダンから判断するとダンは完全な‘fideist’，信仰主義者のような印象を与え，ピューリタン的と言われても反論ができない。理性の不十分性から反知性主義や神秘主義へと向かったとするブレッドボールドやイトラトーフセインに同調できる。しかし，ダンが人間理性を完全に否定しているのかというと実はそうではなく，人間の自然理性の存在を認めているのである。例えば，ダンは神がこの世に生まれてくる全ての人に注ぐ人間の自然能力について触れるが(IX: 382)，理性という共通の光は我々すべてを明るくし，その光によって宗教の神秘を見つけ出そうとする人もいるし，全世界に利益があり有益なものを発見した人もいるとも言う。

So the common light of reason illumins us all; but one imployes this light upon the searching of impertinent vanities, another by a better use of the same light, finds out the Mysteries of Religion...Some men by the benefit of this light of Reason, have found out things profitable and usefull to the whole world. (III: 359)

理性は人間にあっては信仰より早い生得の共通の自然能力で,「最初の, 根源的な光」 (III: 362) であり, いかなる人間にも本来備わっているのである。そしてその使用いかん によって理性は 'wisdom' にも 'Craft' にもなりえ, 貴重な真珠や治療力のある琥珀を発 見したり, また小石や斑点のついた貝殻を発見することで終わってしまうこともあるので ある (III: 359)。ダンは他の所でも「理性の魂のない人は人間ではない」とか (VII: 188) 「人間の本質は理性と理解力である」(I: 225) とか言って, あらゆる人間に共通して備わっ ている理性を強調しているように, ダンは決して自然理性を否定することはしない。ダン にあっては理性を欠く人間は動物にも等しいのである。だからダンは盲目的信者と理性的 信者に触れ, 前者は敵によって簡単に飲み込まれ, 征服されやすいが, 後者はよくかんで 骨を取らなければならず, 垣をめぐらした町にいるので敵は攻めがたいと言い, 盲目的信 者つまり無知な信者には理性が必要であることを示唆するのである。

> Implicite beleevers, ignorant beleevers, the adversary may swallow; but the understanding beleevers, he must chaw, and pick bones, before he come to assimilate him, and make him like himself. The implicite beleevers stands in open field, and the enemy will ride over him easily; the understanding beleever, is in a fenced town, and he hath outworks to lose, before the town be pressed; that is, reasons to be answered, before his faith be shaked... (IV: 351)

ダンには 'fideist' の一面があることは確かであるが, 盲目的に信仰を賞賛するのでは ないことにも我々は注意を払わなければならない。これはダンの最もダンらしい特徴であ るが, ダンの理想とするところは理性に基づく信仰なのである。ダンは次のように理性に 基づかない信仰は「いいかげんな意見」であり「信仰」ではないと言う。

> Not that we are bound to believe any thing *against reason*, that is, to believe, we know not why. It is but a slacke opinion, it is not *beliefe*, that is not grounded upon reason. (III: 357)

あるいは盲目的に信じるような信仰を神は要求しないし, 許しもしないし, 理性のない信 仰は信仰ではなく一つの見解であるとさえ言う。

> For God requires no such *faith*, nay he accepts, nay he excuses no such faith, as believes *without reason*; beleeves he knowes not why. As faith without *fruit*, without *works*, is no faith; so faith without a *root*, without *reason*, is no faith, but an *opinion*. (V: 102)

157

誰でもが生来持っている理性を使用せず盲目的に信仰することをダンは容認しない[40]。更にダンは理性と信仰との関係に独自の見解を打ち出す。それは本来人間に備わっている理性に神が信仰を吹き込むということである。つまり信仰は理性の後に神によってもたらされるというのである。自然理性は十分でないことはあきらかで，その不十分な理性に神が信仰を吹き込むことによってより完全なものにするのである。

> The light of *nature* is far from being enough; but, as a *candle* may kindle
> a *torch*, so into the faculties of nature, well imployed, God infuses *faith*.
> (III: 369)

だから理性のない馬やラバには神は信仰を吹き込むことはできない。人間理性は神が種子をまく畑であり，信仰を植え付ける木であると言うのである。

> And therefore *Nolite fieri sicut*, *Be not made like the Horse or the Mule*,
> in pride, or wantonnesse especially, *Quia non Intellectus*, because then
> you lose your understanding, and so become absolutely irrecoverable, and
> leave God nothing to worke upon: For the understanding of man is the field
> which God sowes, and the tree in which he engraffes faith it selfe; and
> therefore take heed of such a descent, as induces the losse of the
> understanding...(IX: 382)

また信じることは神への第一歩であるが神が信仰へ来る前に理解することが必要で，神はその理性へ最初に働きかける(IX: 354)。ダンは理性が最初で信仰はそのあとにくるという考えをもっているが，また宗教の神秘は理解される前に信じられなければならないとも言うことと信じられる前に理解されなければならないことは同じだと言う。なぜならば神が自然理性を高めてくれ，その結果神秘を理解するからである(IX: 355)。さらに理性は信仰の入り口であり神はそのドアをあけたり閉めたりし，理性によって神は我々を信じらせるにいたるのである。

> ...for the understanding is the doore of faith, and that doore he [God]
> opens, and he shuts: So by understanding he brings us to believe. (IX:
> 360)

そして神は自然能力（理性）へ超自然的に働きかけ理性によって信仰を伝える。

> ...for he [God] will worke upon your naturall faculties supernaturally,

and by them, convey faith. (IX: 370)

このようにダンは理性が信仰よりも先に存在し，その理性に神が信仰を注ぎ込むということを彼の理性・信仰観の根幹としている。そして信仰によって我々は宗教上の諸神秘を理解しえ，神へより近づくことができるためにも理性が何よりも絶対必要となる。 怠慢・怠惰に盲目的に他人の意見に頼ることは水面に浮かぶ木の葉のように流れに流されるだけであり，理性を用いない人は馬やラバにも等しいとダンが厳しい口調で述べるのも以上の理由によるのである(IX: 385)。ダンにあっては理性は信仰の容器なのである(IX: 386)。さらに以下ではより明確に理性・知識に支えられた信仰の重要性を述べる。

> *Knowledge* cannot save us, but we cannot be saved without knowledge; Faith
> is not on this side Knowledge, but beyond it; we must necessarily come
> to *Knowledge* first, though we must stay at it, when weare come thither.
> For, a regenerate Christian, being now a *new Creature*, hath a *new facultie*
> *of Reason*: and so believeth the Mysteries of Religion, out of another
> Reason, then as a meere Naturall Man, he believed naturall and morall
> things. He believeth them for their own sake, by *Faith*, though he take
> *knowledge* of them before, by that common Reason, and by those humane
> Argumants, which worke upon other men, in naturall or morall things...So
> the common light of reason illumins us all; but one imployes this light
> upon the searching of impertinent vanities, another by a better use of
> the same light, findes out the Mysteries of Religion; (III: 359)

ここでダンは彼独特の理性観を展開している[41]。ダンは 'a new facultie of Reason' と 'that common Reason' の二種類の理性について触れているが，「再生したキリスト教徒は今や新しい被造物なのでまた新しい理性の能力を有する」という表現は特に注目に値する。即ち，単なる自然人─彼には神の恩寵が欠けている─は「普通の理性」を使って「つまらないくだらない事」を探究するだけであるが，再生した即ち神の恩寵を吹き込まれたキリスト教徒は「新しい理性」によって宗教上の様々な神秘を解明することができるというのである。再生した人間には新しい理性が付与されるという考えは更にはダンの「修正された理性」(rectified reason) へと通ずる考えであろう。この「修正された理性」は言わば理性と信仰が一体化したもので，両者が互いの欠点を補うことにより高度な能力を発揮することができるのである。以下の一節からも明らかなようにこの「修正された理性」にあっては理性と信仰が相接触しあい，お互いを包みあっている。

> They are not continuall, but they are contiguous, they flow not from one

another, but they touch one another, they are not of a peece, but they
enwrap one another, Faith and Reason. (IV: 351)

これはヘンリー皇子挽歌の「理性は最大限に行使されるとほとんど信仰と出会い，（理性
と信仰という）二つの中心を一つにする」という表現を思い出させるが，「修正された理性」
に至りダンは信仰のみあるいは理性のみといった厳格な態度から共に両者の存在を認める
という折衷的な態度を取ることができるようになる。理性を捨て去ろうにも捨て切れず絶
えず信仰との確執に揺れ動くダンは理性も信仰も同時に容認する「修正された理性」とい
う考えの下にようやく理想の理性・信仰観を打ち立てることができるようになる。信仰に
よって再生する人は「修正された理性」を所有することになり，普通の理性が成しえた以
上のことを成しとげることができる。ダンにとってはすでに述べたように理性は「最初の
根源的光」で，全ての人間に共通なものであるが，自然人にあってはその光はそれ以上何
ら変化することはない。 しかし，キリストを信じる者には「最初の根源的な光」―理性―
に信仰と恩寵が与えられ，理性に修正が施される。 いわゆる自然人には恩寵はなく，神の
恩寵を受けない者は自然人と同様である。しかし，そのような自然人も信仰によってキリ
スト教徒になりうる。「信仰によって再生した人間」は当然のことながら「自然人」と対
応する言葉であるが，両者を区別するのは「普通の理性」に影響を及ぼすキリストという
光から流れ出る信仰と恩寵である。

...and because this light of *faith*, and *grace* flowing from that fountaine
of light Christ Jesus, works upon the light of *nature* and *reason*, it may
conduce to the raising of your devotion...(III: 362)

確かにダンは理性と信仰を同時に認め，どちらか一方だけを取り入れるということはしな
いが，自然と理性にとどまり「普通の理性」に甘んじる人よりも信仰と恩寵によって「普通の
理性」を乗り超える人をより重視しているのである。自然人であるかぎり我々は理性におい
ては赤ん坊にすぎないとある説教で言っているが（IX:100），理性だけではキリスト教の
諸神秘には達しえない[42]。しかし，信仰の光と恩寵によっては現世においても神の本質に
より接近することが可能である。このような信仰をより重く見る態度はダンの神を認識す
る二つの方法にはっきりと現れている。一方は「作られた自然」のなかに理性の使用によ
り神を見る方法で，それは鏡のなかに反射によって見るようなものでそれは 'obscure
representations', 'a dark representation of God' である[43]。『神学論集』でもす
べての被造物は神を鏡のように表すがそれを受け入れ，見つめる人間の弱さのために
'glimeringly' に 'transitorily' に表すにすぎないと言い，自然の中に神を見る方
法の不十分性について触れているし[44]，上に引用した説教でも被造物の中に神を見ること
はできるが，神の本性，本質，隠れた目的は見ることができないと言っている。これに反

し現世で神を知る場は教会でそれは信仰による。理性では単に神を「被造物の書」である自然のなかに見るだけであるが，信仰によれば神を知ることができる。神を「見る」ことと「知る」ことの違いは理性と信仰の違いであり，神を見るだけでは我々の救いにはならない。ダンは神を救済という観点から見るので自然の中に神の偉大な御業を見るだけでは十分とは言えない。理性によって神の偉大な力を見てもそれは信仰によって神の本質を知る知識と比べれば‘infancy’であり‘cradle’にすぎない(VIII, 230)。自然のなかに神を見ることは自然人の行うことである。その自然人は，しかし，信仰を欠くので神の救いという超自然的な御業に対してはなにも行うことはできない。信仰によって神を知るということは単に神を知ることのみならずキリストを我々自身に適応することなのである。理性によって神を見るだけの自然人にはこの適応ができない。このようにダンは理性によって神を見ることを否定はしないが，神を知ることのほうをはるかに重視しているのである。次の一節では適応する信仰によってよりすぐれた知識を有することが可能であると言う。

> ...by the light of Faith, (which is not only a knowing, but an applying, an approriating of all to thy benefit) he [who has faith] hath a better knowledge then all this, then either *Propheticall,* or *Evangelicall*:
>
> (III: 365)

ここでダンは信仰を知識と切りはなさず，むしろ知識の一部とみなし，そのような信仰によって神の永遠の王国を永遠に所有するのである。「修正された理性」というダン特有の考えは信仰と理性の混合のようなものであるが，そこでも，しかし，信仰がより重視されている。 ダンはある説教で「キリストは理性である。 修正された理性である」と述べているが(45)，この考えにたてばキリスト教徒にとってはキリストを理解するには信仰だけでは不十分になってくる。 理性に基づいた信仰によって，即ち「修正された理性」がなければキリスト教徒にとっては意味をなさなくなってくる。 次の説教では真の理性から生じるより細密な信仰が盲目的な無知に包まれた信仰よりも深く宗教を理解しえると言う。

> ...a narrower faith that proceeds out of a true understanding, shall carry thee farther then a faith that seems larger, but is wrapped up in an implicite ignorance; no man beleeves profitably, that knows not why he believes. (IX: 356)

ダンが特に懸念するのは何も考えることをしない「盲目的な無知」なのである。キリスト教徒が信じるためには最初に考え，知らなければならない。ただ盲目的に受動的に物事を受け入れるだけでは真の信仰とは言えない。ダンにあっては信仰はあくまでも理性によって裏付けされなければ意味はない。17 世紀の世俗化されつつあった時代にあって大きな特

徴である理性の重視がダンの信仰観にも少なからず影響を与えているようである。ダンが盲目的な信仰を退けていることについてはすでに触れたが，これは多分に信仰のみというピューリタニズムを意識した発言であろうが，信仰のみでは神への主体性を失い，逆に神への隷従を意味することになる。そのような神への隷従を緩和し人間の主体性を織り込んだのが「修正された理性」という考えである。ダンは自らの執拗な理性を最後まで捨てることはできず，かと言って理性を大々的に押し進めれば救済に関して極めて楽観的なカトリック教へと逆戻りしてしまう。カトリック教こそその理由がどうあれ彼が捨て去った宗教である。カトリック教へのダンの批判は『説教集』でも随所に見られるが，その大きな理由の一つはカトリック教が人間の力を過大評価してしまったことにある。ダンは決して人間本来の能力である理性をカトリック教のように過大評価もしないしピューリタンのように過小評価もしない。「修正された理性」には巧みにアングリカンとして中道を歩むダンの姿を見ることができるのである。

8-8　むすび

　これまで初期の詩から後期の『説教集』に至るまでダンの理性と信仰について見てきたが，一貫して言えることはダンには理性が根強く存在していたということである。人間の本質は理性であると言ったダンにあって一見理性と相反するような宗教においていかに理性を扱うかは終始彼を悩まし続けた問題であった。1590 年代の『風刺詩』第三番に見られるあの宗教上の真理・神秘は必ず発見されるといった自信に満ちた態度は徐々に揺らぎこそすれ決して消えることはなかった。この理性と信仰の微妙な関係をダンは宗教詩，とりわけ『聖なるソネット』で扱うことになる。神へ無条件にすべてを投げ出したい衝動と自己のなかに依然として強く残る理性が，ダンが神の恩寵なしではなにも出来ないと言いながらも，ダンの背後で糸をひき，彼を敬虔に神の前に投げ出すことを妨げている。このためにダンの宗教詩がわざとらしさを読者に与えているのであろう。ブッシュ(Douglas Bush)がダンの熱心な権威受諾，熱心な救済探究，狭量，過度の口調になにか不自然なもの，転向した俗人，インテリの信心振りを目だたせるものを見い出すのも最後まで執拗にダンにとりついて離れない理性を考えてのことであろう[46]。ダンの神との和解に幾分不自然さを残している理由の一つもその理性の根強さの故であろう。このような執拗な理性が『神学論集』『説教集』にも存在し続け，そのなかでダンは信仰との調和を求めるのである。理性が信仰よりも早く付与される人間にあっては理性を消し去ることはできない。我々は生得的な理性をいかようにも利用できるが信仰と一致した理性，修正された理性こそがダンの理想とするところで，修正された理性のなかにダンは理性と信仰の調和を見い出したと言うことができよう。ダンのアキナス的な理性への信頼は，彼のアウグスティヌス主義が強まるにつれて弱くなったと言ったのはブレッドボールドであるが，確かにダンの理性一辺倒の考えが宗教を前に徐々に信仰によって取って代わられていくが，決して理性への信

頼が弱くなっていくというのではない。ダンはこれまで見たように理性への反動として信仰主義者へ走ることはしない。理性への不信，限界は認めながらもその理性を完全に捨てることはしない。むしろ理性には限界がありながらも人間の根源的な能力として認め，信仰が理性の欠点を補うという考えを抱くようになる。序論で挙げた『風刺詩』第三番と説教との比較で前者では理性や知性に基づき宗教の真理・神秘を獲得できると言い，後者では理性ではなくて信仰によらなければ宗教の神秘は得られないと言っていたが，それは宗教の諸神秘に関しては理性はもはや役に立たず，信仰に依存せざるをえないということを徐々に認め始めたダンの姿であった。それはまた自然人から再生した人間へ，「普通の理性」から「新しい理性能力」へと到達したダンの精神的成長の証しでもあったであろう。一人の人間が徐々に宗教に目覚め，宗教を真剣に考えたときどうしても超えることのできない壁は神秘であろう。その壁をダンは「普通の理性」から「新しい理性能力」へと歩むことによって乗り越えることができたと言えよう。

注

(1) テキストは W. Milgate ed. *John Donne: The Satires, Epigrams and VerseLetters* (Oxford: At the Clarendon Press, 1967) を使用。以下行数のみを記す。

(2) M. Thomas Hester ed. *Letters to Severall Persons of Honour* (1651) (New York: Scholars' Facsimiles & Reprints, 1977), p. 51.

(3) テキストは George R. Potter and Evelyn M. Simpson eds. *The Sermons of John Donne* (Berkeley: University of California Press, 1953-62), 10 vols. により，以下巻数とページ数のみを記す。

(4) テキストは Helen Gardner ed. *John Donne: The Divine Poems* (Oxford: Oxford University Press, 1978) を使用。以下行数のみ記す。なお本論で論じる詩については J. Smith ed. *John Donne: The Complete English Poems* (Harmondsworth, Middlesex: Penguin Books, 1971) による。なお，B. K. Lewalski, *Protestant Poetics and the Seventeenth Century Religious Lyric* (New Jersey: Princeton University Press, 1979), Arthur F. Marotti, *John Donne, Coterie Poet* (Wisconsin: The University of Wisconsin Press, 1986) には教えられるところが多い。

(6) J. B. Leishman, *The Monarch of Wit* (London: Hutchinson Library, 1969), p. 258.

(7) テキストは Gardner, op. cit.

(8) テキストは Ibid.

(9) テキストは Ibid.

(10) テキストは Ibid.

(11) テキストは Milgate, op. cit.

(12) テキストは Ibid.

(13) L. I. Bredvold, "The Religious Thought of Donne in Relation to Medieval and Later Traditions, " in *Studies in Shakespeare, Milton and Donne* (New York and London: Macmillan, 1925), p. 226. この論文でのアウグスティヌスの反知性主義のみの強調へ反論したのが Sherwood で，彼はアウグスティヌスの 'rational' な面，理性を重視し，ダンの理性観はアウグスティヌスによって説明されるとする。(Terry G. Sherwood, "Reason in Donne's Sermons, " *ELH* 39 (1972), p. 366.)

(14) テキストは Gardner, op. cit.

(15) Marotti, p. 257.

(16) Patrick Grant, *The Transformation of Sin: Studies in Donne, Herbert, Vaughan, and Traherne* (Montreal and London: McGill-Queen's University Press, 1974), p. 58. また William H. Halewood, *The Poetry of Grace* (New Haven: Yale University Press, 1970), pp. 14-5 をも参照。

(17) テキストは W. Milgate ed. *John Donne: The Epithalamions, Anniversaries, and Epicedes* (Oxford: Oxford University Press, 1978) を使用。なおこの詩とアウグスティヌスとの関係については Sherwood の以下の論文と書を参照されたい。Terry G. Sherwood, "Reason, Faith, and Just Augustinian Lamentation in Donne's Elegy on Prince Henry, " *SEL* 13 (1973): pp. 53-67. *Fulfilling the Circle* (Toronto: University of Toronto Press, 1984), pp. 30-34.

(18) Itrat-Husain, *The Mystical Element in the Metaphysical Poets of the Seventeenth Century* (New York: Biblio and Tannen, 1966), p. 59.

(19) テキストは Evelyn M. Simpson ed. *Essays in Divinity* (Oxford: Oxford University Press, 1952) を使用。

(20) Ibid. p. 16.

(21) Op. cit.

(22) Op. cit.

(23) Ibid., p. 57.

(24) Ibid., p. 21.

(25) Ibid., p. 55.

(26) Ibid., p. 13.

(27) Ibid., p. 6.

(28) Ibid., p. 59.

(29) Ibid., p. 24.

(30) Ibid., p. 10.

(31) Ibid., p. 92.

(32) Ibid., p. 50.

(33) Ibid., p. 39.

(34) Ibid., p. 76.

(35) Ibid., p. 80.

(36) Op. cit.

(37) Ibid., p. 98.

(38) Ibid., p. 100.

(39) 復活や三位一体のほかにも処女懐妊や神が人間となったことは理性では把握できな
いと言っている。(IX: 355)

(40) III: 239 では次のように言っている。"To beleeve implicitly as the Church beleeves,
and know nothing, is not enough: know thy foundations, and who laid them."

(41) この点に関しては Itrat-Husain, pp. 92-6 をも参照。

(42) H. White は「ダンは信仰と知識の調和は困難であると考えていた」と言っているがこの
見方は受け入れ難い。(H. White, *The Metaphysical Poets* [New York: Collier Books, 1966],
p. 135. また J. Carey は「『説教集』では理性のとらえ所のなさがダンを怒りで満たして
いる。『説教集』は，理性はより信頼できないという事実への憤慨を記録している」と言う
が，彼の言う「とらえ所のなさ」「怒り」「憤慨」を筆者は読みとることはできない。(John
Carey, *John Donne: Life, Mind, & Art* [London: Faber & Faber, 1981], p. 256.) 筆者
としてはダンが信仰と理性の調和方法を徐々に見つけ出していくと考える Mahood の見解
に近いが，Mahood は「修正された理性」には触れていない。(M. M. Mahood, *Poetry and
Humanism* [New York: The Norton Library, 1970], p. 118 and p. 121.)

(43) VIII: 220 and 230.

(44) Simpson, p. 20.

(45) IV: 119.

(46) Douglas Bush, *English Literature in the Earlier Seventeenth Century 1600-1660*
(Oxford: Oxford University Press, 1945; rev. ed. 1962), p. 327.

第9章 'who' の先行詞は 'thou' か 'me' か
—ジョン・ダンの "A Valediction: Forbidding Mourning" の2つの 訳について—

9−1 はじめに

　本論はジョン・ダンの詩に関する疑問点を解消することを目的とするものである。ダンと言えば17世紀初頭のいわゆる形而上詩人を代表する詩人であるが、彼の "A Valediction: Forbidding Mourning" 「別れ：嘆くのを禁じて」(以下「別れ」と略記)はそのコンパス・イメージ使用によってエリオット激賞の形而上詩を代表する詩である。愛する「女性」に向かって旅立つ「男性」が嘆いてはいけないことを立証する詩である。「別れ」について私は格別疑問を持たずに読んできたが、関係代名詞の先行詞に関する疑問があることを知るに至った。本論ではその問題点の解明に当たるものである。

9−2 詩の問題提起

　「別れ」についていささか旧聞に属するが、『英語青年』(2001年8月号) に以下の投稿が東苑忠俊氏からあった。投稿文は長いが全文を紹介したい[1]。

ジョン・ダンの詩に2つの訳

　コンパスの比喩で知られる形而上詩人 John Donne (1577-I631) の詩 "A Valediction: Forbidding Mourning" は9連36行から出来ていますが、その中の who の先行詞のとり方の違いから、市販の本に2通りの訳があることに気付きました。まず、コンパスの登場する最後の第7〜9連 (stanzas) を掲げます。

```
7  If they be two, they are two so
     As stiff twin compasses are two
     Thy soul the fixt foot, makes no show
     To move, but doth, if th'other do.
8  And though it in the centre sit,
     Yet when the other far doth roam,
     It leans and hearkens after it.
     And grows erect, as that comes home.
9  Such wilt thou be to me, who must
     Like th'other foot obliquely run;
```

166

Thy firmness makes my circle just,
And makes me end where I begun.

問題の箇所というのは、この第 9 連の“Such wilt thou be to me. who must/ Like th' other foot obliquely run” の中の who の先行詞を me とするもの(A)と、thou とするもの(B)とがあるため、当然意味も違っている点です。

(A) の側は『英語青年』1963 年 6 月号の「英詩集註研究」に見られます。これは原文(古いスペリング)とその訳文(石井正之助訳)、さらに 5 氏による各自の注釈(石井正之助、川崎寿彦、松浦嘉一、御輿員三、佐山英太郎) が掲載されています。(中略)

この第 9 連の訳は、

きみは私にとってそのようなもの、／他の脚のように斜めになって走る私に、／きみの変わらぬ堅固さが私の円を正しく描かせ／初めの点に立ち帰らせる。

としてあって、斜めに走るのは「私」です。先行詞を me とする点は、湯浅信之編『ジョン・ダン詩集』(岩波文庫、1995 年 1 月)でも同じで、その訳は「どうかこの姿勢を守ってくれ。僕は、一つの脚のように、斜めに走る」と、斜めに走るのは同じく「僕」としてあります。

これに対して、(B) の例の深瀬基寛編『英時鑑賞』(創元社、昭和 44 年 7 月)では、この部分の who の先行詞を thou としてあって、こちらの訳では、からだを斜めにして走らねばならぬのは「あなた」とされています。

あなたも、それと同じこと。あなたも、もう一方と同じように、からだをななめにして走らなければならないのだ。

そこで、次の 3 つの疑問をもちました。(1) 問題の先行詞は(A)の通り me ととるべきであるように思えるが、果たしてそうか。(2) もしそうであれば、「英詩鑑賞」の執筆者(18 人) の中には『英語青年』の 5 氏の中の御輿氏も加わっているのに、なぜこうした解釈の違いが生じたのか(御輿氏はこの胖を担当しなかったからなのか、もしくは何か理由があってのことなのか)。(3) 以上の点を指摘、もしくは論じたものがこれまでに発表されているのであろうか。

深瀬氏と言えば「知られざる思想家」とも言われ、その逝去に際して『英語青年』(1966 年 11 月) は「追悼：深瀬基寛氏を偲ぶ」を特集 (その 8 氏の中には前記 18 氏の中の 2 氏の名も見える) したほどの方であるだけに、翻訳を業とする者としては、以上の訳の違いが気になるところです。(東苑忠俊)1

東苑氏の言わんとするところは小論のタイトルにもあげたように、9 連 33 行の ‘who’ の先行詞を ‘me’ にするか ‘thou’ にするか解釈が分かれているということである。以下小論においてこの問題点を考えていきたい。関係代名詞 ‘who’ の先行詞は ‘me’ なのか ‘thou’

なのか、先行詞を‘me’とするか‘thou’とするかで詩全体は解釈上どのような違いが生じてくるのか、これらを中心にして論を進めていきたい。

9－3 「別れ」について

　東苑氏が投げかけた問題点を論ずる前に、最初「別れ」を詳細に読んでみよう。この詩はダンの時の中でもまた形而上詩のなかでも代表的な詩と見なされている。Walton によれば「別れ」はギリシア・ローマの詩人も及ばない名詩であり、Coleridge はダン以外の詩人には書けないとコンパス・イメージを激賞した。20 世紀では T. S. Eliot がやはり感受性の統一という視点から激賞したことは記憶に新しい。逆に Dr. Johnson はコンパス・イメージを馬鹿げているのか独創的と言うべきか疑問であると評した。「別れ」については同時代人からのコメントはなくただ Walton がこの詩は 1611 年にダンが大陸に行く際に妻の Anne にあてて書いたとそのダンの伝記で書いたのが唯一のコメントである。Walton の伝記には様々な問題があり、Walton の言葉をそのまま信じることにはいささかためらいを覚える。Walton 伝記の信憑性はさておき、「別れ」が賞賛される理由はその論理的な詩の構成及び斬新なイメージやコンシートの使用、天文学や錬金術の豊富な知識にあると言える。この詩は愛する女性との別れの詩である。しかし、「男性」（詩の語り手が男性であることは後述する）は何とかして「女性」をなぐさめようとする。彼によれば二人の「別れ」は「別れ」ではない。詩のおもしろさは実際の男女の「別れ」は「別れ」ではないことを証明する詩人のロジックにある。類推から議論によって立証する詩の展開である。1～3 連まで立証は二人の別れは「穏やかで」「静かで」あることであり、普通の恋人に見られる「涙」や「ため息」はない。二人の愛は俗人の愛とは異なり、精神的な宗教的な愛にも匹敵する愛である。「僕達の愛を、素人に打ち明けるのは、／僕達の喜びを、冒涜するものである」という行には素人（layetie）、冒涜（prophanation）が使用されているが、これらの語には当然のことながら宗教的な意味が含まれている。二人の愛は俗人を越えた聖なるものと見なし、俗人の「涙」や「ため息」にあふれる別れの次元を越えているのである。次に二人の男女は天体にたとえられる。彼らはすべてが死す地上を越えたところにいる。予測も出来ない破壊的な自然災害と異なり、天体の動きは平和で穏やかである。二人の別れはお互いに何も危害はもたらさない。それに反し俗人の別れは、お互いに精神的にも肉体的も激しい痛手を残す。「愚かな月下の世界の恋人たちの愛は、／（感覚こそその魂であるので）別離を／認めることはできない。何故ならば／別れが愛を構成する要素を奪うから」である。俗人の愛は感覚がすべてである。それに反し二人は「愛の力によって純化されて」いるので、俗人の恋人とは異なり「目や、唇や、手はなくても困らない」のである。ここまで男女の愛は俗的な愛とは異なり、俗界を越えた人たちの愛であることが描かれる。ダンは俗的な愛とは違った高尚な愛の姿を読者に提示する。二人の愛は世間的な愛とは全く関係ないのである。5 連までは俗人の愛と聖人の愛の違いについて述べているが、「別れ」が英詩においてその最も忘れがたいイメージを駆使し

た連が6連から続く。ダンの恋愛時を最も特徴づける愛し合う男女の魂は一つであるという考えが導入される。男女の魂は一つになっているので、男性が女性のもとを離れても二人は「引き裂かれ」はしない。ただ二人の魂は「薄く延ばした金箔」のように広がっていくだけなのである。これは一種のこじつけ、詭弁である。詩人は愛し合う男女の別れは別れではないということを様々なこじつけ、詭弁によって立証するのである。一見したところでは何も関連性がないように見える二つのもののなかに関連性を見いだすのはいわゆる「コンシート」であるが、ここではその典型的なコンシートの使用である。6連は二人の魂は一つであると言っているが、7連では二人の魂が二つの場合を仮定する。その場合にダンが使うのが有名な「コンパス」イメージである。二人の魂が二つであってもそれはコンパスの二本の脚のようなのである。女性は固定した脚で、男性はもう一方の円を描く脚である。最終連の9連までは「コンパス」イメージが続く。女性の脚は中心に座った状態であるが、男性の脚が遠くに行けば、女性の脚も男性を心配して男性の方に傾く。しかし、男性が円を描いて戻ってくれば女性は直立する。最終連は問題の箇所であるが、湯浅信之氏の訳は以下の通りである。

> どうかこの姿勢を守ってくれ。僕は
> 　もう一つの脚のように、斜めに走る。
> 君が不動であるなら、僕の描く円は
> 　正しく閉じて、僕は原点に立ち返る[2]。

　「斜めに走る」という訳は 'obliquely' の直訳であるが、「斜め」では意味をなさない。この意味はA. J. Smithが解釈するように "deviating from the strict course[3]" ではなく、Redpath の "the describing arm follows a curved path. not a straight line[4]" を意味していると考えられよう。最終連では旅に出る男性が家に残る女性に対して浮気はするなと言っているのである。家に留まる女性が操を固く守れば男性も旅先で浮気することなくきちんと家に帰ってくる。しかも円を描いて帰ってくるのである。「斜め」では円を描かない。円は言うまでもなく「完成」の象徴である。男性と女性との別れに際して、詩人が言いたいことは二人の別れは別れではないと女性を説得することである。そのために詩人は彼独特の手法を詩で使う。その一つは類推(analogy)である。例えばダンと愛する女性→天体→コンパスの両脚、結婚指輪→天体の軌道→錬金術の黄金の象徴→コンパスによって描かれる軌道、普通の人たちの感情→地震や嵐、と言った具合に次から次へと類推が変化していく。あるいはイメージの展開についても、例えば円は結婚指輪、惑星の軌道、錬金術での黄金の象徴(中央に点のついた円で表された)、コンパスによって描かれる軌道で象徴的に表される。ダンはストレートに感情を表しはしない。むしろ感情は類推、コンシートに基づくロジックによって抑制される。まさしく「うまく作られた壺」である。
　次に詩の構成を見てみよう。1−2連では男性と女性は徳のある人と対比されている。徳

のある人が死に際して泣くことがないように、二人も泣くべきではない。二人には肉体的な別れを克服する精神的な一体感がある。だから二人は俗人の別れのように泣いたり、ため息をついたりはしないのである。二人の愛は俗人の愛を越えた聖なる、高尚な愛である。

　第 3 連でダンは地震とプトレマイオス天文学の天球の動きとの対比を持ち出す。この意味するところは地震と天球の動きが地上の人間にもたらす様々な影響である。地上の地震は文字通り害を引き起こし、人々に恐怖をもたらす。ところが天球の動きは地震よりもはるかに規模の大きな揺れであるにもかかわらず、人々には何も危害はない。この連は第 4 連によって意味が明らかになってくる。この世の(詩では「sublunary」(月の下の)である)普通の恋人たちは「月の下」にいるから死や変化を受け、いわば肉体を基にして結びついている。彼らの愛は五感によっているので、別れに耐えることは出来ない。ところが男性と女性の別れは別れに際して何も変化はない。二人の愛には肉体的要素はなく、二人はもっぱら精神的に一体となっているからである。ここで地震と天球の揺れと二組の愛が対比される。「月の下の」普通の恋人たちの別れは地震に相当する。地震が危害をもたらすのと同様、俗人の別れも二人には危害をもたらす。しかし、詩人と恋人の別れは俗人の別れとは異なる。二人は感情に左右されたり、嘆いたりすべきではない。二人の愛は「月の下の」恋人たちを遙かに超える次元にある愛で、それは丁度天球の揺れのようなものである。天球の動きによって危害を受けた者がいるであろうか。二人の愛はまさに天球の揺れに相当する愛である。二人が別れても二人には何ら危害はない。ダンはこのように類推によって詩を進める。第 5 連で二人の愛は精神的な完全性を表すと述べているが、二人の愛は「純化」されている。つまり俗人の肉体的な愛を凌駕する愛である。二人の愛が天球の愛にたとえられる理由はここにある。天球の動きが誰にも害をもたらすことがないのと同じように、詩人と女性の別れも互いに危害を与えることはないし、別れに際し何ら恐れを抱いてはいけないのである。ここまでのダンの詩の展開を整理すると以下のようになる。

　　　　普通の恋人たち愛→地震
　　　　ダンと恋人の愛→天球の揺れ

　6 連では前の連の二人の愛の純化、二人の魂の一体感を受けて、それをさらに展開する。二人の魂は一体化しているので、別れることがあっても二人に別れは存在しない。魂が一つになっているので、別れてもそれは引き延ばされるだけで、金箔のようにどこまでも延びていく。引き延びていく魂が薄く引き延ばされた金箔にたとえられる。こればダン特有の「コンシート」である。金はまたあらゆる物質の中で最も美しく、価値があり、また非金属を含まないが故にダンと恋人の愛の姿を表すのに最適な語となるのである。「別れ」の最後のコンシートは 7〜9 連までのコンパスの使用である。ダンは二人の愛は魂において一体化していると言ったが、二人の魂が二つであるならばそれは二つである特別な意味で二つであると言う。ダンは二人の魂をコンパスの二つの脚にたとえる。二つの脚はコンパスの

上で一つになっている。コンパスの二つの脚は二人の魂を表す。二人の魂はコンパスの脚が離れたり、一緒になったりするように、離れたり一緒になったりする。ダンはここでコンパスの固定した脚を恋人にたとえ、もう一方の動く脚を自分自身にたとえる。そしてダンは、コンパスの脚がしっかりと固定していれば、他方の脚もさまようことなくきちんと円を描いて元に戻って来ると言う。ちょうどコンパスの固定した脚が円の中心であるように、恋人は二人の愛の中心である。ダンのレトリックは巧妙である。次から次へとコンシート、類推、対比を続け、読者を戸惑わせる。ダンの詩はあくまでもロジックによって進行する。この詩の場合も徳のある人の死、天球の動き、金箔、コンパスの脚がダンと恋人に対比され、その論理的な説明から別れに際して恋人に有無を言わせないほど納得させる。二人の場合、別れは別れでないのである。魂が一体化した二人にとって別れはありえないのである。

　これまで「別れ」を詳細に検証してきた。この詩の面白さは、別れを告げる語り手が「女性」に向かって、二人の別れは俗人の別れとは違い、別れではないことを立証、説得する点にある。愛し合う二人の愛は現世を越えた、俗人の愛とは全く次元の異なる愛である。二人の真に愛し合う魂は一体化しており、別れに際して二人が引き裂かれることはありえない。「別れ」のなかでダンは様々な技巧を駆使し、相手の女性そして読者に戸惑いを与えるが、最終的に二人の別れは別れではないことを相手の女性そして読者に立証するのである。これまでの詩の理解をふまえて、次に本論の論点に移っていきたい。

9—4 'who' の先行詞は 'thou' か 'me' か

　問題は 9 連 33〜4 行の "Such wilt thou be to me, who must / Like th'other foot obliquely run;" である。ここでの 'Such' は前のスタンザを受けている。コンパスの中心となる脚がしっかりとしていれば他方の脚は遠く離れていてもきちんと円を描いて元に戻ってくる。君は私にとってコンパスの中心の脚のようでいてほしい、と詩人は語る。問題は 'who' 以下である。'who' の先行詞は 'thou' か 'me' か。実は 'thou' か 'me' のいずれを先行詞とするかによってこの詩の意味は全く異なってくる。それは旅に行くのが男性か女性かという問題を提起するのである。筆者はこれまで「男性」が「女性」にあててこの詩を書いたとの前提で論を進めてきたが、問題はそう簡単にはいかない。『唄とソネット』のなかでは時の語り手が男性か女性かはっきりとわかるのが多く、ほとんどの詩は語り手が男性である。ただ「夜明け」「制限された愛」「自愛」だけは女性が語り手である。その他は時の中に語り手が男性であることが判明する語句が出てくるので、読者は語り手について迷うことはない。ところが「別れ」に関しては、語り手が男性か女性かを断定する語句は詩には出てこない。『唄とソネット』の詩のほとんどが男性だから「別れ」の語り手も男性だと決めつけることは出来るだろうか。また Walton は、「別れ」はダンがフランスへ行く際に妻 Anne にあてて書いたと言っており、これによって欧米の研究者はほとんどすべてが「別れ」

171

の語り手は男性（ダン）で語られている人は女性（妻 Anne）と解釈している。しかし、Walton の伝記には様々な問題点があって、信憑性を欠いているという批評もあり、そのまま彼の言うとおり信じていいものか判断しにくい。伝記的事実を詩に持ち込むことは詩の解釈には都合がいいが、正確な事実関係を調べることは不可能である。「別れ」の語り手は大体男性であろうと想像できるが、確証はない。ただ 8 連の‘grows erect’の‘erect’に性的な意味を取れば、コンパスの中心にいるのは男性ということになる。性的なニュアンスはその前の‘goe’とか‘melt’にもあるが、‘goe’は「性的なクライマックスを体験する」、‘melt’は「オルガズムを体験する」という意味を持っている[5]。語り手を女性とするとそのような性的な言葉を自由に発言する女性を容認することになるが、ダンの詩を見てもそのような現代風のフェミニストは登場しない。フェミニスト的解釈はまさしく現代に「誘拐」していることになる[6]。ダンの恋愛詩の場合どちらかと言えば、男性に従順な女性が登場することが多い。だからといって、「別れ」の語り手が女性ではないとは言えないのであるが、「別れ」に関しては、語り手が男性、女性、いずれかに決定できる確証はない。もし語り手を女性とすると、旅かどうかは判断しかねるが、愛する男性をおいて出掛けるのは女性で、家で彼女の帰りを待つのは男性ということになる。家に残る男性が浮気をしなければ、外に出掛けた女性も不貞を働かずに男性のもとへ帰ってくるということになる。これに反し、語り手を男性とするととりわけ解釈に不都合は生じない。ダンがフランスに行く際に実際に妻にあてて書いた詩であろうがなかろうが、愛する女性への男性の優しい気持ちを読みとるのは自然なことである。それにしても語り手が男性である証拠はない。「別れ」の時の解釈について‘who’の先行詞が‘thou’か‘me’かで詩の解釈は異なってくることは確かである。コンパスの中心が男性か、女性かで詩の内容ががらりと違ってくる。男性を家において外を放浪するのは女性であるという解釈はダンの時代では考えられないというのは伝統的な男性－女性関係を無意識のうちによしと考える人であろう。時代が 15 世紀だろうが 16 世紀であろうが 17 世紀であろうが、男性のもとを離れて自由に行動するような女性はいたであろう。固定観念にしたがって女性は家、男性は外、という図式を考える危険性は十分にある。女性が外で、男性が家ということもあったであろう。そうすればこの詩の語り手はますます混乱してくる。『英語青年』に掲載された問題提起は語り手が男性か女性かには全く触れていない。また、‘who’の先行詞を‘thou’とした深瀬訳でも語り手が男性か女性かについては何も言っていない。『英語青年』の‘who’の先行詞の問題に対して鈴木聡氏は、先行詞は‘thou’であると述べている[7]。その裏付けは 27-28 行の “Thy soule the fixt foot, makes no show / To move, but doth, if th’other doe.” であると言っているが、これの説明がない。この行は、中心にいる固定した脚のあなたの魂は動く気配はないが、もう一方の外にいる脚が動けば、固定した脚は動く、と言っているだけで、この 2 行だけでは先行詞が‘thou’であるとは断定できない。鈴木氏は更に投稿を続け、「当面のところ小生としてはwho の先行詞は me ではないように思われる（もし me であるとするならば th’other foot とはいったいなにをさしたものなのでしょうか...」と述べているが[8]、

この「他の脚」は言うまでもなく旅に出ている人の脚である。鈴木氏の‘who’の先行詞が‘thou’であるという根拠は乏しい。ところで男女の別れを歌った valediction は「別れ」以外に3編あるがその3編とも語り手は男性であることがはっきりしている。また同じような別れを歌った「うた：愛しき人よ」でも語り手は男性である。『唄とソネット』のほとんどすべてが男性の視点から書かれているとことを考えれば、「別れ」の語り手も男性であると考えるのは自然であろう。しかし（また「しかし」であるが）、100%そうであるとは断定できない。「別れ」の詩についてもし読み手が詩人の伝記的事実や他の詩を考慮にいれず、この詩だけを取り出して読めば、語り手が男性か女性かは判断に迷うだろう。読み方によって二通りの解釈が可能となってくるからである。ところがこれまでの日本の主な翻訳を見ると、すべてが‘who’の先行詞は‘me’で、語り手を男性と解釈している。松浦嘉一氏は問題の行については「貴女の脚がしっかり固定するなら、わが脚が円を正確に描くことが出来・・・」と注をつけていることからも明らかなように、中心の固定した脚は女性である[9]。篠田一士他の訳では「おまえは僕にとってそういうものなのだ」とあり[10]、河村錠一郎氏の訳は「きみはぼくにとってこうなのだ」となっている[11]。最近では湯浅信之氏の訳は「どうかこの姿勢を守ってくれ。僕は、／もう一つの脚のように、斜めに走る」である[12]。いずれもが語り手は男性でコンパスの固定した脚は女性である。つまり旅に出る男性が家に留まる女性に別れを告げていると解釈している。とすれば深瀬氏の訳「あなたも、それと同じこと。あなたも、もう一方の足と同じように、からだをななめにして走らなければならないのだ[13]。」は新しい訳で、男性が固定した脚で、円を描くのは女性である。これは斬新な訳であるが、解説では「これ（「別れ」）は作者が、遠い旅に出かけるに際し、別れを悲しむ女（おそらく妻）に向かって、「嘆くなかれ」という「別れの歌」である」と Walton の伝記に従って述べている[14]。この解説によればコンパスの固定した脚はやはり女性で、外で円を描くのは男性となる。これは上記の日本語訳と矛盾した説明で、説明と日本語訳は一致していない。もし深瀬訳が解説通りであれば、「あなたも、もう一方の足と同じように、からだをななめにして走らなければならないのだ」は「わたしも...」としなければならない。ところが深瀬訳の最終2行は「あなたがしっかりして、はじめて、わたしの円は完全になり、始めたところに「わたしは」帰ってくることができるのだ。」となり、円を描くのは「わたし」で、家に戻ってくるのは「わたし」となっている。とすれば深瀬訳は解説とは異なる訳となり、解釈に一貫性を欠いていると言えよう。なぜ深瀬氏は‘who’の先行詞を‘thou’にしたのであろうか。この問題は8，9連を正しく理解すれば解決する問題である。8，9連は以下の通りである。

> And though it in the centre sit,
>   Yet when the other far doth roam,
> It leans, and hearkens after it,
>   And grows erect, as that comes home.
> Such wilt thou to me, who must

Like th'other foot, obliquely run;
Thy firmness draws my circle just,
And makes me end, where 1 begun.

外で円を描くのは「わたし」であることは'my circle'（私の円）からも明らかであり、始めに戻ってくるのも「わたし」である。8連の最初の行の'it'は「君の固定された脚」であり、'the other'は外で円を描く人である。他方が遠くをさまよえば、固定された脚は心配して相手の方に傾き、耳を傾け、家に帰ってくると直立する。そして最終連で「あなたはわたしにとってそのようなのだ」と言うが、「そのような」とは固定した中心にいるコンパスの脚のもう一方の脚への気遣いである。'who'の先行詞を'thou'とすると「あなたがもう一方の脚のように円を描いて走らねばならない」となる。中心にいれば「走る」必要はない。「走る」必要があるのは外にいるコンパスの脚である。とすれば'who'の先行詞は'me'ととるのが妥当であろう。更に言えば「あなたの脚の堅固」は中心にいるコンパスの脚の堅固さである。その堅固さがあれば「わたし」も円を「正しく」描くことになる。外にいる「わたし」が円を描いているのであって、中心にいる「あなた」ではない。中心にいる「あなた」は円を描く必要がない。（コンパスの外の脚だけが円を描くのではなく、中心にいる脚も点を中心に回転していると言うことができるが、「斜めに走る」必要はない。）この最終連からおおよそ'who'の先行詞の問題は解決がつく。とすれば深瀬訳は解釈の取り違いで、その解説からも明らかなように、間遠って訳していることになる。それにもう一つ付け加えるならば、欧米の研究者で「別れ」の 33 行目の'who'の先行詞についてはほとんど誰も何とも言っていない。ということは彼らの間では'who'の先行詞が'thou'か'me'かは問うまでもない自明なことなのであろう。つまり'who'の先行詞が'me'であることは疑問の余地がないと考えているのである。筆者が「別れ」を扱っているダン研究書を見る限りではほとんどすべてが Walton のダンの伝記で言及されている「別れ」の説明に従って、「別れ」は 1611年にダンが Sir Robert Drury と共にフランスに行ったときに妻の Anne にあてて書かれた詩であると解釈している。そしてほとんどすべてが「わたし」は男性で、「あなた」は女性としている。「別れ」についての欧米の研究者は、この詩は旅に出掛ける男性が家に残る女性に向かって書いていると考えているのである。この解釈が圧倒的に多い。

　ここまで来ると、本論の問題点は決着がついたように思われる。筆者は欧米の研究者は「ほとんど」と書いたが「ほとんど」ということは例外があることを意味する。実際、「別れ」語り手が「女性」で、旅に出掛ける女性が家に留まる男性に向かって詩を書いているという解釈もあるのである。それは'who'の先行詞が'thou'であることにも至る解釈である。次にその解釈を見てみたい。

9－5 「別れ」の語り手は誰か

　上で見たように、筆者にとって 'who' の先行詞は 'me' ととるのが妥当であるように思える。問題は、「わたし」は男性で「あなた」は女性であるのかである。これまでの考察から「別れ」は Walton の言葉に従ってダンが大陸に行く際に妻にあてて書いたものであると解釈する研究者がほとんどであることがわかった。Walton に従えば語り手の問題は何もない。ところが Walton のダンの伝記は研究者の間では評価が低い。その理由の一つは Walton の伝記には様々な間違いや誤解が多いことである[15]。確かに Walton の言うとおりにダンが妻にあてた詩であるとすれば詩はわかりやすい。ところがすでに述べたこの詩をそれだけを取り出してみると詩の中に男女の関係を示唆するものは皆無である。語り手の「わたし」は男性なのか、家に留まる「君」は女性なのであるのか、それとも逆に「わたし」は女性で、家に留まる「君」は男性なのか。男性が女性にあてて書いたのか、それとも、女性が男性にあてて書いたのか。この問題を解消してくれるものは何もない。他の「別れ」の唄がすべて男性から女性へ書かれているからこの「別れ」も男性から女性へあてて書かれたする根拠はない。またダンの『唄とソネット』のほとんどの詩では男性が語り手であることから「別れ」も男性が語り手であると結論づけることはできない。とすれば「別れ」の語り手はどのように解釈したらよいのであろうか。欧米の研究者の間で「別れ」の問題を扱っている研究者はいないのであろうか。筆者が知る限り、この語り手の問題を論じている代表的な論文が Wisam Mansour の "Gender Ambivalence in Donne's "Valedicition:Forbidding Mourning"" である[16]。 Mansour がいかなる理由により語り手を女性としているのかを彼の論文から検証を試みたい。果たして Mansour の解釈に妥当性があるのだろうか。

　最初に Mansour は、「別れ」を読んでみても「話しかける人」と「話しかけられる人」の性別を決定する詩の言葉からの証拠はないと言う。これは筆者も既に指摘した通りであるが、確かに「別れ」には男性か女性かを示す語はない。詩の登場人物に性別の役割があると考えるのは「文化的」「解釈上」の問題であり、また、詩についている注で述べられている詩人の意図に基づくと Mansour は言う。登場人物に性別を決めつけるのは読み手であり、伝統的な性別の役割を登場人物に与えることはできないという主張である。詩人の注で性別がはっきりすることがあるが、「別れ」の場合、ダンは何も語っていない。従来の「別れ」の登場人物については Walton のダンの伝記からダンが大陸へ行く際に妻にあてた詩と考え、語り手はダン、相手は妻の Anne と考えるのが一般的であった。しかし、Mansour は、語り手は女性であると考えて、精密に特を読んでみるとダンは女性に対して肯定的な態度を取っていることがわかる、と言う。Mansour の主張を裏付けるのは最初の１行目にある。女性の語り手は、家に残る男性は良い人で深刻な危機に際し善人のように振る舞わなければならないと男性に思い起こさせていると Mansour は言うのである。Mansour によれば有徳の士が穏やかにこの世を去るように、あなた（男性）も二人の別れに際して穏やかに別れなければならない、と女性が男性に論しているのである。しかし、第１連は As...so...の構文で、有徳

の士のように私たちも「やさしく溶けて別れよう」と言っており、この連だけからは語り手が女性であるとは断定できない。Mansour は、徳のある人やその従者のように振る舞うように愛する女性に説得する語り手の男性（と仮定すれば）には何ら正当な理由は見つけられないと言う。この説明には疑問である。なぜかと言えば語り手は単に別れに際してお互いに静かに、穏やかに別れようと言っているだけであり、そこにこそ「正当な理由」があるからである。Mansour は男性だけが穏やかに別れなければならないと言っているが、この詩では男性も女性も穏やかに別れなければならないと言っているのである。それが俗人の別れと異なるところである。別れに際し、女性は男性にめそめそするな、立派な男性のように悠然とした態度を取りなさいと語り手女性は言っているというのが Mansour の解釈である。

　9-10 行の解釈に関して Mansour は "Men reckon what it did and meant." の 'Men' を男性ととっているが、これは単に「人々」であろう。Mansour の解釈では、男性は地震があると地震がたらす被害を知っている。女性は迫り来る別れを女性らしい細やかな気持ちで男性に準備させている。語り手の女性は、自分は理性のある分別のある女性であると相手の男性を納得させている。月下の気まぐれな女性（月の移動と共に変化する）とは異なるのである。女性は、たくましい、徳のある、理解力のある男性としての役割を男性に信じ込ませ、女性は女性で自分は月のようではなく、分別があり、心変わりのしない女性であると考えている。女性は、男性は女性の人生の中心であると男性に思い起こさせている。なぜ女性が男性を中心に置くかといえばそれは男性の「堅固さ、信頼性、性的な力強さ」のためである。中心のコンパスの脚の「直立」には男性の「勃起」の意味があり、中心にいるのは男性であることが示されている。また外にいる女性が描く円は女性の性器を表し、円はたえず女性であるとの西洋文学の伝統的解釈を Mansour は持ち出している。"Thy firmness makes my circle just. / And makes me end where 1 begun." では男性に男性の力強さと性的能力を思い起こさせ、女性は男性の女性であり続けることを男性に確約していると Mansour は言う。

　ここまで Mansour は詩の語り手は女性、相手が男性、つまり旅に出るのは女性で家に残るのが男性との仮定に立って論を進めてきたが、詩には以下の五つの先入観があると言う。

1. 男性は女性のすべての活動の中心にいる。
2. 男性はこの女性放浪者の指導者であり導き手である。
3. 男性的であることは徳、知識、英知、寛容、力強さと結びつけられる。
4. 女性は他者性をはっきりさせている。　28-34 行で、彼女は自分を "the other" と呼んでいる。
5. 女性の虚栄心と性的特質が表面化している。

結果としてダンは、自分を女性の立場に置くことによってまた伝統的な男性のような言葉で女性を描くことによって因習的な性別の役割を再確立し、最終的には女性に対して敵対

感を表している。それは女性が男性を支配することへの恐れによって引き起こされている。上記の 1〜5 までは従来のダン研究者が持っている先入観であると Mansour は考えるが、Mansour は「別れ」の読みからダンは女性に対してむしろ肯定的な同情的態度を微妙に抱いていると考える。「別れ」でダンは動く女性を示すことによって微妙に女性の男性への忠誠、忠実、献身についての伝統的な考え方を取り消し、固定し同時に動く者として逆説的に見られるのは男性であるという考えを出しているのである。ダンは詩のなかで男性の考え方を示しており、時代の社会的な価値観をひっくり返すことなしには女性を完全に男性と同等な自立した人としては見ることが出来ない。ダンは男性に力強さ、堅固さ、支配力を与えるように女性の語り手に同意させているが、この同意に男性の力強さへの皮肉や嘲笑がないわけではない。男性の力強さは女性を円の軌道に固定させることで威厳を見い出している。しかし、女性が男性に「美徳の士」のように振る舞えと言っているのは言われた男性には「美徳」がないことを示唆しており、「別れ」の最初の行は男性の特性について疑惑の影を投げかけている。女性の「斜めの行動」がこの疑惑を確実なものとしており、男性優位の基盤を揺るがしそうな問題点を作り出している。

　Mansour の論文は以上の通り、語り手を女性とし、相手を男性とする従来の「別れ」の解釈とは異なる視点から論を展開している。Mansour の論議には幾分強引なところもあり、全面的には賛同はできない。第一の理由は語り手一女性、相手一男性という論拠のための詩からの引用が少ないことである。例えば 1 行目の「有徳の士は。穏やかにこの世を去り...」から Mansour は語り手が女性であると断定しているが、この行だけから果たして語り手が女性であると言うのは幾分性急すぎである。上でも述べたように、ダンは有徳の士のように私たちも静かに別れましょう、と言っているだけで、ここから女性が語り手であるとは言えない。また Mansour が語り手一女性である証拠に持ち出した 9-10 行に関しても Mansour は‘Men’を男性としているが、これは一般的な人々を指していると考えるのが妥当である。女性を語り手とするとどうしてもこの‘Men’を男性としなけれぱならないが、ダンの他の詩でも Men が男性ではなく、ただ単に「人々」を指していることがある。Mansour の詩の「緻密な読み」の割には詩からの引用が少なく、説得力に欠けるところがある。Mansour の議論のなかでもっとも疑問に感じられるのは、男性が中心にいることが逆に男性の女性への優位を示しているという点である。男性は中心にいながら外を動く女性を影で操っているのである。女性が男性を家に残し、遠くをさまよう姿は自由、自立、冒険心に満ちた女性の姿を彷彿させるが、そのような自由奔放な女性であっても結局は男性によって支配されるのである。とすれば語り手が女性であるという意味が幾分弱くなる。男性を置いて一人好き勝手に遠く外をさまよう女性はそのさまよいのなかで何を見いだすのであろうか。男性には左右されない女性の生き方を再確認したのであろうか。中心にいる男性の「徳、知識、英知、力強さ」を女性は認めることによって自らの女性としての弱さを再認識したのであろうか。旅を終わった女性がそのような弱さを見せることはこの詩の意図するところであろうか。もし旅に出掛けるのが女性だとすればむしろ自信満々に旅を終え、家に残った男性

を慰めるような形で中心に戻ってくるのがこの詩にはふさわしい。弱々しい、自信に欠けた、疑心に満ちた帰宅ではこの詩の相思相愛の男女にはふさわしくない。魂が一つになっているほど精神的に一体化している二人に迷いがあってはならない。信頼感がお互いにはある。この詩の中では男性が女性より優位にたつとか女性が男性より優位に立つという問題は生じない。「何者かわからないほど/愛によって精錬・純化され」「互いの心に絶対の信頼を寄せている」二人である。とすればMansourが、この詩の女性が「男性としての力強さ、堅固さ、支配力」を男性に与えていると言っているが、それは男性の女性への優位を示すことになる。もっとも男性優位論には女性から男性への「皮肉」「からかい」がないわけではないと Mansour は言っているが、愛し合う二人に女性からの男性への「皮肉」「あざけり」を見ることができるのであろうか。この男女間の優劣は二人には存在しないのである。

　Mansour の議論はこれまでの「別れ」における語り手は男性であるとの解釈に反論し、語り手は女性であるとの観点から論を展開しているが、やや我田引水的な議論になっている。最大の問題点は外をさまよう女性が依然として男性の支配下にあるという点である。男性の支配下にある女性がなぜ自由に男性の元を離れていくことができるのか。それも男性の許可を得ているからだと言えばそれまでだが、それほど単純に考えることができるのであろうか。語り手の女性は男性の浮気がなければ彼女も浮気をせず無事男性の下へ戻ってくると言うが、女性は男性の支配下にありながらも性的放縦に身を投げるのであろうか。二人の関係を考えるとこれも疑問である。二人は互いを信頼し合っている。浮気云々は互いに対する背信行為である。語り手を女性とすると様々な問題点が生じてくることは否定できない。「別れ」の語り手を女性とする難点は、詩の言葉は女性が語る言葉としては幾分難解で抽象的であるということである。ダンの『唄とソネット』では女性が語り手であるのが「夜明け」「制限された愛」「自覚」の 3 編であるが、それらで女性が語る言葉は女性が語るにふさわしい言葉であり、内容となっている。「別れ」の内容は女性が語るには難解な表現となっている。女性だからと言って「別れ」の詩を書く能力はないというのは女性への偏見であり、女性でも「別れ」くらいの詩は書けると言えばそれまでであるが、それにしても女性が表現するにしては内容が高度であることは確かである。やはり「別れ」は男性が女性にあてて書いたと解釈するのが妥当であろう。それに愛し合う男女は魂が一つになっているというのは他の詩では男性が女性に向かって言っている言葉である。確かに Mansour が言うように「別れ」には語り手が男性か女性かを決定づける言葉はない。これまで欧米の研究者はほとんどが Walton の言葉を鵜呑みにして、語り手は男性、しかもダンとして解釈してきた。筆者もこの解釈には疑問を感じたが、「別れ」を総合的に考慮するとあながち Walton の言葉を却下することはできなくなってくる。Walton の伝記に左右されて「別れ」を読むのが主流であったが、それも理解できないことではない。ダンの詩のなかで愛し合う男女、それも男性の女性への態度はいつも「やさしい」のである。女性へのうらみつらみ、憎悪を歌った詩もあるが、男性の愛する女性への心情は情豊かに歌われている。「別れ」でも詩の全体的なトーンから男性の女性への思いやり、やさしさ、相思相愛の二人の姿が浮かん

でくる。詩の中で女性を終始リードしているのはやはり男性なのである。「リード」と言ったがそれには男性の女性への優位感を示唆するものではない。語り手は男性である。とすればこの論文のタイトルにあげた問題は自ずから解決がつく。'who'の先行詞は'me'であり、'thou'を先行詞とした深瀬訳は誤解なのである。

9-5 むすび

　ダンの「別れ」の一節の二つの日本語訳から論を展開し、「別れ」ではコンパスの中心にいるのは女性で、女性を離れ遠くをさまようのは男性であるという結論に達した。この結論からまた、'who'の先行詞の問題も解決した。その際筆者はダンの『唄とソネット』を総合的に考慮に入れ、問題の解決にあたった。「別れ」それだけを読み、また Walton の「別れ」についての言葉がなければ、「別れ」の語り手と聞き手に関してどのように決着をつけるだろうか。語り手が男性で聞き手が女性と解釈する者もいるであろうし、逆に語り手は女性で聞き手は男性であると解釈する者もいるであろう。現代風のフェミニズム的批評からすれば後者の解釈に賛成する人もいるであろう。しかし Mansour の「別れ」論もそうであるが、語り手が女性であるという解釈は「別れ」の詩だけを取りあげ、ダンの「唄とソネット」全体からの解釈とはなっていないという大きな欠点がある。あるいは詩の言葉を無理に解釈する過ちを犯している。たとえば、男性がコンパスの中心にいることの証拠として、遠くにいる女性が家に帰ってくると中心にいる男性は 'erect' するという語がある。これは単にコンパスが「直立する」という意味であるが、それを男性の 'penis' が「勃起する」と解釈し、女性の帰りを待つのは男性であると結論づける。確かに 'erect' には性的な意味もあったが、果たして「別れ」でそのような露骨な意味で 'erect' を解釈してもよいのだろうかと考えるとき、筆者は戸惑いを覚えるのである。同様な性的な解釈を Docherty も行っている。彼は "Thy firmnes makes my circle just, /And makes me end, where I begunne. (ll. 35-36) について firmnes は erect penis であり、この詩の語り手を男性とすれば彼は homosexual であるとさえ言う。更にコンパスの脚は二つとも 'stiffe' から詩に登場する人物は homosexual であるとさえ言う[17]。果たして 'firmnes' や 'stiffe' は 'penis' の「固さ」を示しているのであろうか。Docherty は、35-36 行で男性一女性の関係は逆転しているともいう。そして 'circle' は 'vagina' であり、'ending' は 'female orgasm' となると言う。このような解釈が妥当であるかは筆者には疑問である。筆者が知る限り 'who' の先行詞に言及した唯一の欧米の研究者 Mintz は "Thus "who" (in "Such wilt thou be to mee, who must...obliquely runne") also seems detached, applicable to either of them grammatically as well as thematically. And which of them is "th'other foot"? と述べ、'who' の先行詞は 'thou' でも 'me' でもあると言っている[18]。Mansour、Docherty、Mintz の「別れ」論は従来のダン批評を覆す斬新な論となっているが、その解釈は「別れ」だけに終始し、しかもダンの全体像を無視した解釈となっている。やはりある詩人の蒔を論ず

179

る場合には詩人の総合的な観点から論ずる必要があろう。そのような視点から上の最終スタンザを見れば、そこに性的なニュアンスを読みとる必要性はないのである。「別れ」の語り手は男性であり、'firmnes'は家で男性の帰りを待つ女性の「操の固さ」で十分意味をなすのである[19]。ダンの恋愛詩は女性への説得、愛の立証がその根本を成している。ときどき"die"のようにダンは性的な意味を語に含ませることがあるが、真剣な男女の愛を歌う詩にそれは見られない。その意味で「別れ」のなかに性的なニュアンスを読みとるのはダンの時の全体を見ていない結果としか言いようがない。ダンの「エレジー16 彼の恋人に」に「男らしい説得力のある言葉」(masculine persuasive force, 1.4)という表現がある。ダンの『唄とソネット』のすべてはまさにこの「男らしい説得力のある言葉」によって聞き手である女性を口説き、女性との愛を歌い、女性の不安を払拭するのである。「別れ」についても同様である。語り手の男性は「説得力のある言葉」で家に残り、男性の帰りを待つ女性に別れの不安や二人の別れは別れでないことを様々な類推、比較、コンシートによって証明しているのである。このように考えると深瀬訳は受け入れることができない。その訳は詩の解説との整合性を欠き、単なるミスとしか言いようがない。もし語り手が女性で聞き手が男性という図式を立証する説明があれば深瀬訳も時代を先駆けた解釈になったであろうが、残念ながらその解釈を裏付ける証拠はなく、その解説では逆に語り手が男性で聞き手が女性であるという従来の解釈を踏襲しているのである。「別れ」を「ダン・コンテクスト」のなかで読めば自ずから詩の語り手—聞き手の問題は解決してくる。語り手・男性—聞き手・女性の関係を逆転させようとする解釈は「ダン・コンテクスト」を無視した解釈と言えるだろう。

注

1. 『英語青年』2001 年 8 月 pp. 50-51。

2. 「対訳ジョン・ダン詩集」(東京：岩波文庫)、p. 51。

3. A. J. Smith ed., *John Donne* (Harmondsworth, Middlesex: Penguin Books, 1971), p. 406.

4. Theodore Redpath, *The Songs and Sonets of John Donne* (London: Methuen and Co. Ltd, 1956), p. 86.

5. Patricia C. Pinka, *The Dialogue of One: The Songs and Sonnets of John Donne* (Alabama: The University of Alabama Press, 1982), p. 141.

6. この点に関しては以下の論文を参照されたい。Merrity Y. Hughes, "Kidnapping Donne" in John Roberts ed. *Essential Articles for the Study of John Donne's Poetry* (Hamden, CT: Archon Books, 1975), pp. 37-57.

7. 『英語青年』2001 年 10 月号、pp. 60-1。

8. 『英語青年』2001 年 12 月号、p. 70。

9. 松浦嘉一『ダン詩選』（東京：研究社、昭和 45 年）、p. 187.

10. 篠田一士他訳：『世界名詩集 1　ダン　唄とソネット／ブレーク　経験の歌　天国と地獄の結婚』（東京：平凡社、昭和 44 年）、p. 82.

11. 河村錠一郎訳『エレジー・唄とソネット』（東京：現代思潮社、1970）、p. 155.

12. 湯浅信之、p. 81.

13. 中西信太郎監修　京大英語講座 VI『英詩鑑賞』（大阪：創元社，昭和 44 年）、pp. 6-7.

14. 『英時鑑賞』、p. 17.

15. この点についてはアイザック・ウォルトン『ジョン・ダン博士の生涯』曽村充利訳（東京：こびあん書房，平成 5 年）、 pp. 310-311 参照。

16. Wisam Mansour, "Gender Ambivalence in Donne's "Valediction: Forbidding Mourning", *English Language Notes* (June 2005), pp. 19-23.

17. Thomas Docherty, *John Donne, Undone* (London and New York: Methuen, 1986), pp. 74-75.

18. Susannah B. Mintz, ""Forget the Hee and Shee":Gender and Play in John Donne," *Modern Philology*, May 2001, Vol. 98 Issue 4, p. 20.

19. John Feccero は、ダンはコンパスの使用で女性の "constancy" と "faith" をほめていると言っている。Mintz, pp. 25-26 を参照。

第 10 章　ロマン派以前の形而上詩批判

10−1　はじめに

　いわゆる形而上詩がイギリス文壇に脚光を浴びたのは 17 世紀前後からである。特に形而上詩人の代表的詩人である Donne の詩は賛否両論をもって当時の詩人達の注目を集めたが，Donne は彼以前の詩を一変させたイギリス詩壇における革命児と言っても過言ではない。彼の詩は以後イギリス詩壇で批判を浴びつつも確固たる地位を築き，現代に至っている。何が彼の詩を革命的たらしめたのか。それは形而上詩の根幹である wit である。Donne への批判は Ben Jonson からロマン派に至るまで専らその wit を中心にして行われた。つまり Donne の詩の形式面，技巧的な側面 wit が批判のやり玉にあがったのである。Donne の詩を読む者は誰しもそれ以前のペトラルカ的，スペンサー的な甘い優雅な詩の世界とは異なる論理的，論証的な詩の世界に驚く。そしてその驚きを生じせしめているのが wit である。wit は現代の「機知」という意味とは異なり，異質な A と B を結びつける一種の比喩的表現であり，直喩，暗喩により一見結びつかないものを結びつけるコンシートを含む意味で私は本論で wit を使用する。この wit の詩が当初から批判の対象になった。Donne の時代にあってはまず Ben Jonson（1573?～1637）が wit と批判を行った。Jonson は，Donne は理解されないために消え去るであろうと言ったが，彼には古典主義的嗜好が強く Donne の詩の規範を破壊するような詩風には賛同しえなかった。ちょうど 1700 年に亡くなった John Dryden（1631～1700）はやはり Donne の詩を批判するが，それも wit 批判であった。1744 年に死去した Pope（1688～1744）も同様に Donne の wit を批判している。Ben Jonson, John Dryden, Alexander Pope，イギリスの時代を代表する文人たちがすべて Donne の wit を批判した。これは彼らすべては形而上詩を高く評価しなかったということを意味している。18 世紀を通してロマン派に至るまで形而上詩批判に圧倒的な影響を及ぼしたのは Samuel Johnson（1798～1784）である。本論ではロマン派による形而上詩再評価に至るまでの形而上詩への態度を Ben Jonson, John Dryden, Alexander Pope, Samuel Johnson のなかに見，その態度がいかなるものであったかを論ずることにする。概して言えばロマン派までの形而上詩批判は専ら形式的な側面，wit 批判が中心であったが，それがロマン派に至って形而上詩の内容に関心が向けられ，ロマン派詩人は形而上詩のなかに「感情」を見いだしたことについて論じていきたい。

10−2　Ben Jonson の形而上詩批判

　いわゆる形而上詩人のなかでその筆頭に位置するのは John Donne である。Donne は彼以前の詩を一変させたイギリス詩壇における革命児と言っても過言ではない。彼の詩は以後紆余曲折を経てイギリス詩壇に確固たる地位を築き，現代に至っている。Donne の詩の特徴は

何といっても wit である。この二つが Donne の詩の両輪である。ロマン派詩人のダン再評価に至るまでダンへの評価は wit を中心にして行われていた。つまり Donne の詩の技巧的な側面，wit が批判のやり玉にあがったのである。Donne 以前のペトラルカ的，スペンサー的な詩とは異なる論理的，論証的な詩の世界に驚く。そしてその驚きを生じせしめているのが wit である。wit は現代の意味とは異なり，異質なものを結びつける詩人の創作力と言っても良く，コンシート（conceit）をも含む意味で本論では使用する。直喩，暗喩により一見結びつかないものを結びつける詩人の知的作業である。この wit が当初からどちらと言えば批判の対象になった。Donne の時代にあってはまず Jonson が wit 批判を行った。Jonson は，Donne の詩は難解であり、一般人が理解するのが難しいためにいずれは消滅するであろうと言ったが，古典主義者 Jonson には Donne の詩のような英詩の伝統を無視した詩は到底受けれ難かった。Jonson は Donne の wit を批判して次のように言う。

> *Metaphors* farfet *hinder to be understood*, and affected, lose their grace[1].

あるいは

> Whatsoever looseth the grace, and clearnesse, converts into a Riddle; the obscurity is mark'd, but not the valew. That perish, and is past by, like the Pearle in the Fable. Our style should be like a skeine of silke, to be carried, and found by the right thread, not ravel'd, and perplex'd; then all is a knot, a heape[2].

Metaphors farfet（こじつけのメタファー）は言うなれば技巧に走った wit ともいうべきものであるが、Jonson はこれによって詩の理解，感動は妨げられるという。「こじつけのメタファー」は極端なメタファーで，これがメタフィジカル・コンシートとして Jonson 以降もダン批判の際に頻出する。2 行目からの「優雅と平明さを失うものは謎に変わる。その場合は詩のわかりにくさが著しく，詩の価値はそうではない。そのような詩は消え去り，無視される」には古典主義詩人としての Jonson の態度がうかがわれる。平易，明晰な文体を好む Jonson からは当然予想される批判である。Jonson は彼の時代の詩人たちの一部に新奇な理解しがたい wit を詩の中で自慢げに披露したことについて次のように言う。

> But now nothing is good that is natural: Right and natural language seem to have least of wit in it; that which is writh'd and tortur'd, is counted the more exquisite[3].
>
> These men erre not by chance, but knowingly, and willingly... [4]

ここにも古典主義者としての Jonson の姿が見られる。「今は自然であるものは良くない。正しく自然な言葉には少しも wit がないようだ。歪んだこじつけのものがより素晴らしいと考えられている。こういった人たちはたまたま誤りを犯すのではなく，故意にそして進んで過ちを犯すのである」。Jonson の詩といわゆる形而上詩人と言われる一派の詩に対する態度の違いを Jonson は指摘する。wit がもてはやされる詩壇では自然な表現は排斥され，歪んだこじつけ的な詩がもてはやされる。しかもそういった詩人は確信的に古典主義的な均整，感情の抑制の詩から排除しようとしている。ここで看過できないことは，Jonson は wit を fancy と同一視していることである。Jonson の wit に対する否定的な見方で，fancy よりも良識を重視する Jonson の姿勢である。これはホッブズにも見られる見解であるが，Jonson は fancy の優位を認めないで，古典主義者として良識を第一にして詩を考えているのである。理性的な思考から fancy を否定し，詩における fancy の地位を否定する。この wit を fancy としてとらえる考え方は Jonson 以後も継承されるが，Donne の詩を評価する人たち，ロマン派の Coleridge はその一人であるが，fancy を詩人の最大の特徴として wit 擁護の立場を取るのである。

　Jonson は Donne と同時代の詩人で，互いに親交を深め，Drummond of Hawthornden (1585～1649) によれば Donne は自作について 2 回 Ben Jonson に対して弁明している。一つは Elizabeth Drury という少女が亡くなった際に父親を慰めるために二編の追悼詩 (First and Second Anniversaries) を Donne が書いたさいに Jonson が「聖母マリアに捧げられたならば...」と言ったのに対し Donne は「女性のイデア」を歌ったものだと答えたというエピソードである[5]。もう一つはジェームズ一世の息子 Prince Henry が早死した際に elegy を書いたが，Donne は「難解の点で Lord Herbert に対抗するために elegy を書いた」と Jonson に言った Donne 自身の自作へのコメント[6]，これらはいかに Donne が Jonson と親しかったかを示している。Jonson はこの他にもダンの詩については (1) Donne はアクセントを守らなかった故に絞首刑に値した[7]。(2) Donne 自身は理解されないために消え去るであろう[8]。(3) Donne は 25 才前にすべての最上の詩を書いた[9]，と Donne について言及している。Donne の詩については厳しい言葉を浴びせながらも Jonson 自身は Donne の *Elegy XI* を暗唱し，『風刺詩』の *The Calm* は特に Jonson の好きな詩であった[10]。これら二編の「こじつけのメタファー」は見られない詩に対して Jonson は好意的な態度を取る反面，Donne のいわゆるメタフィジカル・コンシートを駆使した詩には批判の立場を取っていた。古典主義者 Jonson からすれば Donne のような反古典主義的な詩は受け入れられない。wit がイギリスの詩を一変させた現状に Jonson は不満を述べるが，wit がイギリスの詩の世界に新しい境地を切り開いたのは否定できない。新しい詩を作るには何か新しいものが必要である。伝統的な詩語，形式，表現に頼っていては新しい詩は生まれてこない。ペトラルカ風やスペンサー風の詩に甘んじていては相変わらず甘ったらしい詩だけしか生まれてこない。そのような詩になぎなたをふるったのが wit であった。この wit の是非を巡って Donne 評価は肯定，否定を繰り返す。ただしこれは以後の形而上詩評価を考えた場合大きな問題となるが，Donne

を初めとする形而上詩人たちからの形而上詩に対してのマニフェスト，反論が皆無である
ことである。これは以後の形而上詩の隆盛に大きな影響を及ぼすことになる。逆に形而上
詩への批判は Dryden, Dr. Johnson, Pope と文壇の大御所によって繰り返し書かれ，形而
上詩衰退への道を切り開くことになる。Ben Jonson の形而上詩批判は Dryden, Dr. Johnson,
Pope へと継続され，ロマン派の登場まで徹底的に批判される。wit 再評価はエリオットが
登場する 20 世紀前半を待たねばならないが，17 世紀においても wit を賞賛した詩人がいた
ことを忘れてはならない。

10－3　Thomas Carew の 'wit' 称賛

　16 世紀から 17 に前半までイギリス文壇の代表的人物 Ben Jonson の Donne の wit 批判は
時代を象徴する批判であったが，それでも Donne の wit を肯定的に評価した詩人がいた。
それは Thomas Carew (1598?～1639?) である。彼は 1633 年，Donne の死 2 年後に以下のエ
レジーを書き，Donne を絶賛した。全文を引用する。

> Can we not force from widow'd poetry,
> Now thou art dead (great Donne) one elegy
> To crown thy hearse? Why yet dare we not trust,
> Though with unkneaded dough-bak'd prose, thy dust,
> Such as th'unscissor'd churchman from the flower
> Of fading rhetoric, short-liv'd as his hour,
> Dry as the sand that measures it, should lay
> Upon thy ashes, on the funeral day?
> Have we no voice, no tune? Didst thou dispense
> Through all our language, both the words and sense?
> 'Tis a sad truth. The pulpit may her plain
> And sober Christian precepts still retain,
> Doctrines it may, and wholesome uses, frame,
> Grave homilies and lectures, but the flame
> Of thy brave soul (that shot such heat and light
> As burnt our earth and made our darkness bright,
> Committed holy rapes upon our will,
> Did through the eye the melting heart distil,
> And the deep knowledge of dark truths so teach
> As sense might judge what fancy could not reach)
> Must be desir'd forever. So the fire

That fills with spirit and heat the Delphic quire,
Which, kindled first by thy Promethean breath,
Glow'd here a while, lies quench'd now in thy death.
The Muses' garden, with pedantic weeds
O'erspread, was purg'd by thee; the lazy seeds
Of servile imitation thrown away,
And fresh invention planted; thou didst pay
The debts of our penurious bankrupt age;
Licentious thefts, that make poetic rage
A mimic fury, when our souls must be
Possess'd, or with Anacreon's ecstasy,
Or Pindar's, not their own; the subtle cheat
Of sly exchanges, and the juggling feat
Of two-edg'd words, or whatsoever wrong
By ours was done the Greek or Latin tongue,
Thou hast redeem'd, and open'd us a mine
Of rich and pregnant fancy; drawn a line
Of masculine expression, which had good
Old Orpheus seen, or all the ancient brood
Our superstitious fools admire, and hold
Their lead more precious than thy burnish'd gold,
Thou hadst been their exchequer, and no more
They each in other's dust had rak'd for ore.
Thou shalt yield no precedence, but of time,
And the blind fate of language, whose tun'd chime
More charms the outward sense; yet thou mayst claim
From so great disadvantage greater fame,
Since to the awe of thy imperious wit
Our stubborn language bends, made only fit
With her tough thick-ribb'd hoops to gird about
Thy giant fancy, which had prov'd too stout
For their soft melting phrases. As in time
They had the start, so did they cull the prime
Buds of invention many a hundred year,
And left the rifled fields, besides the fear
To touch their harvest; yet from those bare lands

186

Of what is purely thine, thy only hands,
(And that thy smallest work) have gleaned more
Than all those times and tongues could reap before.
But thou art gone, and thy strict laws will be
Too hard for libertines in poetry;
They will repeal the goodly exil'd train
Of gods and goddesses, which in thy just reign
Were banish'd nobler poems; now with these,
The silenc'd tales o' th'*Metamorphoses*
Shall stuff their lines, and swell the windy page,
Till verse, refin'd by thee, in this last age
Turn ballad rhyme, or those old idols be
Ador'd again, with new apostasy.
Oh, pardon me, that break with untun'd verse
The reverend silence that attends thy hearse,
Whose awful solemn murmurs were to thee,
More than these faint lines, a loud elegy,
That did proclaim in a dumb eloquence
The death of all the arts; whose influence,
Grown feeble, in these panting numbers lies,
Gasping short-winded accents, and so dies.
So doth the swiftly turning wheel not stand
In th' instant we withdraw the moving hand,
But some small time maintain a faint weak course,
By virtue of the first impulsive force;
And so, whilst I cast on thy funeral pile
Thy crown of bays, oh, let it crack awhile,
And spit disdain, till the devouring flashes
Suck all the moisture up, then turn to ashes.
I will not draw the envy to engross
All thy perfections, or weep all our loss;
Those are too numerous for an elegy,
And this too great to be express'd by me.
Though every pen should share a distinct part,
Yet art thou theme enough to tire all art;
Let others carve the rest, it shall suffice

```
I on thy tomb this epitaph incise:
    Here lies a king, that rul'd as he thought fit
    The universal monarchy of wit;
    Here lie two flamens, and both those, the best,
    Apollo's first, at last, the true God's priest.
```

それまでの英詩の伝統を打破した Donne について Carew は次のように言う。

```
    The Muses garden with Pedantique weedes
    O'rspread, was purg'd by thee; The lazie seeds
    Of servile imitation thrown away;
    And fresh invention planted, Thou didst pay
    The debts of our penurious bankrupt age[11];
```

「衒学的な雑草がはびこった詩神の庭」は古代ギリシア，ローマの神話や詩人たちの引用でちりばめられた詩である。そのような詩を Donne は書かなかった。書いたとしても古典の世界を揶揄する態度を見せる。「屈従的な模倣」は Jonson 等の古典主義的な創作手法で，古典主義を標榜する詩人はギリシア，ローマの古典の世界を規範とし，理性・調和・形式美を追求する芸術を模倣することを自らの義務とした。「衒学的な雑草がはびこった詩神の庭」と「模倣」は Donne 以前の詩の世界である。しかし，Donne はその世界に背を向けた。ギリシア，ローマの古典世界は一掃され，模倣に終止する詩は捨てられた。代わりに Donne は新しい「考案」を詩に植え付けた。この「考案」が wit であることは明白である。Donne 以前のペトラルカ，スペンサー流の甘美な詩，古代ギリシア，ローマの詩の亜流に代わり，Donne は詩の世界を一変させた。Carew にとって現代は「貧乏な破産した時代の負債を抱え」ている。これは同じようなテーマ，類似した手法による詩が書かれ続いていたイギリスの現状である。Donne は新しい詩を書くことによってその負債を完済したのである。Carew は Donne の新しい詩について次のように書く。

```
        ...and[Thou hast]open'd Us a Mine
        Of rich and pregnant phansie, drawne a line
        Of masculine expression...[12]
```

空想力，力強い表現は Donne の詩の特徴であるが，それは彼以前のスペンサー流の詩への反旗でもあった。空想力は wit，力強い表現は「強靭な詩」として Donne 等形而上詩人の根幹を成す。Donne 以前に Donne のような詩は存在しなかった。Donne は，古典古代の伝統的な詩の模倣に終始し，新しい詩を作らない当代の詩壇とは真っ向から対立し，Jonson から

は好意的には受け入れられなかったが，Carewからは絶賛される。CarewはDonneの詩について言葉を続ける。

> Thou shalt yield no precedence, but of time,
> And the blinde fate of language, whose tun'd chime
> More charmes the outward sense; Yet thou maist claime
> From so great disadvantage greater fame,
> Since to the awe of thy imperious wit
> Our stubborne language bends, made only fit
> With her tough-thick-rib'd hoopes to gird about
> Thy Giant phancie, which had prov'd too stout
> For their soft melting Phrases... [13]

"the blinde fate of language," "tun'd chime" はDonne以前の詩人と詩を意味していよう。Donne以前の詩人たちの形骸化した言葉の使用，流れるような旋律，これらは古典主義者たちの詩の特徴である。しかし，堂々たるwitの畏れに英語は屈服するとCarewは言う。斬新な手法を使用し，読者を唖然とさせる詩がイギリスの詩壇を変えたことをCarewは述べる。Carewに至ってDonneのwitは肯定される。"her tough-thick-rib'd hoopes" （ことばの強靭な太い肋材で補強されたたが）とはDonneの論証的立証的な詩を意味しており，"Thy Giant phancie"（巨大な空想力）はwitに言及している。Donneの「巨大な空想力」は彼以前の甘美な詩には大胆すぎた。Donneの独創性，witの使用，大胆すぎる空想力，これらを詩の中に縦横無尽に駆使する形而上詩人としてのDonneをCarewは賞賛する。CarewとJonsonのDonneへの態度は全く異なる。Jonsonは古典主義者としてwit使用を駆使するDonneには否定的だった。古典主義者JonsonからすればDonneの詩は詩の伝統を破壊する。Jonsonにとってはいかにして形式的な均整美を詩に表すかが詩人にとって最大の義務であり，伝統破壊は詩，詩人の存在理由を抹消する。CarewがDonneへのエレジーを書いたのは1633年でJonsonはまだ生存していたが，一方はDonne肯定，他方はDonne否定への態度を示す。

　17世紀にwitを賞賛した詩人がもう一人いる。Cowley（1618～1667）である。彼は"Ode: Of Wit" で以下のようにwitについて書いた。

> In a true piece of *Wit* all things must be,
> 　　Yet all things there *agree*.
> As in the *Ark*, joyn'd without force or strife,
> All *Creatures* dwelt; all *Creatures* that had *Life*.
> 　　Or as the *Primitive Forms* of all

```
(If we compare great things with small)
Which without Discord or Confusion lie,
In that strange Mirror of the Deitie (14).
```

　ここには wit の特徴が簡潔に書かれている。ここで言う wit は以後の行を読むと Donne 的な wit を差していると考えてもよいだろう。真の wit にはすべてのものがあり，しかもそれらは調和していると言う。ちょうどノアの方舟の中の動物のように不調和も混乱もない。wit は神がつくり出す鏡のようなものである。これは「真の wit」であるが，「真の wit」があれば「偽りの wit」があることは確かで，それはこじつけや無理な結びつきがもたらすものである。Donne の wit には賛否両論があるが，Donne の wit は詩にうまくフィットしており，Samuel Johnson 流に暴力によって無理矢理結びつけられてはいない。強引に不和もなく結びつけられているのが「真の wit」である。wit は我々に違和感を抱かせながらも二つの極端なものを対比させ，そして結びつける詩人の離れ技である。Cowley は Donne の詩に影響を受けた詩人であるので，ここで Cowley は Donne 的な wit について論じていると理解できるだろう。いずれにせよ Carew も Cowley も当時攻撃されっぱなしであった wit の評価を逆転し，その価値を積極的に容認していることは形而上詩への評価と相まって看過できない重要な指摘である。Donne の詩や wit への評価が賛否両論に分かれていたことが Carew, Cowley と Jonson から知ることができる。

　17 世紀の文壇のもう一人の大御所に Dryden がいる。Dryden はちょうど 1700 年に亡くなるが，彼の Donne 評価は 17 世紀の Donne 評価に決定的な影響を及ぼす。もちろん Dryden だけではない。Bacon（1561～1626），Hobbes（1558～1679），Royal Society（1662 年認可）の存在も 17 世紀にける形而上詩失墜の大きな要因であった。次に Dryden の形而上詩批判を見てみよう。

10－4　Dryden の形而上詩批判

　Jonson 同様古典主義者であった Dryden の Donne への態度は批判一辺倒であると思いがちだが，Dryden の Donne への評価は肯定と否定を繰り返す。Dryden は生涯を通して Donne の「創意に富む才能」と「wit の豊かさ」に感嘆した。その理由は Dryden が決して形而上詩のイメージへの好みを失わなかったからだと Sharp が言っているように (15)，Dryden は Donne を初めとする形而上詩人には興味を抱き続けていた。Dryden の Donne への評価は最終的には否定へと向かうが，これは時代が徐々に明瞭な文章を求めていったことと密接な関係がある。Dryden の Donne 肯定は wit であり，否定は韻律へ向けられる。Dryden は John Cleaveland（1613～1658）と Donne の『風刺詩』を比較している。

```
...there is this difference twixt his Satires and Doctor Donne's; that the
```

one gives us deep thoughts in common language, though rough cadence; the other gives us common thoughts in abstruse words [16].

Cleaveland は形而上詩人に属する詩人であるが，彼の詩は形而上詩の最も悪い点，つまり晦渋さと極端な wit，コンシートで悪評を買った詩人である。Donne の『風刺詩』は最も初期の詩であるが，社会に対する風刺，批判が際立つ詩である。会話調の言葉で詩が展開する。Cleaveland の『風刺詩』が「難解なことばで平凡な思想」を表しているのに反し，Donne の『風刺詩』は「普通のことばで深い思想」を読者に与えるという Dryden の評価は当を得ている。なぜ Dryden が Donne の『風刺詩』を評価したかと言えば『風刺詩』には『唄とソネット』に見られるような wit，コンシートがほとんど見られないからである。Donne の初期の詩への Dryden の評価は高い。Dryden の韻律批判は Ben Jonson の「Donne はアクセントを守らなかった故に絞首刑に値する」という言葉を思い起こさせるが，古典主義者 Dryden からすれば流れるような韻律を無視した Donne は当然批判の対象となる。"rough cadence" とは Donne が韻律を無視したことへの言及である。1692 年 Dryden は Donne を "the greatest wit, but not the best poet of our nation." と言ったが，一年後 Donne と Charles, Earl of Dorcet の詩を比較して形而上詩の歴史上特に有名な批判を書く。

Donne alone... had your [Dorcet's] talent; but was not happy enough to arrive at your versification; and were he translated into numbers, and English, he would yet be wanting in the dignity of expression... He [Donne] affects the metaphysics, not only in his satires, but in his amorous verses, when nature only should reign; and perplexes the minds of the fair sex with nice speculations of philosophy, when he should engage their hearts, and entertain them with the softnesses of love [17].

「Donne は自然（な表現）が支配すべきときに『風刺詩』のみならず恋愛詩においてもメタフィジックスを気取る。そして彼が女性の心を引きつけ，愛の優しさで彼女たちを楽しませるべきときに哲学の微妙な思索で女性達の心を当惑させる」。これは形而上詩批判でも後述する Samuel Johnson の discordia concors と共に形而上詩批判を決定づけた一節でもある。Dryden の理想は「自然な表現」であるが，Donne は意図的に難解な表現を使って女性を惑わし，Donne の表現には無理があることを Dryden は指摘する。「メタフィジックを気取る」と Dryden は言うが，この「メタフィジック」は形而上学などいう哲学的な意味を含まず，単に難解な表現という意味であろう。「メタフィジック」と対照的に「愛の優しさ」は「自然な表現」である。これが書かれたのは 17 世紀もそろそろ終わりに近づく 1693 年（Dryden62 才）であった。上記の Dryden の言葉は Donne の詩（特に『唄とソネット』については一般的な批判であろうが，Donne の詩の強靱な思想と情熱を無視した批判であり，ま

た Donne の詩に使われる wit やコンシートの機能をも考慮しない批判でもある。コンシートを使うことによって思想と感情をうまく融合する Donne の詩の本質には触れられていない。ただ衒学ぶった態度で女性を当惑させていると Dryden は言うだけである。しかし，Donne の詩のおもしろさは，実は，女性を当惑させることではなく，彼の論証的立証的な言葉によって女性を安心させることにある。不安な気持ちで愛し合う男女に確かな愛を証明することにより愛の不安を払拭するのがダンの恋愛詩である。確かに女性は難解なことを言われて戸惑うかもしれないが，それは詩を書く詩人と愛する女性に愛し合うことの確証，愛することの絶対的確信，二人には決して別れはないことを実証するためなのである。このような Donne のレトリックを理解することなしに Donne の詩の面白さは理解できない。時代を代表する Dryden が Donne の詩を理解しなかったはずはないが，Donne の詩の本質を考えると Dryden の Donne 批判はただ一般受けを狙った批判としか映らない。ただ Dryden は若いときには Donne 的な wit を好意的に受け止めていた。Dryden は次のように言っている。

> The composition of all poems is, or ought to be, of wit; and wit in the poet, or Wit-writing(if you will give me leave to use a school distinction) is no other than the faculty of imagination in the writer, which, like a nimble spaniel, beats over and ranges through the field of memory, till it springs the quarry it hunted after; or, without metaphor, which searches over all the memory for the species or ideas of those things which it designs to represent. Wit-written is that which is well defined, the happy result of thought or product of imagination[18].

ここで Dryden は，すべての詩は wit によって書かれると言い，詩人の wit は想像力に他ならないとさえ言い切っている。Dryden にとって wit は想像力であり，詩人にはなくてはならないものである。素早いスパニエル犬のように記憶の野原を探し，歩き回り，ついには求めていた獲物を狩り出す。Dryden は wit を Donne のような wit，コンシートのように使用しているのかどうかははっきりしないが，頭脳の知的な回転力の早さを意味しているので，Donne 的なコンシートをも wit のなかに含ませていると考えることができる。「書かれた wit」はうまく明確にされるものであり，思想の適切な結果であり，または想像力の産物である，と Dryden は言う。ここでも wit と想像力の関係を述べている。Dryden にとって wit は想像力と密接な関係にある。試作の根源は wit であり，想像力である。これは Dryden が少しも wit を否定していないことを示している。むしろ積極的に wit の機能，価値を容認しているのである。Dryden はさらに wit について次のように言う。

> ...it [wit] is some lively and apt description, dressed in such colours of speech that it sets before your eyes the absent objects as perfectly

and more delightfully than nature[19].

ここで Dryden は wit の果たす機能について書いている。wit は自然な描写と同じくらいかもしくはそれ以上に完璧に面白く，存在しないものを我々の目の前に置いてくれる生き生きとした適切な表現である。wit によってありもしないものが生き生きと眼前に浮かんでくる，そのような働きをするのが wit であるというわけである。ここには wit に対する否定的な態度は全く見られない。むしろ詩を完璧なものにする働きをする詩人の知的作用としての wit の存在を積極的に認めているのである。しかし，Bacon, Hobbes, Locke, Royal Society により形而上詩的な wit，コンシート使用による詩は誰にでも理解できる明晰な文章に取って代わられていく中でやはり次第にその地位を失っていかざるをえない。Dryden の文章にも「微妙さ」や「示唆」がなくなり，「学識豊かな比喩表現」も使われなくなり，「精巧に作り出される複雑性」もなくなっていく[20]。そして Dryden は文字通りの意味を尊重し，一般的な，普遍的なイメージャリーが益々使用されていく。Sharp は，詩は形而上スタイルを放棄することによって何を失ったのかと問い，次のように言う。

> It [poetry] had lost its subtlety, its indirection, its hidden layers of reference; it had lost its consciousness of the other world, with its finespun intangibilities; it had lost its sensibility, the amazing range of its feelings and moods, from the heavy and gross to the almost imperceptibly light and transient; it had also lost its subjectivity, its psychological intricacies, its puzzling individual patterns of logic. And in losing these qualities it had shed its obscurity, harshness, and extravagance[21].

微妙、遠回りな表現、幾重にも重なる隠れた言及、精細な触れることのできないものとともに来世への意識、感性、感情と情緒，主観性，心理的複雑さ、ロジックの困惑させる個人的パターン、これらが形而上スタイル放棄と共にを失われ、これらの特質を失う際に詩は晦渋，耳障りの悪さ、突飛もない考えをも失う。これらの反対こそが 18 世紀が目指した詩のすがたであり、「わかりやすさ」「聞きごこちの良さ」「常識的な考え」が Dryden の詩の理想となり，Dryden は徐々にそのような詩を書いていく。逆に詩が形而上詩のスタイルを破棄することによって何を得たのか。それは "regularity and well-marked boundaries" である。形而上詩人の "irregularity" に対する「規則性」、これこそが新古典主義者が求めたもので，それは彼らの規則正しい heroic couplet の詩に顕著である。また新古典主義の詩は "formal garden" のようであり，それは "proportion," "order," "discipline" を特徴とし，誰にでも理解できる客観的真実を理想とする[22]。Sharp が新古典主義について述べていることは Dryden について言える。このように Dryden は形而上詩的な wit に関心

を寄せながらも次第にそこから離れ，古典主義的な詩へと移行していく。Dryden は当初難解な表現を自慢げに披露する形而上詩を批判したが，詩のなかで使用される wit については容認の姿勢を示していた。しかし，17 世紀も終わりにかけて徐々に形而上詩的な wit の世界は敬遠され，明晰な文体へと文学は推移していく。Dryden もやはり時代の子であったと言わねばならない。Dryden の死後半世紀近くも 18 世紀の文壇で活躍した Pope も形而上詩に関心を寄せているが，Samuel Johnson の形而上詩批判を見る前に Pope の形而上詩特に Donne への態度を見てみる。

10－5　Alexander Pope の形而上詩批判

　Pope は 1688 年生まれで 1744 年に没するが，18 世紀中頃までイギリス文壇の中心的人物であった。批評の分野での 18 世紀の中心的人物が Johnson であった。両者が 18 世紀のイギリス文壇を牽引したと言っても過言ではない。Pope は Donne の詩を知っており，特に『風刺詩』は彼のお気に入りであった。ダンの『風刺詩』2 編（II と IV）からの借用を *Windsor Forest* や *An Essay on Criticism* に取り入れているが，この『風刺詩』を後にポープは 18 世紀流に書き直している。それは 18 世紀のイギリスの詩への態度を明らかにしている。『風刺詩』4 番の改作の以下のようになっている[23]。

> (Donne)
> As prone to'all ill, and of good as forget-
> ful, as proud, as lustfull, and as much in debt,
> As vaine, as witlesse, and as false as they
> Which dwell at Court, for once going that way. ; (11. 13 -16)

『風刺詩』4 番は宮廷の腐敗を描いた詩で，詩人は宮廷で地獄絵を見たと言う。引用行では詩人が宮廷に行ったが故に詩人は宮廷人と同じようにすべての悪事を犯すがちになり，良いことは忘れ，傲慢で，好色で，多くの借金を背負い，見栄坊で，愚かで，嘘つきと思われるようになったと言う。それくらい宮廷にはあらゆる悪が蔓延している場所である。この行が Pope になると次のように改作される。

> (Pope)
> So was I punish'd, as if full as *proud*,
> As prone to *Ill*, as negligent of *Good*,
> As deep in *Debt*, without a thought to pay,
> As *vain*, as *idle*, and as *false*, as they
> who *live* at Court, for going once that Way.

194

詩の内容は Donne の詩と大体同じ，使用されている語や比喩も Donne のものと同じである
が，概して Pope の改作は読みやすく，2 行の heroic couplet と 3 行でうまくまとめられて
いる。Donne の『風刺詩』は行末に終止がなく次行にまたがっている行があるが，Pope の
改作は全体としてうまくまとまっている。Pope の改作はまとまりがある反面，Donne の『風刺
詩』のダイナミックな躍動感は消えている。ただ Pope が変えたのは韻律である。Donne の
不規則なリズムは規則的なリズム，耳に心地よい脚韻に取って代わられている。Donne と
Pope を比較して Joseph Warton（1722〜1800）は次のように言っている。

> Two noblemen of taste and learning, the Duke of Shrewsbury and the Earl
> of Oxford, desired Pope to melt down and cast anew the weighty bullion of
> Dr. Donne's satires; who had degraded and deformed a vast fund of sterling
> wit, and strong sense, by the most harsh and uncouth diction. Pope succeeded
> in giving harmony to a writer, more rough and rugged than any of his age... [24]

Donne の詩語の "harsh," "uncouth," "rough," "rugged" は Donne の詩語に関して以後頻
出する批判語である。それに対するのは Pope の "harmony" である。「耳ざわりな」「ぎこ
ちない」「洗練されていない」に対する「調和」，両詩人の特徴を的確に表す形容詩である。
Pope のおかげで Donne の『風刺詩』は知られることになったが，Pope は Donne の詩を改作
しなければならなかった。このことは Donne の『風刺詩』がいかに時代に歓迎されていな
かったかを明らかにしている。Pope も『風刺詩』を愛好し，Donne の風刺の対象である宮
廷人，弁護士，軍人への風刺には共鳴するとろがあったと思われるが，韻律の観点からは
Donne の『風刺詩』は認めることはできなかった。だから Pope は Donne の『風刺詩』を時
代の嗜好に合うように書き直したのである。Donne の事実に即した風刺精神，口語的な表現
—これらが Pope の時代の読者に訴えた Donne の『風刺詩』の特徴でもあったが，問題は韻
律であった。
　Pope は『風刺詩』の他に Donne の『魂の遍歴』もお気に入りの詩であった。この詩も『風
刺詩』で，魂の輪廻を描いた未完の詩である。Pope にとって Donne の最上の詩は『風刺詩』
と『魂の遍歴』であった。Pope は Donne について "Donne had no imagination, but as much
wit as any writer can possibly have. [25]" と言っている。Donne には想像力はないという
が，これは Donne の『風刺詩』について言っている言葉であろうか。Donne の『風刺詩』は
ありのままの社会の一面が描かれている。だから想像の世界は『風刺詩』にはない。Pope
が Donne の wit を賞賛するが，これは主として『唄とソネット』の詩について言っている
言葉であろう。Pope は『風刺詩』や『魂の遍歴』の他にも Donne の他の詩についても熟知
していた。この wit は Dr. Johnson の *discordia concors* で，ジョンソンが批判した形而
上詩の特徴でもある。一見似ていないものの中に類似点を見つけ出す作業，これは頭の回
転力を示すもので，Pope にとっては魅力的であったが，Pope は wit を受け入れることはで

195

きなかった。むしろそれを批判している。

> I have not attempted anything of a pastoral comedy, because I think the taste
> of our age will not relish a poem of that sort. People seek for what they
> call wit, on all subjects, and in all places; not considering nature loves
> truth so well, that it hardly ever admits of flourishing. Conceit is to nature
> what paint is to beauty; it is not only needless, but impairs what it would
> improve. There is certain majesty in simplicity, which is far above all the
> quaintness of wit[26].

Pope にとって wit は「奇異」を読者にもたらすものである。自然な表現は真理を愛するの
にやたらと wit を使う詩人に Pope は不満を表す。自然な表現はコンシートによっていたず
らにゆがめられている。wit の人工性，わざとらしさが批判される。逆に「平易さ」には
「威厳」があり，その平易さは wit がもたらすあらゆる奇異をはるかに凌駕しているとい
う Pope の言葉はまさしく 18 世紀の英詩の核心をつく表現である。時代は Donne の wit を
容認することはなかった。いかに平明に明晰に表現するかが最も重要視された時代で，い
くら Donne の wit を賞賛してもそれは一般には受け入れないものであった。Pope にとって
Donne の詩は人工的な物であった。

　Pope は 1744 年に死去するが，彼の死後 Pope に代わってイギリス文壇に君臨するのは
Johnson である。次に Johnson の形而上詩批判に論を移したい。

10－6　Johnson の形而上詩批判

　形而上詩を考える際に Johnson は特記すべき批評家である。"the metaphysical poets"
は Johnson が Cowley 伝で初めて使用した言葉である。そこでの彼の形而上詩批判がロマン
派以前にイギリスの文壇に圧倒的なインパクトを与え，形而上詩失墜の大きな要因をもた
らした。Johnson は Donne の詩をよく読んでいた。彼の英語辞書には Donne の詩から 384 回
の引用がある。一番多いのは 89 回の『唄とソネット』からで，次に多いのが『書簡詩』か
らの 88 回で，他にも二編の Anniversary poems，『エレジー』，『風刺詩』等 Donne の詩
のほとんどからの引用である[27]。Johnson が嫌ったのは宗教詩であるが，宗教詩には Donne
の神への大げさな感情が見られ，Johnson の Donne の宗教詩への反感は 18 世紀の熱狂への
反感の結果でもあろう。Donne が詩の中で使用する wit，コンシートも Johnson のお気に入
りではなかった。形而上詩批評史のなかで Johnson がその不朽の名を残すのは『イギリス
詩人伝』のなかの「Cowley 伝」である。ここで Johnson は形而上詩を容赦なく批判した。
①こじつけで不自然なコンシート②スコラ哲学，錬金術，新天文学等の詩の中での利用③
一般化よりは特定化への関心が強いこと，この 3 点が形而上詩の批判として挙げられる。

196

これらを中心にして Cowley 伝における Johnson の形而上詩批判を見てみたい。

Johnson は 17 世紀初めに"the metaphysical poets"と呼ばれる書き手の集団が現れたと初めて"the metaphysical poets"なる表現を使った。形而上詩人は学識ある人たちで，学識を見せることが彼らのすべての努力であっと言う[28]。確かに形而上詩人は学識を詩の中で利用し，それが反感を買った。しかし，Donne について言えば，ただ Donne はスコラ哲学，錬金術，新天文学等を学識を示すだけだったかというとそうとは言えず，Donne は自己の主張を立証するために学識を詩に用いているだけであり，これは Donne には当てはまらない。次に問題になるのはコンシートである。理性，秩序，穏健さを求める Johnson からすればコンシートは容認できない。コンシートに関しては Johnson の最も有名な wit の定義がある。

> ...wit, abstracted from its effects upon the hearer, may be more rigorously and philosophically as a kind of *discordia concors*; a combination of dissimilar images, or discovery of occult resemblances in things apparently unlike. Or wit, thus defined, they [the metaphysical poets] have more than enough. The most heterogeneous ideas are yoked by violence together; nature and art are ransacked for illustrations, and allusions...[29]

discordia concors（不調和の調和）としての wit 観はとりわけ Johnson の名を文学史上にその確固たる名をとどめさせることになるが，「不調和の調和」としての wit 観は彼が初めてでない。Donne の wit を賞賛する人たちは Johnsonn とは異なりこの「不調和の調和」こそが Donne の詩を Donne の詩を比類なきものにしていると激賞したのである。すでに見た Carew はその代表的な詩人である。wit の肯定，否定が Donne の肯定、否定へと至るのであるが，

Johnson は wit を否定的にとらえ，その結果として形而上詩をも否定的に見る。「不調和の調和」としての形而上詩観はこれ以後形而上詩批判には必ず登場する表現であるが，実は「不調和の調和」は見方を変えれば形而上詩のメリットでもある。この wit こそが Donne の詩に感情と思想の統一をもたらしており，おそらくは Coleridge も Donne の wit には肯定的であったが，それも Donne の詩の中の感情が wit の使用により中和されていたからであった。Eliot が Donne の詩を賞賛した理由の一つはこの wit で，彼は自らそれを自分の特に初期の詩「プルーフロック」で実践した。Johnson の Donne 評価はある意味では受け入れられない評価で，Donne の詩の最大の特徴を Johnson は否定していることになる。見方を変えれば形而上詩復活のきざしは Johnson にあったとも言えよう。しかし，18 世紀イギリスでは wit は容認できる状況ではなかった。時代は新古典主義の時代である。wit は時代の嗜好には合わなかったということである。Johnson は Donne のコンパス・イメージについて次のように言う。

To the following comparison of a man that travels, and his wife that stays
at home, with a pair of compasses, it may be doubted whether absurdity or
ingenuity has the better claim[30].

コンパス・イメージは「ばかげたこと」か「創意工夫」かである。Johnson にとっては「ば
かげたこと」となる。しかし，これが詩人の「創意工夫」を表すものとして好意的に見ら
れていたことは Donne の時代でもあった。伝統を無視した大胆なコンシートの使用に伝統
主義者は反対したが，それは Ben Jonson, Dryden, Pope を見れば明らかである。Johnson
も伝統主義者，新古典主義者として当然のことながらコンシートには否定的な態度を取る。
コンシートは「自然」を無視し，単なる「巧みな考案品」としか見られないからである。
Johnson にとって最も重要なのは「自然」と「常識」であるが，コンシートはまさにこの二
つには反するものである。wit について Johnson は次のように言う。

If the father of criticism has rightly denominated poetry...an imitative
art, these writers [the metaphysical poets] will without great wrong lose
their right to the names of poets, for they cannot be said to have imitated
anything: they neither copied nature nor life; neither painted the forms
of matter nor represented the operation of the intellect[31].

形而上詩人は「自然も人生を模倣することはしなかった」という言葉は Johnson の芸術観
に裏付けされたものである。コンシートは言うなれば突飛な，自分勝手な気ままな表現方
法で，Johnson には受け入れがたいものである。この wit 観はまさに *discordia concors* で
相反するもの中に類似点を見いだす詩人の離れ業である。Johnson は次のように言う。

Those, however, who deny them[the metaphysical poets] to be poets allow them
to be wit...If wit be well described by Pope as being "that which has often
been thought, but was never before so well expressed," they certainly never
attained nor ever sought it...But Pope's account of wit is undoubtedly
erroneous: he depresses it below its natural dignity, and reduce it from
strength of thought to happiness of language...If by a more noble and more
adequate conception that be considered as wit which is at once natural and
new, that which, though not obvious, is, upon its first production,
acknowledged to be just; if it be that which he that never found it wonders
how he missed, to wit of this kind the metaphysical poets have seldom risen[32].

自然の中に正しいな類似を見つけないで，自然界のみならず思想の領域においてもショッキングな奇妙な類似を見い出す，これがメタフィジカル・コンシートである。形而上詩の特徴の一つに読者に驚きを与えることと言われるが，Johnson のコンシート定義はまさしく読者に奇異によって驚きを読者に与える形而上詩人の詩観を表している。Johnson からすれば奇異な印象を与え，ショックを与えるコンシートは否定される。詩人の頭の回転の良さを誇示するだけで真の意味での詩となっていない。ところが Johnson は全面的に wit を否定しているのかというとすべてがそうとは言い切れないのである。Johnson の次の言葉を見てみたい。

> If they[the metaphysical poets] frequently threw away their wit upon false conceits, they likewise sometimes struck out unexpected truth; if their conceits were far-fetched, they were often worth the carriage...Though the following lines of Donne[ll. 1-10 of the verse letter, "To the Countess of Bedford"] have something in them too scholastic, they are not inelegant...The tears of lovers are always of great poetical account; but Donne has extended them into worlds, (Johnson's quotation of ll. 10-19 of *A Valediction of Weeping*) [33].

形而上詩は「予期せぬ真実」を作り出すとか「コンシートがこじつけであってもコンシートはしばしばその意味の価値がある」という言葉にはコンシートを全面的に否定する姿勢は見られない。Johnson はむしろコンシートの価値を認めている。ベッドフォード伯爵夫人への書簡詩の行についてはスコラ哲学的ではあるが趣がないわけではない。「愛し合う男女の涙を世界へ広げている」には Donne のコンシートを全面的に否定する姿勢は見られない。metaphor と simile を論じる Johnson には同様な姿勢が見られる。

> A poetical simile is the discovery of likeness between two actions, in their general nature dissimilar...the mind is impressed with the resemblance of things generally unlike, as unlike as intellect and body...A simile may be compared to lines converging at a point, and is more excellent as the lines approach from greater distance [34].

前半の simile は *discordia concors* の言い換えで，後半の「シミリは一点に集まる線にたとえられる。そしてその線がより遠い所から近づくときにはよりすばらしい」も *discordia concors* の説明と言ってもよいが，simile は一種のコンシートであり，Johnson はここでも simile を賞賛していることに我々は注目しなければならない。Johnson は，似ていないものを結びつけることが巧みであればあるほど simile はすばらしいと考えている。似ていな

いものを結びつけるという行為はそこに詩人の技巧性があるわけで Johnson の芸術観からすれば本来そのような詩人の技巧性は排除の対象となるのであるが，Johnson は自らの信念，当時の詩風とは相反するような態度を示している。これは裏を返せば Johnson がいかに形而上詩を評価していたかの表れであるとも言える。そもそも Johnson は『イギリス詩人伝』で「Donne 伝」は書かなくて「Cowley 伝」を書いた。Johnson の形而上詩批判は Cowley への批判であった。Cowley は 18 世紀には Donne 以上に知られていたが，その詩の無理なコンシートへ Johnson は批判を向けているのである。Johnson の批判は Donne よりは Cowley へ向けられている。Johnson は，Cowley のコンシートは詩人の知性を誇示するだけで終わっていると考えている。詩の目的はいかにして道徳的な意識を読者に喚起するかであるという Johnson の文学観からすればやはり wit は容認できない。Johnson が Cowley の詩を批判し，その詩に道徳的な意義を見い出していないことは形而上詩全体への批判というより Cowley の詩への批判であると言えよう。Johnson は「Cowley 伝」で Donne の詩についても言及しているが，その批判はもっぱら Cowley に向けられている。Johnson は既に述べたが『英語辞書』に 400 回近く Donne の詩から引用していることからも明らかなように，Donne の詩を徹底的に否定はしていない。Donne の詩，特に『唄とソネット』には必ずしも道徳的な意味がある詩は多くはないが，その他の Anniversary poems には道徳性を感じさせるところは少なからずある。Donne 以後の形而上詩人はややもすればただコンシートに走り，彼らはそのできばえに悦に入っている感が強い。読者が詩を理解できるかどうかよりも読者をあっと言わせるコンシートを探し，自己満足に浸る。そこを Johnson は見抜き，形而上詩を批判したが，Donne の詩はコンシートが詩全体とうまく調和していると Johnson は考えていたように思われる。ということはコンシートにより Donne の詩の感情と思想がうまくバランスがとれていたことを Johnson は暗示している。Johnson は感情と思想の統一という表現はしなかったが，本来ならば Donne の詩にその表現をすべきであった。ところが Cowley の詩に無理なコンシートを見い出し，それを形而上詩全体の特徴と見なしてしまったところに Johnson の「Cowley 伝」の失敗があった。形而上詩人はすべて Cowley のような詩人だけではない。本家本元の Donne の詩には形而上詩詩人にふさわしい詩が少なからずあることは確かである。それを Johnson は知っていた。だから Donne の詩を全面的に否定する姿勢は見せなかった。しかし，Johnson はやはり Donne を批判する。それはコンシートが自然からかけ離れているということである。自然から遊離すればするほどコンシートはその威力を発揮するわけだが，逆にそれは Johnson にとっては批判の対象になる。Johnson のいう自然はまた理性あるいは常識へと至るが，理性，常識が文学を構成する 18 世紀にあってやはりコンシートは評価できなくなってくる。20 世紀に入れば Eliot が Donne の詩に「感情と思想の統一」をみた。Johnson がコンシートへの味方を変えれば Donne そして形而上詩全体への彼の評価も変わったはずであるが，Johnson の文学観からしてコンシートは否定せざるをえなかった。思想を感情に変えるコンシートの意義を Johnson は認めなかったし，またそのようなコンシートの意義は思いつかなかったのかもしれない。Johnson にとってコン

シートは *discordia concors* で「不調和」を強調しすぎ，「調和」を軽視するはめとなった。コンシートにより詩人が「感情を動かしたり」「精神を教育」することよりも「知性にショックを与える」を詩の目的とすれば，それは「詩人の名前の権利」失うことになる。Johnson の形而上詩批判はこのほかにも学識が詩にきちんと消化されていないこと，形而上詩人の詩の書き方，すなわち特殊にこだわり，一般的なものを書き尽くせないことなどが挙げられる。

10-7　むすび

　Johnson の形而上詩批判は Ben Jonson, Dryden, Pope の流れを引き継ぐ批判である。形而上詩批判はそれまでの英詩の常套を無視した wit，コンシート使用により英詩を一変させた。その批判を認めるか否かが形而上詩評価を決定づける。Johnson 以前は wit を認めない姿勢を取っていた。しかし，形而上詩賞讃派は wit こそが形而上詩の核心を構成するもので，wit 故に形而上詩を容認した。新しい流れが登場すればかならずそれに対して賛否両論が生じるのはいつの時代でも同様である。形而上詩という一風変わった詩風が英詩を圧倒したとき伝統主義者は鉄槌を振り落とされた感がした。伝統的な英詩を守るために Ben Jonson, Dryden, Pope, Johnson はやっきになった。それもすべて形而上詩の最大の武器である wit を認めないという姿勢を取った。詩人 Donne, Donne の詩を詩として評価することはなかった。Johnson の影響で形而上詩はその存在感を失っていく。ところが 19 世紀に入りロマン派詩人から Donne 評価が強まってくる。彼らはいかしにて Donne 再評価への道を歩むことになるのか。この問題は以後論ずることにする。

注

(1) *Ben Jonson*, ed., Herford and Simpson (Oxford: Clarendon Press, 1947), Vol. VIII, p. 621.

(2) Ibid., p. 624.

(3) Ibid., p. 622.

(4) Ibid., p. 620.

(5) *Ben Jonson's Conversations with William Drummond of Hawthornden* ed. R. F. Patterson (London: Blackie and Son Limited, 1923), p. 5.

(6) Ibid., p. 12.

(7) Ibid., p. 5.

(8) Ibid., p. 18.

(9) Ibid., p. 11,

(10) Op. cit.

(11) *The Metaphysical Poets* introd. and ed. Helen Gardner rev. ed. (Harmondsworth, Middlesex: Penguin Books Inc., 1968), pp. 143-4.

(12) Ibid., p. 144.

(13) Op. cit.

(14) Ibid., p. 225.

(15) Robert Lathrop Sharp, *From Donne to Dryden: The Revolt Against Metaphysical Poetry* (New York: Octagon Books, 1977), p. 183.

(16) *Essays of John Dryden* ed. W. P. Ker (Oxford: Clarendon Press, 1926), I. p. 52.

(17) Ibid., II. p. 19.

(18) From "An Account of the Ensuing Poem in a Letter to the Honourable Sir Robert Howard," prefaced to *Annus Mirabilis*.

(19) Op. cit.

(20) Sharp, p. 193.

(21) Ibid., p. 211.

(22) Ibid., pp. 211-212.

(23) Ian Jack, "Pope and 'the Weighty Bullion of Dr. Donne's Satires,'" *PMLA*, 66 (1951), p. 1012. L. 19 は筆者追加による。

(24) A. J. Smith ed., *John Donne: The Critical Heritage* (London and Boston: Routledge & Kegan Paul, 1975), p. 234.

(25) Ibid., p. 178.

(26) Rev. Whitwell Elwin intro. and notes, *The Works of Alexander Pope*, New edition (New York: Gordian Press, 1967), VI. p. 51.

(27) Raoul Granqvist, *The Reputation of John Donne 1779-1873* (Stockholm: Almqvist & Wiksell International, 1975), p. 33.

(28) Samuel Johnson, *Lives of the English Poets* (London: Oxford University Press, 1964 [rptd]), Vol. I, "Cowley," p. 13.

(29) Ibid., p. 14.

(30) Ibid., p. 28.

(31) Ibid., p. 13.

(32) Op. cit.

(33) Ibid., pp. 15-19.

(34) Ibid., pp. 430 431 in "Addison."

第11章　サミュエル・ジョンソンと形而上詩
―ウィットは批判の対象か―

11-1　はじめに

　形而上詩人なる一群が 16 世紀末頃から現れ始める。そのなかでもダン (John Donne) はリーダー格であるが，ダンはウィット (wit) によってそれまでのスペンサーやペトラルカ的な甘美な詩に慣れていた人たちに衝撃を与えた。コンパスを使って愛し合う男女を描くなどという詩人がそれまでいたであろうか。イギリスの詩の世界に新風を吹き込んだダンがその武器としたのがウィットであり，ウィットの具体的表現がコンシートである。コンシートは奇想などと訳されるが，詩人以外の人には思いもつかない表現を詩人は作る。このウィットについては賛否両論が起こり，ベン・ジョンソン(Ben Jonson)，ジョン・ドライデン (John Dryden)，アレグザンダー・ポープ(Alexander Pope)，サミュエル・ジョンソン(Samuel Johnson)（以下ジョンソンと略記）といった時代を代表する文人によって取り上げられた。本論で扱うジョンソンが『イギリス詩人伝』(*Lives of the English Poets*) の「エイブラハム・カウリー (Abraham Cowley) 伝」（以下「カウリー伝」と略記）でウィットを「不調和の調和」として定義したことはよく知られている。そもそもウィットとは何か。*OED* では「予期せぬことによって驚かせ，楽しませるために意図された思想と表現の適切な連合にある会話と書くことの特質(8.a)」という定義がある。17 世紀おけるウィットは現代の意味とは異なり，異質な二項 A と B を結びつける一種の比喩的表現であり，読者に驚きを与える知的作業である。ウィット，コンシートはダン及び形而上詩の根幹を成すが，ウィットへの評価は低い。上にあげた 4 人にはウィット批判が見られるが，他方で彼らはウィットを評価する姿勢をも見せていた。「不調和の調和」としてジョンソンのウィット観は批判として理解すべきかはっきりしない。『イギリス詩人伝』の「カウリー伝」を読むとそれは必ずしも批判的用語ではないように思われる。そこで本論では「カウリー伝」におけるジョンソンのウィット観の真意を探り，彼の形而上詩一般についての態度を明らかにすることを試みたい。

11-2　ジョンソンの形而上詩批判

　形而上詩を考える際にジョンソンは特記すべき批評家である。「形而上詩人」は，ジョンソンがドライデンの使用した「形而上」(metaphysical)という言葉から「カウリー伝」で初めて使用した表現である。ジョンソンは「カウリー伝」で形而上詩人，特にカウリーとダンを取り上げたが，ジョンソンの形而上詩人への批判は文字通り批判だったのかという疑問が生じる。ジョンソンは確かに「カウリー伝」で形而上詩を批判する。ジョンソンはカウリーを「同時代人の間では，比肩する者のいない優れた詩人(Waugh 46)」と賞賛する一方

203

で，カウリーやダンの詩を容赦なく批判する。

　ジョンソンは，17 世紀初めに「形而上詩人」と呼ばれる書き手の集団が現れたと初めて「形而上詩人」という表現を使ったが(Waugh 12-13)，形而上詩人は学識ある人たちで，学識を見せることが彼らのすべての努力であった，と彼らの学識の誇示を批判した(Waugh 13)。ジョンソンはまた彼の芸術観—詩は模倣的芸術である—により形而上詩人は詩人の名前を受ける権利を失うと言う。彼らは自然も人生も模倣せず，事物の形を描くこともせずまた知性の働きを表現することもなかった(Waugh 13)と言って詩人としての役割を果たしていない形而上詩人を批判する。もう一つの批判は，形而上詩人の特殊化への傾向であり，彼らが普遍化には興味を示さなかったことである。形而上詩人の主観的な詩作方法は古典主義者ジョンソンには相容れないものである。ジョンソンは学識の誇示，反模倣的芸術としての形而上詩，普遍性を欠く特殊化への傾向を批判する。

11－3　ジョンソンとウィット

　ジョンソンは以上のように形而上詩人を批判するが，ウィットに対してはどうか。良識，秩序，穏健さを求めるジョンソンからすればウィット，そしてその具体的実践であるコンシートを容認することはできない。ジョンソンは次のように言う。

> ポープが巧みに述べているように，ウィットが，「これまで何度も考えられながら，一度もよく表現されたことのない」ものであるとすれば，形而上詩人たちは，そのウィットを達成するどころか，それをもとめることすらなかったのは確かである。彼らは自らの思索において唯一無比であろうとし，その表現においては不注意極まりないからである。もっともこのポープのウィットの説明には誤りがある。彼はウィットを，自然に権威が与えられているものの下位に押さえ込み，それを思考の力によるものではなく，単に言語的な適切さといったものに矮小化してしまっているからだ(Waugh 13)。

ここで看過できないのはジョンソンが「思考の力による」ウィットと「言語的な適切さ」としてのウィットの二つのウィットを考えており，前者のウィットを認めているということである。「思考の力による」ウィットとはウィットの背後に深い思考性を備えているウィットであり，「言語的な適切さ」としてのウィットは言語遊技的なウィットである。ジョンソンが「カウリー伝」で批判するのは後者のウィットであり，ここに極端なウィット，コンシートが含まれる。上記の引用文の後にジョンソンは以下のように述べ，形而上詩人の思索を批判する。

> 彼ら（形而上詩人）の思索が新しいことはたびたびあるが，自然であることはめっ

たにないし，あまりはっきりしないばかりか，それが正しいというわけでもない。読者にしてみれば，自分が何を見落としていたかなどは考えず，どこまでひねくれて考えればそうしたことが見つかるのかと不思議に思うばかりである(Waugh 14)。

ジョンソンによれば自然から逸脱した形而上詩人の思索は不明瞭，誤りであり，「ひねくれた」ものである。「ひねくれた考え」とは読者を驚かせる奇抜なコンシート，奇想である。「カウリー伝」でジョンソンは主にカウリーとダンの詩を取り上げ，それぞれ賛否両論を繰り広げるが，その基準は「思考の力による」ウィットと「言語的な適切さ」としてのウィットである。ジョンソンはカウリーとダンのすべての詩を批判しているわけではない。ジョンソンは「思考の力による」ウィットの詩を認めていることは彼のウィットへの態度を明白にしている。ウィットに関してはジョンソンの形而上詩批判史上最も有名な定義がある。

> だがウィットは，それを耳にする者へのその効果という点を離れて，より厳密かつ哲学的に言うならば「不調和の調和」と考えることができよう。すなわち，異なるものが結合すること，あるいは明らかに似ていないもののなかに隠れた類似性を発見すること，である。ウィットをこのように定義するならば形而上詩人には十分であろう。もっともかけ離れた考えが強引に結びつけられ，実例や比較，示唆などのために自然も人為も容赦なく引っ張り出されるのである(Waugh 14)。

OED のウィット定義は「不調和の調和 (*discordia concors*)」としてのウィット観に依っている。「もっともかけ離れた考えが強引に結びつけられる」には「不調和の調和」としてのウィットへの否定的な意味合いが読み取れる。しかし，ダンのウィットを賞賛する人たちはこの「不調和の調和」こそがダンの詩の最大の特徴であると賞賛した。ダンと同時代のカルー (Thomas Carew) は，ダンの「王者のごときウィット」を賞賛し，「ウィットの王国」をダンは支配したと言った (Gardner, 11. 143-145)。カウリーもカルー同様「真のウィットにはすべてのものがなくてはならない／しかし，すべてのものがそこで調和していなければならない」と「不調和の調和」としてのウィットについて書いた (Gardner, 11. 223-225)。ウィットの肯定，否定がダン，ひいては形而上詩人の肯定，否定へと至るのであるが，ジョンソンはウィットを「不調和の調和」とした。問題は「不調和の調和」という表現が肯定的か否定的かということである。肯定的にとらえると形而上詩は肯定される。否定的にとらえると，形而上詩も否定される。「不調和の調和」としてのウィットをいずれとして解釈すべきか。ジョンソンはダンの「別れ（嘆くのを禁じて）」を「カウリー伝」で取り上げるが，その評価は低い。それは恋人とコンパスとの関係はただのきまぐれな類推にすぎず，「不調和」と考えていたからであろう。しかし，詩を全体的に見れば「不調和」と思われる恋人とコンパスとの関係は「調和」しているとも言うこともできる。ジョンソンの形而

上詩への批判は個々の詩にも見られる。たとえば，ダンの書簡詩は「深淵かつ難解な人間と小宇宙の比較(Waugh 17)」によって批判される。さらには，「混乱にさらに混乱が重なっている婚礼歌(Waugh 20)」，「葬送歌（ハリントン卿）」における善良なる人間と望遠鏡の比較は「ダン以外の誰が考えた者がいたか(Waugh 20)」と批判される。これらの批判の背後には極端なウィットがある。同様にカウリーの詩にも批判が向けられる。強引な思索が目立つ「ある女性に」(Waugh 18)，「うんざりするような誇張」が顕著な「不在者の友情(Waugh 21)」，「作り話が強引で不自然な「川での遊び(Waugh 21)」，表現がひどくばかげている「絶望(Waugh 23)」，繊細さを欠き，不愉快な「美(Waugh 25)」，というように批判される。あるいは「ウィットと学識が頻出している「ダヴィディーズ」(Waugh 45)」，「表現された愛情は少しも心を動かさない(Waugh 45)」，「感傷的であることは皆無，崇高であることはほとんどない(Waugh 46)」，ごく小さなつまらない奇想が見られる「ホラティウスの頌歌を模して」，「奇想ばかりが目立つ「ダヴィディーズ(Waugh 41)」，「彼（カウリー）が書くものは常に，何らかの奇想によって汚されていると言ってよいだろう(Waugh 45)。」ここでもジョンソンの批判の根拠は主としていきすぎたウィットである。類推的な皮相的な表現は「言葉の類似」であり，「不調和」であり，そこには「調和」は見られないとジョンソンは考える。形而上詩人にあっては表現がこじつけで「不調和」であってもそれが突飛であればあるほど詩人は評価されたが，明晰さ，自然な表現を重視するジョンソンにはこじつけのコンシートは受け入れ難い。「カウリー伝」での形而上詩批判は主として「奇想」に向けられる。「予期せざるものや人を驚かすようなものに専念する(Waugh 14)」，「乏しい奇想を駆使し，個別的なるものを描いて見せた(Waugh 14-15)」，「空想をでっち上げ(Waugh 15)」，「自らの奇想を... 引っ張り出してくる(Waugh 16)」，「形而上詩人は... イメージを探すのではなく，奇想を求めた(Waugh 27)」，これらはすべて極端な，こじつけのウィット，コンシートによってもたらされる「不調和」である。「言葉の類似」による形而上詩の欠点でもある。ジョンソンは，こじつけの「言葉の類似」によるコンシートをとりわけ批判している。しかし，すべてのウィット，コンシートを否定しているわけではない。ここにジョンソンの形而上詩人に対する微妙な態度がみられる。

11-4　「不調和の調和」としてのウィットは否定されるのか

以上のようにジョンソンの形而上詩への批判は「カウリー伝」に頻出するが，その根底には奇抜なウィット，コンシート批判がある。それは「不調和」をもたらすからである。ただジョンソンの批判は読む者に驚きを引き起こすコンシートを表面的に批判しているだけで，それが詩全体のなかでどのような機能，効果をもたらしているかは考慮していない感がある。しかし，「不調和の調和」としてのウィット観には「調和」もあることを考慮するとウィットは全体的に見れば「不調和」と思われる詩も全体としては「調和」しているとジョンソンは考えているようだが，彼は詳細には論じない。「不調和の調和」としてのジ

ョンソンのウィット観は以後形而上詩批判には必ず登場する用語であるが，実は「不調和の調和」は見方を変えれば形而上詩の長所でもあることを我々は思い起こすべきである。「不調和の調和」としてのウィットは否定的なウィットではない。ヘレン・ガードナー(Helen Gardner) は，ジョンソンがひねくれたとして見なすものは真の個性の現れとみなし，ジョンソンの形而上詩人批判は実は肯定であるとも言う(Gardner ed. 4)。これらの言葉はジョンソンの形而上詩への態度を根本的に変える注目すべきものである。「異なる統一へ融合する異質な考え」はコンシートによる。詩人を形而上詩人たらしめているのはウィットであり，このウィットに対してベン・ジョンソンもドライデンもポープも批判する一方で肯定の姿勢を見せていた。しかし，18 世紀イギリスではウィットは容認できる状況ではない。時代は新古典主義の時代である。ウィットは時代には合わなかった。18 世紀後半に書かれた「カウリー伝」のカウリーやダンは 18 世紀のイギリスの文学的嗜好により一般人からは批判的評価が下されていたと考えることができる。当然そこには形而上詩への批判もあった。ジョンソンはダンのコンパス・コンシートについて次のように言う。

> 次の一節は，実際に旅する夫と，一対のコンパスとともに家に留まっている妻との比較だが，これはばかばかしいと言うべきか，創意に満ちていると言うべきか(Waugh 28)。

「ばかばかしい」か「創意」かのいずれかであるコンパス・コンシートはジョンソンにとっては「ばかばかしい」コンシートであろうが，またジョンソンは「創意」をも忘れてはいない。愛し合う男女とコンパスには単なる類推しか存在せず，深い思索性がないとジョンソンは考えているようだ。しかし，その表現が詩人の「創意」を表すものとして好意的に見られ，形而上詩の典型的なウィット，コンシートとしてダンの時代にそしてそれ以降も賞賛の対象となったことはダン批評史が明らかにしている。伝統無視の大胆な奇想使用に伝統主義者，古典主義者は賛同しえなかったが，ジョンソンもその一人で当然のことながら奇抜なコンシートには否定的な態度をとる。そのようなイメージは「自然」を無視し，単なる「巧みな考案品」としか見られない。ジョンソンにとって最も重要なのは「自然」と「常識」であり，コンパス・イメージはまさにこの二つには反する。それゆえダンの「別れ（嘆くのを禁じて）」をジョンソンは評価しない。ジョンソンは詩の本質を「模倣の術」とし，形而上詩人には「模倣の術」がなかったので，詩人という名前は当てはまらないと言った。

> というのも彼ら（形而上詩人）はなにも模倣していないからだ。彼らは自然を映すこともなければ，人生を映すこともなかった。事物の形を描くこともなければ，知性の働きを表現することもなかったのである (Waugh 13)。

これはジョンソンの文学観を反映した言葉であるが、形而上詩人は自然も人生も映すことはせず、ひたすらコンシートを求め、読者を驚かせた。ウィットは否定的にとらえれば皮相的な、突飛な、自分勝手な気ままな表現方法である。しかし、このウィットは全体として詩を見ればまさに「不調和」ではありながらも「調和」を詩にもたらす。一見相反するもの中に類似点を見いだす詩人の力量は上記の「知性の働き」であり、形而上詩人が「知性の働き」を詩に描くことはしなかったというジョンソンの言葉は承服しがたい。ジョンソンは、ドライデンがウィットの点ではダンに劣るが詩においては優ると述べた後で次のようにも言う。

> ポープが巧みに述べているように、ウィットが「これまで何度も考えられながら、一度も表現されたことのない」ものであるとすれば、形而上詩人たちは、そのウィットを達成するどころか、それを求めることすらなかったのは確かである。彼らは自分の思索において唯一無比であろうとし、その表現においては不注意極まりないからである。もっともポープのこのウィットの説明には誤りがある。彼はウィットを、自然に権威が与えられているものの下位に押さえ込み、それを思考の力によるものではなく、単に言語的な適切さといったものに矮小化してしまっているからである (Waugh 13)。

形而上詩人が「自分の思索において唯一無比であろう」としたというジョンソンの言葉は正しいが「その表現においては不注意極まりない」という言葉には賛同できない。こじつけ的なウィットによる表現をジョンソンは考えているようだが、その「不注意」は詩人の意図的な「不注意」であり、詩的効果を狙った「不注意」であろう。コンパス・イメージは「不注意極まりない」イメージかもしれないが、ダンからすれば細心の「注意」をもって作り上げたイメージである。後半でジョンソンはウィットには「自然に権威が与えられている」としてウィットの価値を認めている。「自然に権威が与えられている」ウィットとは「思考の力」によるものであり、「言語的な適切さ」によるものではない。思考に支えられたウィットは真の意味でのウィットであり、「言語の適切さ」によるウィットは皮相的で、単なる言語遊戯としてのウィットである。この後ジョンソンは真の意味でのウィットに形而上詩人たちは到達しなかったと言う。

> もし、より高尚かつ適切な意味合いによってウィットを考えるとするならば、それは自然であるのと同時に新しく、それまで明らかではなかったかも知れないが、ひとたびつくり出されればその正しさを誰もが認めるというようなものであろう。ウィットがそういうものであるなら、これまでそれに気づかなかった者は、どうして見逃していたのか不思議に思うのである。形而上詩人たちの書くものは、このような意味でのウィットにはまったく到達しなかった(Waugh 13)。

「より高尚かつ適切な意味合い」によるウィットは「思考の力」によるウィットであろう。このウィットによって新しい，それまで明らかではなかったが誰からも正しいと認められる詩をジョンソンは詩として認める。だが形而上詩人たちは「誰からも正しいと認められる詩」を書きはしなかった。形而上詩人は主観的な特殊的を目指し，ジョンソンは普遍性を目指す。ダンの時代とジョンソンの時代の文学観の違いによるジョンソンの批判である。しかし，ジョンソンはウィットを完全に否定しているのではないことには注目したい。自然界のみならず思想の領域においてもショッキングな奇妙な類似を見いだす。形而上詩の特徴の一つは読者に驚きを与えることであるが，「しばしば考えられるが以前にはけっして非常にうまく表現されなかったし求めもしなかった」としてのウィット観には疑問を感じる。形而上詩人は逆に「しばしば考えられるが以前にはけっして非常にうまく表現されなかったし求めもしなかった」ことをウィットによって「表現し，求めた」のではなかったか。ポープがウィットの威厳を低下させたとも言っているが，ジョンソンはウィットの「威厳」を認めている。ジョンソンのウィットへの態度は賛否両論である。ジョンソンからすれば奇異な印象を与え，ショックを与えるウィットは「言語の適切さ」に支えられたウィットで，これは否定される。詩人の頭の回転の良さを誇示するだけでは詩は真の意味で詩とならない。ところがジョンソンは全面的にウィットを否定しているのかというとそうとは言い切れないのである。彼は次のように述べている。

> もし彼ら［形而上詩人］がしばしば彼らのウィットを偽りのコンシートに無駄に費やしたとしても彼らは同様にときどき予期せぬ真実を打ち出した。もし彼らのコンシートがこじつけであったとしてもそれらはしばしばその意味の価値はあった (Waugh 15)。

形而上詩人のウィットは「予期せぬ真実」を作り出すとか「コンシートがこじつけであってもコンシートはしばしばその意味の価値があった」という言葉にはコンシートを全面的に否定する姿勢は見られない。むしろジョンソンは，コンシート，ウィットによって誰もが予想すらできなかったことを表現する形而上詩人の力量を認めている。ベッドフォード伯爵夫人への書簡詩については「スコラ哲学的ではあるが趣がないわけではない」，恋人たちの涙を世界各地へ広げている「別れ（涙に寄せて）」ではダンのコンシートを全面的に否定する姿勢は見られない(Waugh 19-20)。隠喩と直喩を論じるジョンソンには同様な姿勢が見られる。

> 詩の直喩は一般的な性質においては似ていない二つの行動の間に類似を発見することである心は...知性と肉体と同じくらい似ていない，概して似ていない物の類似に印象を受ける。直喩は一つの点で集まる線にたとえられる。そして直喩はその線が

より遠いところから近づくときより優れている (Waugh 430-431)。

前半の直喩は「不調和の調和」の言い換えで，後半の「直喩は一点に集まる線にたとえられる。そしてその線がより遠い所から近づくときにはより優れている」も「不調和の調和」の説明と言ってもいい。直喩は一種のコンシートであり，ジョンソンはここでも直喩を賞賛していることに我々は注目しなければならない。ジョンソンは，似ていないものを結びつけることが巧みであればあるほど直喩は優れていると考えている。似ていないものを結びつけるという行為はそこに詩人の創造力があるわけで，ジョンソンの芸術観からすれば本来そのような詩人の創造力は排除の対象となるはずであるが，彼は自らの信念，当時の詩風とは相反するような態度を示している。これは裏を返せばジョンソンがいかに形而上詩を評価していたかの一端を表わしていると考えることが出来る。考えてみればジョンソンが書いたのは「カウリー伝」であり，「ダン伝」ではなかった。「カウリー伝」においてジョンソンはカウリーから 27 編，ダンから 16 編，クリーヴランドから 2 編，計 45 編の詩を引用し，それぞれの詩についてコメントを付している。これらのうちジョンソンが肯定的な評価をしている詩は 11 編である(Granqvist 29)。ジョンソンがいかに形而上詩に批判的であるかがわかる。ジョンソンにとって芸術は人生の現実と経験に基づくが，その意味でジョンソンはカウリーやダンの道徳的及び哲学的な詩へは好意を示す。書簡詩及び「第一・第二周忌の歌」は特にジョンソンのお気に入りであったが，これらの詩にジョンソンは深淵な思想と明晰な表現と絡み合った真摯な道徳性を見出したのである(Granqvist 29)。とすればその他の評価の低い詩には「真摯な道徳性」が欠けていると言えよう。そして「真摯な道徳性」を欠く詩は言葉の適切さによるウィットが顕著な詩であることが予想できる。「蚤」のような「真摯な道徳性」を欠く詩はジョンソンの最も嫌う詩であろう。ギャロッド (H. W. Garrod) は，ジョンソンはダンを「明らかに軽蔑して扱っている」と言うが(Garrod 110)，「軽蔑」は妥当な表現ではない。ジョンソンが「軽視」するカウリーの詩は極端なウィットが支配的な詩であり，衒学的な詩である。それはダンの詩についても言える。「適切さを欠き，またひどく扱いにくい作品が，欠点のあるものは新しさや不思議さ求めるあまり，勝手に自然からはずれる形で生み出されている(Waugh 28)」とジョンソンは言うが，そのような自然からの逸脱行為はある意味では新しい詩を作る詩人の独自の詩的創造性でもある。カウリーは 18 世紀にはダン以上に知られていた詩人で，彼の詩の無理なコンシートへジョンソンは批判を向けているのである。ジョンソンの批判はダンよりはカウリーへ向けられていると言っても過言ではない。詩の目的はいかにして道徳的な意識を読者に喚起するかであるというジョンソンからすればやはり極端なウィットは容認できない。ジョンソンがカウリーの詩を批判し，その詩のいくつかに道徳的な意義を見いだしていないことは形而上詩全体への批判というよりカウリーの詩への批判であると言えよう。既に述べたがジョンソンは『英語辞書』に 400 回近くダンの詩を引用している。これはジョンソンがいかにダンの詩に興味を抱いていたかを示している。ダンの詩，特に『唄とソネット』には道徳的

な意味がある詩は多くはないが，その他の詩には道徳性を感じさせる真剣さを感じさせる詩は少なからずある。ダン以後の形而上詩人たちはややもすればただコンシートに走り，彼らはその出来映えに悦に入っている感が強い。詩人は，読者が詩を理解できるかどうかよりも読者をあっと言わせるコンシートを探し，自己満足に浸る。そこをジョンソンは見抜き，形而上詩の一部を批判した。しかし，ダンの詩にはコンシートが詩全体とうまく調和しているものもあるとジョンソンは考えていたように思われる。「不調和の調和」としてのウィットは「相反するものの調和」をもたらす。ということはウィットによりダンの詩には様々な要素がうまくバランスがとれていたことを暗示する。その意味で「不調和の調和」は決して反形而上詩的な表現ではないのである。形而上詩人たちはすべてカウリーのような詩人だけではない。本家本元のダンの詩には形而上詩人にふさわしい詩が少なからずあることは確かである。だからジョンソンは，ダンの詩を全面的に否定する姿勢は見せなかった。批判するのはコンシートが自然から遊離している詩である。ジョンソンのいう自然はまた理性あるいは常識へと至るが，理性，常識が文学を構成する 18 世紀にあってやはりコンシートは評価できなくなってくる。20 世紀に入ればエリオットがダンの詩に（後で否定はするが）「思想と感情の統一」を見たが，ジョンソンがコンシートへの見方を変えればダンそして形而上詩全体への彼の評価も大きく変わったはずである。ジョンソンにとってのコンシートは「不調和の調和」で「不調和」が強調されすぎ，「調和」が軽視されることとなった。コンシートによって詩人が「感情を動かしたり」「精神を教育」することよりも「知性にショックを与える」ことを詩の目的とすれば，それは「詩人の名前の権利」失うことになる。ジョンソンにとって文学は人生の諸相を真摯に描くことであり，ウィットに富む詩は軽薄な印象を免れない。「カウリー伝」におけるジョンソンの形而上詩への態度は批判と肯定の繰り返しで，形而上詩への批判が一方的であることはない。ジョンソンは形而上詩の良さをも十分理解していた。「他の記述から借用し，模倣を続け，伝統的な表現や直喩を使い回す詩人の権威を認めない」ジョンソンにとって，批判の対象となる詩人は形而上詩人とは正反対の詩人である(Waugh 15)。形而上詩の全体像について書くためには「読んで考えてみる」ことが必要である(Waugh 15)ともジョンソンは言っているが，これらの言葉からもジョンソンの形而上詩人への好意的態度を読み取ることができる。ブライアン (Bryan) は，ウィット議論を通して形而上詩人の創意へのジョンソンの不承不承の敬服があると言うが(Bryan 119)，この「創意」がウィットであることは言うまでもない。

11−5　むすび

ジョンソンの形而上詩への態度はベン・ジョンソン，ドライデン，ポープの流れを汲むものである。ジョンソン以前の文壇をリードした文人たちはそれまでの英詩の常套を無視したウィット使用による英詩を批判した。ウィットを批判した人たちは皆古典主義者であったことを考えれば彼らの形而上詩への批判は理解できる。しかし，本論では詳細に論じ

ることは出来なかったが，彼らはジョンソン同様ウィットを批判しながら他方ではウィットを認めていた。ウィットを認めるか否かが形而上詩評価を決定づける。ダンのウィットには賛否両論がある。詩全体にうまくフィットしているウィットもあれば，ジョンソン流に強引に結びつけられているウィットもある。強引さもなく不和もなく結びつけられているウィットは真のウィットである。真のウィットは我々に違和感を抱かせながらも二つの極端なものを対比させ，そして結びつける。ジョンソンはカウリーやダンの詩の一部にそれを感じていた。

　これまで18世紀を代表するジョンソンの形而上詩に対する態度を論じた。そして形而上詩の生命とも言うべくウィットを中心にして論を進めてきた。ジョンソンは，ウィットに対して批判だけで終わらず，他方でウィットを評価していることを明らかにした。ジョンソンによって形而上詩は批判されっぱなしであったと考えがちであるが，彼の批判と思われた見解は実は形而上詩評価の一面をも見せている。ダンカン(Duncan)は，エリオットが最近の形而上詩への熱狂的傾倒の救世主であったとすればコールリッジは洗礼者ヨハネだったと言っているが（Duncan 33），その前にジョンソンがいたのである。ジョンソンの「カウリー伝」における形而上詩への態度は我々を戸惑わせるが，最終的にジョンソンは形而上詩を認める姿勢を見せているのである[1]。

※本稿は2015年7月18日に東北大学で開催された第6回東北ロマン主義文学・文化研究会シンポジウム「ロマン派詩人における形而上詩人の継承と再評価」に基づいている。

注

1　本論では当初ベン・ジョンソン，ドライデン，ポープ，サミュエル・ジョンソンの形而上詩論をウィットの観点から論じることを試みたが，予想外の長さになったためサミュエル・ジョンソンだけを扱うことにした。ジョンソン以降のロマン派詩人たちがジョンソンの形而上詩人評価にどのような態度を示していたかは興味ある問題であるが，ジョンソン論評への彼らの態度を知ることはできない。ロマン派詩人たちは新古典主義の詩観に共鳴できなかったことを考えると，彼らがジョンソンに興味を示さなかったことは予想できる。ロマン派詩人たちは新古典主義の詩ではなく，エリザベス朝期の詩に戻り，そこに "feeling" を発見した。その際彼らは形而上詩をも知り，ダン，ハーバート，ヴォーンから影響を受けた。紙面の都合上本論ではこの問題を論じることはできなかった。

引用文献

Robert Armi Bryan, *The Reputation of John Donne in England from 1600 to 1832: A Study in the History of Literary Criticism.* University of Kentucky, Ph. D. dissertation, 1956.

Joseph E. Duncan, *The Revival of Metaphysical Poetry: The History of a Style*, *1800 to the Present*. Minneapolice: University of Minnesota Press, 1959.

Helen Gardner ed., *The Metaphysical Poets.* Harmondsworth, Middlesex: Penguin Books, 1968.

―*John Donne: A Collection of Critical Essays.* Englewood Cliffs, N. J. Prentice-Hall, Inc., 1962.

H. W. Garrod, *The Profession of Poetry and other Lectures*. Oxford: Oxford University Press, 1929.

Raoul Granqvist, *The Reputation of John Donne 1779-1873.* Stockholm: Almqvist & Wiksell International, 1975.

Hugh Maclean, selected and edited, *Ben Jonson and the Cavalier Poets*. New York・London: W. W. Norton & Company, 1974.

Arthur Waugh, *Lives of the English Poets by Samuel Johnson* Volumes I and 2. London: Oxford University Press, 1952.

原田範行他訳『イギリス詩人伝』筑摩書房，2009.（本論での日本語訳は本書による）

あとがき

　「まえがき」でも触れたように私が初めてダンに接したのは大学院に入った昭和44年であった。大学院1年の時の村岡勇先生の前期の特殊講義がダンであった。ダンの名前は文学史では知っていたが，その詩を実際に読んだことはなかった。講義で村岡先生はダンの『エレジー』『風刺詩』『唄とソネット』から何編かを選び，非常に懇切丁寧に一字一句説明をし，詩を読んでくれた。それまで私が読んだのはスペンサー，シェークスピアのソネット，ミルトン，ロマン派詩人，それに20世紀の詩が主だったので，ダンの詩は驚きであった。その驚きはダンの詩がそれまで私が読んだ詩と全く違っていたことへの驚きであった。ダンの詩はときにはかっこよく，ときには重厚であった。だが難解な詩もあり，理解するのには苦労した。我々が使用したダンの詩集はShawcross編集のペーパーバックのもので，今でも私の部屋の本棚にある。Shawcrossのテキストには間違った注がついており，「こんな簡単なことがわからないのかなぁ」と先生が言っておられたのを覚えている。講義だけでは物足りなく，当時先生が住んでおられた川内の自宅まで土曜日や日曜日に押しかけ，ダンの詩を読んでもらった。先生は家でもネクタイをしめておられたが，まだ大学紛争中で急な呼び出しに備えていたのかもしれない。村岡先生は東北大学退職後東北学院大学に移られた。数名の院生は東北学院大へまで先生の講義を聞きに行ったが，大学側からクレームがつき，行けなくなった。それで誰が発案したかは忘れたが先生の自宅（退職後先生は「愛子[あやし]」に住んでいた）の近くに公民館の一室を借りて，そこで週一回形而上詩を読んでもらった。これは先生が創価大学に移られるまで続いたが先生は嫌な顔を少しも見せず，熱心に詩を読み，解説してくれた。大学院に入ってからそしてその後何年かの17世紀英文学にどっぷりとつかり，その分野から離れなくなり，今なお続いているが，悪戦苦闘の連続である。

　大学院での1年目の演習はシェークスピアの『ソネット』であった。各自が一つのソネットを読み，それについて論ずる演習であった。そのとき私はあっさりとソネットについて述べたが，村岡先生は詩の語句を「なめるように」丁寧に読まねばならないと言われた。ダンの特殊講義やその後のハーバートの特殊講義での村岡先生の詩の読み方はまさに一字一句「なめるよう」な読み方であった。「なめるような」詩の読み方は当然のことながら詩の理解なしには文学研究は始まらないこと村岡先生は言おうとしていたのではないかと私は思っている。いい加減な詩の読みからはいい加減な研究しか生じてこない。私が初めて17世紀の英文学に接したのはダンの特殊講義であったが，その講義を通して私は文学史で知ったエリオットの「思想と感情の統一」や「感受性の分離」あるいは「ダンはバラのにおいをかぐがごときに思想をかいだ」等の言葉を少しばかりわかったような気がした。それ以来私はダンの他の詩やダン以外のハーバート，マーヴェル等他の形而上詩人を読んだ。ダンの詩を読み始めた頃はダンに関する研究書も詩の解説書も多くはなかった。*Songs and Sonnets* ではHelen Gardnerのオックスフォード版の注釈本があったが，それはどちらかと

言えば詩の歴史的背景を重視した書であり、我々外国人にはあまり役に立たなかったように思えた。その後 Redpath やその他の詩を丁寧に解説する研究書が現れて、詩の理解に随分と役立った。日本では松浦嘉一氏の『ジョン・ダン詩選集』があり、詳細な詩の説明は大変有益であった。大学院に入る前に川崎寿彦氏の『ダンの世界』が 1967 年に出版されたが、ダンの詩を満足に読んでいないにもかかわらず私は少なからずのショックを受けた。テキストとコンテキストの見事なコラボレーションであった。私の研究の手ほどきをしてもらったような研究書であった。

　詩と同時に私はダンの散文も読み始めた。その理由は簡単である。当時ダンの散文を読む者はあまりいなかったからである。私はその後ダンや他の 17 世紀の散文特に説教を読み始めた。17 世紀イギリスを取り巻く様々な政治・社会・文化に関する問題に興味を持ち，ジェズイット、火薬陰謀事件、ヴァージニア植民へと私の研究は広がり、現在は 17 世紀ピューリタン革命時の英国国教会派説教家とピューリタン説教家の断食説教が研究対象となり、当時のイギリスが抱えた問題の解明にあたっている。何年か前に日本でも翻訳書が出たがクリストファー・ヒルの著作はその圧倒的な一次資料の駆使もさることながら様々な 17 世紀の問題を論ずる氏の研究書からはいまだに得るところが多い。

　本書で扱ったダンの作品は詩では主として『歌とソネット』『風刺詩』『聖なるソネット』である。いずれも若い頃ダンに興味を抱いたのは詩であったのでこれらの詩が本書では論じられている。もっと詩について論ずるべきであったが、そのうちに散文を読み始めた。『イグナティウスの秘密会議』『神学論集』『偽殉教者』『自殺論』そして説教集である。本書では『自殺論』を除く散文が扱われている。説教には 10 巻本の全集があるが、ここで論じたのはそのほんの一部である。ダンの詩や散文の他にジェームズ一世の著作やスペインのジェズイット、フアン・デ・マリアナもジェームズ一世との関係で扱われている。マリアナの書は自主出版の形でアメリカで出版された。訳者は１６～１７世紀のラテン語の重要文献を英訳していたが翻訳途中で亡くなったのは残念なことである。本書の後半 2 章では形而上詩について論じている。ダンを論じるさいにダン等形而上詩人がイギリスでどのように評価されていたかは非常に興味ある問題である。時代を代表する詩人たちはすべてダンの詩に拒絶反応を示したが、その拒絶反応の背後にはダンの詩を認めるような発言もしているのは興味深い。彼らが一番のやり玉に挙げたのは「ウィット」であったが、古典主義的文学を標榜する彼らにとって遊びのようなウィットの世界は容認できなかった。ダンをひのき舞台に登場させたのはコーリッジであり、その後のエリオットによってダンは完全復活したと言っても過言ではない。本書ではダンの詩や散文を論ずることによってダンの全体像を描こうとしたが、それがどこまで解明されたかははなはだ疑問である。ダンという人間、ダンの生きた時代が少しでも理解して頂ければ望外の喜びである。

　当初の予定では本書は今年の 3 月までに出版の予定であった。出版が遅れた一番の理由は古い論文にはパソコンにデータがなかったことである。11 編の論文のうち半数以上の論文にはデータが存在していなかった。おそらく古いフロッピーには収録されていたかもし

れないが、そのフロッピーは開けなかった。それに気づいたのは昨年の冬頃であった。業者に頼めば開けたフロッピーもあったであろうが、その費用は高かった。それでデータ作成のために最初抜き刷りの論文をコピーし、それをスキャンした。問題はそれからであった。スキャンしたデータは驚くほど誤字が多かった。最初その修正をしたが、あまりにも多い誤字に閉口した。たまたま「読取革命」という識字率の高いソフトがあることを知った。このソフトのおかげで誤字は大幅に減った。それでもスキャンしたデータを全文点検しなければならなかった。この作業に予想以上の時間がとられた。データのある他の論文も最初から読む必要があり、文言の修正や誤字・脱字の訂正にあたった。これまで出版した研究書にはすべてデータがあり、編集は楽だったが今回の出版に関しては苦労が多かった。本書に誤字・脱字がないことを祈るばかりである。論文については若い頃からの論文もあり、内容についても無理な解釈があったり、論の進め方も稚拙であったり、問題があるかもしれない。ご教示、ご叱正を頂ければ幸いである。

　私がサイクリング中の自転車転倒から怪我をし、9月下旬から10月上旬まで入院することになった。入院前に初校が届き、病院でチェックしたが、思いのほか時間がかかった。2校は10月27日に送られてきた。その頃は調子も良く案外早くチェックを済ませた。3校は11月11日の送付であった。2校でミスはないものと思っていたが、やはりミスがあちこちにあり、驚いた。一人での校正の難しさ、限界を知らされた。校正は何度行ってもミスは出るかもしれない。

　いつものことながら三恵社社長の木全哲也氏には無理なお願いをし、ご迷惑をお掛けした。最後までお付き合いをしていただき、ようやく本書の出版にたどりついた。木全哲也氏には出版までの様々な労苦に対し謝意を表し、お礼を申し上げたい。

著者紹介

高橋正平（たかはししょうへい）

1945 年新潟県生まれ
1971 年東北大学大学院文学研究科修士課程修了（英文学専攻・文学修士）
現在、新潟大学人文学部教授、新潟国際情報大学特任教授を経て同大学特別研究員

【著書・論文】

高橋正平・高橋康弘『イギリスとアメリカ植民』—「黄金」と「キリスト教」
（新潟日報事業者、2008）
高橋正平『ジェズイットとマキアヴェリ』（三恵社、2010）
高橋正平『ヴァージニア植民研究序史』（三恵社、2011）
高橋正平『火薬陰謀事件と説教』（三恵社、2012）
高橋正平・辻照彦編著『ヒストリアとドラマ：近代英国に見る歴史と演劇のアスペクト
　（三恵社、2014）
「William Barlow の二編の火薬陰謀事件説教家」
「"Deliverances past are the pledges of future deliverances"—Mathew Newcomen の火薬
　陰謀事件説教—」．
「"the Repairers of the breaches"とピューリタン—スティヴン・マーシャルの断食説教」
　その他．

ジョン・ダン研究

2017年12月22日　　初版発行

著　者　　高橋正平

定価（本体価格2,000円＋税）

発行所　　株式会社　　三恵社
〒462-0056 愛知県名古屋市北区中丸町2-24-1
TEL 052 (915) 5211
FAX 052 (915) 5019
URL http://www.sankeisha.com

乱丁・落丁の場合はお取替えいたします。
ISBN978-4-86487-756-5 C3036 ¥2000E